AF295221

Monica Lönnbom

En vän för livet

Roman

© 2023 Monica Lönnbom
Omslagsdesign och inlaga: Monica Lönnbom
Foto: Sandy Millar, Unsplash
Förlag: BoD – Books on Demand, Stockholm, Sverige
Tryck: BoD – Books on Demand, Norderstedt, Tyskland
ISBN: 978-91-8027-793-8

Till Sebastian, Julia och Jennifer.

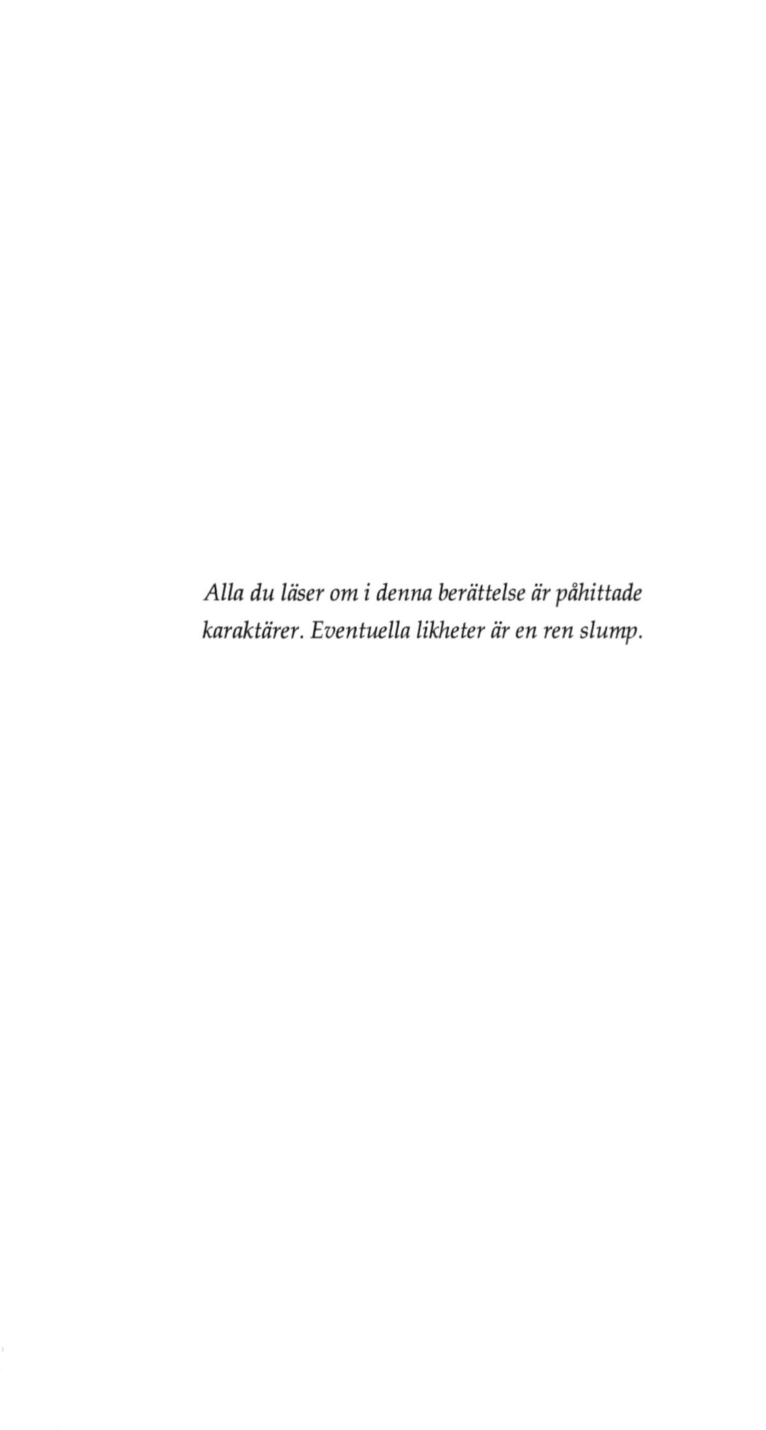

Alla du läser om i denna berättelse är påhittade karaktärer. Eventuella likheter är en ren slump.

1

Redan innan jag är riktigt vaken märker jag att något är annorlunda. Det är fortfarande mörkt i rummet, väckarklockan har inte ringt ännu. Jag ligger stilla och lyssnar. Vad är det som inte stämmer? Vad var det som väckte mig? En ljuvlig, men tung, rosendoft har slingrat sig genom lagren av sömn och motat bort de sista resterna av nattens drömmar. Var kommer den ifrån? Vanligtvis ligger jag gärna kvar, låter det ta tid att vakna, dagen får droppa in bit för bit i mitt sömniga sinne. Men inte den här morgonen. Nu sätter jag mig upp, gnuggar bort sömnen och kliver ur sängen, allt i ett svep. Varför doftar det så starkt av rosor? Jag har inga blommor hemma. Rufsig och yrvaken stryker jag bort håret som faller över ögonen och lämnar sängvärmen och sovrummet.

"God morgon, Alice."

Den synnerligen oväntade rösten når mig samtidigt som min nakna fot möter det kalla parkettgolvet. Jag tvärstannar. Det sitter en vilt främmande kvinna i min soffa. Hon ser ut att vara i min ålder, kanske lite yngre och verkar ha gjort sig hemtam där hon sitter. Hennes ena arm ligger lutad mot den ljusblå plyschkudden och den andra vilar i knät. Fötterna som sticker fram under en lång vit klänning är lätt korsade, tånaglarna blänker svagt rosa. Hon ser avslappnad ut, en antydan till leende över hennes ansikte speglas i de ljusgrå ögonen inramade av mjuka skrattrynkor. Hela hennes uppenbarelse har en gyllenvarm ton, som om hon strålar inifrån. Rosendoften ligger som ett osynligt men mycket påtagligt moln i rummet. Jag sniffar förvirrat i luften, inga blommor syns till någonstans. Kvinnan ser lugnt på mig. Jag stirrar tillbaka. Känner ett sting av avundsjuka på hennes långa guldbruna hår. Det är uppsatt i en lös knut av det slag som jag alltid velat ha men aldrig haft förutsättningar för. Mitt hår är varken långt eller vackert och det blir på sin höjd en tunn, numera grå, hästsvans som ingen någonsin varit avundsjuk på såvitt jag vet.

Förutom avundsjukan så förstår jag inte alls min egen reaktion. I stället för att fråga vad hon gör här går jag som en robot tillbaka till min säng, glider in under det varma och alldeles för stora täcket, drar upp det så att bara näsan sticker fram. Det är ett täcke för två, fast jag är aldrig två utan bara jag. Ändå är täcket alltid för varmt. Jag försöker intala mig att det bara är att somna om, att rösten jag hörde och kvinnan jag såg var en del av en dröm. Det har hänt förr att rester av drömmar dröjt sig kvar och följt mig genom dagen, fått mig att tveka kring vad som är verkligt. Kanske kan jag smyga tillbaka in i dvalan igen utan att drömmen märker att jag smet ut en liten stund? Men det går förstås inte, jag är i allra högsta grad vaken. Och en aning skärrad, minst sagt. Gömd under täcket tar jag några försiktiga, mycket långsamma andetag, så att de inte ska höras.

Varje litet ljud utifrån når mina öron lika tydligt som pistolskott, sinnena är skärpta till det yttersta. Trafiken utanför, det är ett speciellt ljud från däcken när de fräser mot den våta asfalten, det har regnat under natten. Ett barns ilskna skrik och en förälders uppgivna trötta röst. Något krafsar på fönsterblecket, det är säkert samma skata som brukar våga sig dit. Jag hör till och med mina egna blinkningar. Men från mitt vardagsrum kommer inte ett ljud. Den enda rörelse jag själv förmår åstadkomma är mina andetag. Och hjärtslagen som dundrar vilt i min bröstkorg.

Vem fasen var det där? En inbrottstjuv som sitter kvar i soffan? Låste jag inte i går kväll? Det har hänt förr att jag glömt det. Vem har i så fall tagit sig in, och varför? En komplett galning, en förvirrad nyinflyttad granne? Jag har mobilen bredvid sängen och kan ringa 112 men vad ska jag säga? Att det sitter en okänd kvinna och säger god morgon i min soffa? Det låter inte riktigt klokt. Om polisen rycker ut kommer de att mötas av en rufsig kvinna i en sliten t-shirt och tunna bomullsbyxor där resåren är så lös att de trillar ned när jag ställer mig upp. Det gör mig ingenting, de fungerar som pyjamas och det finns ingen annan här som bryr sig om ifall byxorna är av eller på. Åtminstone fanns det inte när jag gick till sängs igår. Nu verkar läget ha förändrats en aning. Men jag släpper tanken att ringa efter hjälp, det här får jag hantera själv. Det är bara att ta mig samman, kliva upp och gå tillbaka ut i vardagsrummet. Jag lösgör mig långsamt från sängens illusion av trygghet igen. Med dunklet i sovrummet bakom mig och det solupplysta vardagsrummet framför mig kliver jag än en gång över tröskeln. Håller andan med alla muskler på hel-spänn.

"Hej igen."

Den oinbjudna gästen i soffan är kvar. Det finns alltså en fullständig främling i mitt hem, en människa jag aldrig sett förut och klockan är inte ens sju på morgonen. Hennes närvaro är märkligt självklar. Det känns som att det är hennes soffa, hennes vardagsrum. Som att det i stället är jag som har trillat in från ingenstans, en oinbjuden gäst i mitt eget hem. Det snurrar till i huvudet och jag tar stöd mot dörrkarmen med en darrande hand.

"Vad gör du här?" Min röst pressar sig som ett pip genom mina spända stämband. Kvinnan, eller snarare inkräktaren, verkar oberörd av både min närvaro och min fråga. Hon sitter helt stilla, blinkar inte ens och det mjuka leendet ligger ljust och lätt över hennes ansikte. Doften av rosor kommer emot mig igen. Jag drar instinktivt in den med ett djupt andetag.

"Du ville att jag skulle komma", svarar hon stillsamt. Hennes röst känns som när man stryker med handen över djupblå sammet. Oändligt mjuk och lugnande. Men vad menar hon? Ville att hon skulle komma? Jag vet inte ens vem hon är! Har jag bjudit hit någon och glömt bort det? Vem skulle det vara och varför känner jag inte igen henne i så fall? Och framför allt, varför skulle jag be någon komma så här tidigt? Jag är ingen morgonmänniska och vill inte ha med folk att göra före klockan tio. Inte efter klockan tio heller för den delen.

"Va? Jag vet inte ens vem du är." Jag upprepar mina tankar högt och drar ett djupt andetag, de spända musklerna lossar så att luften strömmar in i lungorna igen. "Hur har du tagit dig in?" Jag tar ett steg närmare soffan i ett försök att ta tillbaka mitt revir. Det får ingen större effekt, kvinnan sitter lugnt kvar och ser på mig.

"Låt mig förklara." Hon reser sig smidigt utan att ta stöd mot soffan, lika lätt som om hon vore tyngdlös. Klänningen faller mjukt runt hennes ben, hon ser ut som en annons för någon svindyr hudkräm. Ljuv och drömskt kvinnlig. "Hej Alice. Jag heter Rain och är här för att sätta fart på dig", säger kvinnan och kommer emot mig.

När jag ser att hon går rakt igenom soffbordet, inte runt det, viker sig mina ben och jag faller till golvet.

2

"Jag skulle gärna hjälpa dig upp om jag bara kunde", säger kvinnan som kallar sig Rain och precis gick rakt igenom mitt soffbord. Jag baxar mig upp i halvsittande ställning och håller med ena handen om armbågen som slog i bordskanten. Det ringer i öronen och illamåendet åker upp och ned i halsen som en otäck kletig våg. Jag vill inte kräkas på den ljusa mattan, mattvätt är dyrt hinner jag tänka. För några sekunder tar det allt fokus att hålla kväljningarna nere, jag kniper ihop ögonen och sväljer hårt ett par gånger. Kvinnan står bara någon meter ifrån mig. Hon ser fortfarande lika avspänd ut och möter min blick där jag tittar upp från min plats på golvet.

"Våga inte röra mig!" Jag hasar bakåt trots att hon inte gör någon ansats att komma närmare. Det ringer fortfarande i öronen men kväljningarna lugnar ned sig. Jag kommer upp på knä, benen känns definitivt inte tillräckligt stadiga att stå på. Jag stirrar på henne och försöker förstå vad det är jag ser. Hon hukar sig smidigt ned så att vi sitter ansikte mot ansikte. Klänningen smyger sig som mjukt fluff omkring henne, tyget skimrar i solstrålarna som faller in. Först nu märker jag att jag kan se rakt igenom henne. Det är som att se igenom en mjuk dimma som följer en mänsklig kontur. Allt bakom henne anas mer än det syns, mjuka konturer och dämpade toner.

"Du ser överraskad ut" säger hon. Hon ler fortfarande lika vänligt och obekymrat. Överraskad är en underdrift. Det är som att stå vid sidan av och betrakta mig själv. Igen. Det är en känsla som kommit allt oftare på senare tid, som om verkligheten tar ett eget skutt och jag inte hinner med, ett glapp där jag halkar ur mig själv. Mer än en gång har jag blivit rädd att inte kunna ta mig tillbaka, att fastna i ingenstans och ingenting. Men det är något med hennes närvaro som gör att jag känner mig lugn, trots den absurda situationen. Rädslan sjunker undan och ersätts av något annat. Nyfikenhet, kanske?

"Vem är du? Vad gör du här?"

"Jag har alltid funnits med dig", svarar hon med ett pärlande skratt. "Se mig som din bättre hälft. Nu är det dags att jag kliver fram och hjälper till." Jag stirrar på henne. Vad är det människan säger? Inte ett ord låter vettigt, är hon inte riktigt klok? Alltid funnits med mig? Jag har aldrig sett henne förut. Och vad är det hon ska hjälpa till med? "Nu är jag alltså här", fortsätter hon tålmodigt innan jag samlat mig tillräckligt för att säga något. "Eftersom du bad om hjälp."

Jag minns inte ens när jag bad någon om hjälp sist. Det har inte hänt på många år. Det mesta jag stöter på klarar jag själv, det har blivit så, jag har varit ensam så länge. Det jag inte klarar själv låter jag helt enkelt bli. Och när skulle jag bett någon jag aldrig träffat om hjälp? Jag kommer på fötter och Rain reser sig samtidigt som om hon vore min spegelbild. Det känns som jag står på gungfly och jag måste ta stöd mot soffryggen. Hon gör inte minsta ansats att stötta mig.

"Sätt dig så att du inte ramlar igen", föreslår Rain och jag känner mig återigen som en gäst i mitt eget hem, men gör som hon säger. Det verkar trots allt som det enda vettiga i denna mycket märkliga situation. Jag sjunker ned i soffan och drar upp knäna för att skapa en barriär mellan oss. Rain sätter sig mittemot och jag noterar att hon än en gång går rakt igenom soffbordet.

"Du kanske börjar förstå vem jag är?" säger hon och ser förväntansfull ut. Det kan jag inte riktigt påstå att jag gör. Utan att tänka mig för sträcker jag fram min hand för att röra vid henne. Det pirrar i fingertopparna när de närmar sig hennes ben, men det finns inget att vidröra, det är som att försöka ta på en sommarbris, varm och flyktig, går inte att fånga. Från vindlingarna i bakhuvudet lösgör sig långsamt en mäktig tanke som legat och lurat ända sedan jag fick syn på kvinnan i min soffa denna morgon. Det här är ingen vanlig människa. Hon är inte ens en människa. Kvinnan som kallar sig Rain är något helt annat. Men vad? Jag hittar min röst igen och fångar en tanke som fladdrar förbi.

"Är du en hallucination?" Jag har aldrig hallucinerat och har ingen aning om hur det är. Är det så här det känns? Kanske hör det ihop med allt annat konstigt som hänt mig på senare tid, att jag glömmer vad jag gör och tappar bort mig i tillvaron? Det blir värre ju mer stressad jag är och det är jag så gott som varje dag numer. Tempot på jobbet ökar, pressen att hänga med och ligga i framkant, vara först, ha koll. På saker som jag egentligen inte tycker är så viktiga längre. Jag får obehagliga minnesluckor, de skapar en oro som tynger varje dag, ett mörkt litet troll som snabbt tuggar i sig minsta lilla glädjekänsla. Ett troll som säger att snart blir det riktigt dåligt, ett mörker ska snart smyga sig på för att skymma allt jag vet och svepa bort allt jag kan. Den välbekanta krampen i magen kniper tag. Rain höjer lite på ögonbrynen, små skrattrynkor smyger sig mjukt runt ögonen. Hon skimrar som om hon är upplyst inifrån av en varm och mjuk glöd.

"En hallucination? Varför tror du det?" frågar hon och låter genuint nyfiken.

Plötsligt slår förvirringen om till irritation och jag är inte alls intresserad av att dra i gång någon analys med den här vem hon nu är. Den märkliga situationen känns plötsligt obekväm. Svetten bryter fram och får t-shirten att klibba mot ryggen. Hjärtat fladdrar till som en fångad fjäril, ett stresstecken jag är väl bekant med. Jag slår ut med händerna för att skaka av mig känslan och få bort den mystiska Rain från mitt hem.

"Jag struntar i vad du är, ge dig av."

"Det går inte", svarar Rain. "Jag är här för att hjälpa dig."

"Hjälpa mig med vad? Jag har inte bett dig om hjälp. Ge dig i väg!" Jag viftar irriterat framför ansiktet för att få bort rosendoften som fyller mina andetag igen. Det är först nu det går upp för mig att den verkar hänga ihop med henne.

"Du pratade själv om mig nyligen. På kursen du gick förra helgen." Rain ser återigen förväntansfull ut, som om hon tror att det ska gå upp ett ljus för mig. Men det här dravlet får motsatt verkan. Jag tappar behärskningen och formligen flyger upp ur soffan.

"Ut härifrån, försvinn, stick!"

Rain skakar sakta på huvudet, helt oberörd.

"Då går jag i stället!" Som ett litet trotsigt barn tar jag pyjamasbyxorna i ett stadigt grepp och störtar utan att tänka mig för ut i trapphuset. Dörren slår igen bakom mig med en smäll. Samtidigt hör jag min granne komma från sin lägenhet ovanför. Grannen som brukar driva mig till vansinne med sitt ständiga klampande och slamrande. Det låter som om han byggt en bowlingbana i lägenheten, jag blir inte klok på hur en enda person kan föra så mycket oväsen. Precis när han dyker upp glider kvinnan som kallar sig Rain obehindrat ut genom den stängda dörren. Det snurrar i mitt huvud och min famlande hand får tag i trappräcket i sista sekund.

"Hej hej", säger grannen, lång och gänglig med okammat hår. Han ser dammig ut, som om han stått bortglömd på en hylla men nu plötsligt plockats fram. Han ger ofta ett osäkert och blygt intryck, smyger längs ledstången nedför trappen och verkar be om ursäkt för sin blotta existens. Men idag verkar han gladare, med lite spänst i stegen.

"Har du låst dig ute?" Han gör ingen ansats att intressera sig för svaret utan fortsätter förbi mig, som om det är normalt med folk i pyjamas och vilt stirrande blick i trapphuset.

"Nejdå, jag skulle bara..." Min röst tonar ut i tomma luften när jag ser honom passera rakt igenom Rain som om hon inte finns. Hon ler mot mig, blinkar lekfullt med ena ögat och nästa sekund är hon borta.

3

Jag står kvar länge i duschen trots att jag är sen till jobbet. Strålarna mot huden får mig tillbaka till verkligheten, ger någon slags känsla av normalitet. Badrummet fylls av varma vattenångor och spegeln immar igen. Jag stänger av vattnet och sveper snabbt det tjocka badlakanet om mig innan vattendropparna kyls av mot huden. Så här påkostade badlakan brukar jag inte unna mig, det här köpte jag till mamma men hon hann inte använda det. Min handflata sveper bort imman från spegeln och jag kan se mitt ansikte, leta efter tecken. Ser jag galen ut, eller sjuk? Spegelbilden stirrar tillbaka utan att ge mig några svar. Utan att bli ett dugg klokare, snarare tvärtom, försöker jag fokusera mina tankar men morgonens märkliga möte tar all plats i huvudet. Vad var det egentligen som hände?

Jag vet vilken kurs kvinnan som kallade sig Rain menade. Det var en kurs jag gick på skoj förra helgen, en kurs i att utveckla sin andliga förmåga. Spökjakt skulle man kunna kalla det. Jag vet inte varför jag anmälde mig, någon andlig förmåga har jag aldrig haft ens en gnutta av, jag tror inte på spöken och att fundera över världen bortom denna ligger inte för mig alls. Ge mig konkreta svar och logiska förklaringar, sådant man kan ta och se på. Man skulle kunna se mig som urtypen för en matematiker förutom att jag fick lägsta betyg i matte och aldrig lyckats lösa någon ekvation. Men jag var uttråkad och när Eva ville ha mig med hängde jag på. Mest för att bryta vad som höll på att bli ännu en monoton månad. Och kanske bar jag långt inne på en förhoppning om att bli motbevisad, få uppleva något fantastiskt, bli berörd? Man vet ju aldrig riktigt säkert.

Eva är en fotograf jag lärt känna via jobbet, en bekantskap som sakteliga håller på att glida över i vänskap. Vi är både lika och samtidigt väldigt olika. Vi har samma sorts humor. Rapp, lite rå och med en twist. Hennes med en glimt i ögat, min av det mer sarkastiska slaget. Förutom det är Eva min motsats, en varm och härlig människa som alla älskar direkt. Hon är som en mänsklig magnet som drar alla till sig. Man vill vara där hon är. Eva är nyfiken på allt och öppen för att pröva det mesta. Vi är båda talföra och tillsammans tog vi nog rätt mycket plats på kursen. Eller snarare, hon fick plats och jag tog den. Att synas och höras är inget problem för mig, så länge jag kan gömma mig bakom rappa repliker och smått sarkastiska kommentarer. De blir min sköld mot omvärlden så jag slipper visa vem jag egentligen är.

Kursen hölls i en oinspirerande källarlokal. Väggarna var målade i en kylig vit nyans som fick rummet att kännas kallare än det egentligen var. Det var enkelt inrett med billiga vita plaststolar och fleecefiltar slängda över ryggstöden. På ett bord kämpade små värmeljus mot draget från de smala gardinlösa fönstren. Bilder på änglar och tavlor med klyschiga budskap om att allt löser sig bara man tänker positivt hängde lite här och där på väggarna. Rätt banala i mitt tycke fast det höll jag för mig själv. Det var inte läge att komma med sarkastiska kommentarer, det kunde till och med jag låta bli.

Deltagarna var en brokig samling, tio blandade själar som sneglade försiktigt på varandra och hälsade med återhållsamma leenden. Utom Eva, som hejade obehindrat till höger och vänster och spred sin glada energi så att värmen steg någon välbehövlig grad i rummet. Vi slog oss ned på cirkeln av plaststolar och började kort presentera oss. Bredvid mig satt en mycket ordrik professor med långt trassligt grått hår. Hon påminde lite om min okammade granne. Professorn såg andar och änglar mest hela tiden och brydde sig inte om att omgivningen för länge sedan bestämt sig för att hon var smått galen. Hon verkade kunna prata hur länge som helst och gick nästan inte att få stopp på men var märkligt behaglig att lyssna på.

På min andra sida satt professorns raka motsats, en tyst och tillbakadragen kvinna med blytung utstrålning. Hela hennes gestalt var nedtyngd av sådan sorg och förlust att det värkte i kroppen när jag såg på henne. Hon lyfte knappt blicken en enda gång och satt helt stilla med händerna i sitt knä, försjunken i sig själv. Mitt emot satt en ung vacker kvinna med samma lätta, ljusa energi som Eva. Hennes leenden var varma och innerliga, även när hon öppet berättade att hon var svårt sjuk, inte hade så långt kvar att leva och var här för att hitta hopp om ett liv efter döden. Mitt eget vardagsgnäll kändes patetiskt jämfört med hennes situation, så som det ofta gör när man konfronteras med någon som har det tufft på riktigt.

Eva var som alltid entusiastisk och lyste av nyfikenhet och välvilja, så där så att alla omkring henne lutade sig lite närmare för att vara i hennes strålglans. Själv försökte jag hålla ordning på mitt ansiktsuttryck för att se så vänlig ut som möjligt ifall någon ande skulle våga sig åt mitt håll. Man ville ju inte skrämma bort den med de vanliga sura minerna i så fall.

Kursledaren, som sig bör insvept i långa schalar, inledde med en lång monolog om hur saker och ting är ordnat i universum. Vi fick en lektion om änglar och andra väsen och om några hon kallade guider som varje människa har som en följeslagare genom livet. Hur hon fått den informationen framgick inte riktigt och just när jag skulle fråga fick jag en varnande blick från Eva som tystade mig. I stället lät jag mina ögonbryn dra sig uppåt på ett sätt som med all säkerhet kommunicerade mina tvivel. Det var meningen.

"Guider! Som en butler, typ", viskade Eva under en paus och jag fnissade.

"Eller hur! Det vore toppen, jag har en hel del jag behöver hjälp med", viskade jag tillbaka och himlade med ögonen när vårt fnissande straffades med en ilsken blick från fröken. När vi väl satte i gång övningarna blev det full fart. De andra såg andar, auror och änglar, små flickor från artonhundratalet som svävade genom rummet och kroknästa gamla gubbar hukande i hörnen. Själv såg jag inte ett dugg och ingen avliden släkting kom på besök för att tala om för mig vilken underbar människa jag är. Jag satt på min plaststol med filten över knäna som en ganska sur tant medan besökare från andra sidan tydligen trafikerade rummet med samma intensitet som den värsta eftermiddagsrusningen på Essingeleden.

"Jag ser en gammal dam som kommer till mig" sa någon, ögonen vitt uppspärrade i förundran. Med tanke på min spegelbild i morse kunde jag bara hoppas att hon inte menade mig.

"Det är min faster" utropade någon annan. Alla verkade beredda att acceptera minsta knäpp eller fladdrande ljuslåga som ett tecken från andra sidan. Alla utom jag. Jag saknade förklaringarna, hur och varför, konkreta bevis. Visa mig något jag kan se och ta på. Men här var det fritt fram för vilket spöke som helst att ge sig tillkänna utan någon närmare förklaring. Som väntat kom heller ingen ande för att ge mig något budskap eller utlova kärlek och lycka i livet. I alla fall ingen jag märkte av.

Det var ändå en underhållande dag och inte helt bortkastad tid, det är alltid trevligt att hänga med Eva. Väl ute efter kursens slut tittade vi på varandra och skrattade, både lättat och osäkert.

"Jaha, vad tyckte du om det där?" frågade Eva. "Kom det någon gammal faster med visdomsord till dig?"

"Nej, inte vad jag märkte i alla fall, men det var en kul upplevelse. Jag blev förvånad hur okritiska människor är, att de köper allt rakt av."

"Det håller jag med om", sa Eva. "Man tror det man vill tro. Ganska oförargligt ändå."

"Ja kanske det. Fast lite snopet att den där guiden eller vad det kallades inte dök upp", svarade jag. "Den kunde jag ha användning för."

"Verkligen! Vem vet, vi kan komma hit igen och se om det går bättre nästa gång. Våra guider var kanske på semester idag." Hon såg på mig med ögonen fulla av skratt. Jag gjorde en grimas och borstade av mig hennes förtjusning.

"Nja, det får vara för min del, jag tror inte någon guide är särskilt road av att kliva in i min tråkiga tillvaro."

Eva skrattade vänligt åt mig. Min cyniska underton gick henne förbi eller så valde hon att inte höra den. Vi skildes åt och travade hemåt till våra respektive liv. För en gångs skull kände jag mig inte lika ensam som vanligt.

***

Medan imman sakta dunstar från badrumsspegeln tar en tanke sakta och mycket motvilligt form fast jag inte riktigt vill.

Det där med personliga guider var inget vi tog på allvar, allra minst jag som faktiskt tyckte det var rena rama dravlet. Men är det en sådan Rain är? Min guide? Tanken både svindlar och tar emot. Men det finns inte tid att grotta i det nu, klockan rusar och jag måste komma ifatt den här dagen. Efter lite rotande runt bland min makeup börjar jag skapa mitt arbetsansikte med bestämda och invanda rörelser. Tunna lager av foundation, puder och färger som väcker liv i mina genomlevda drag. Korallfärgat rouge får ge glans åt ögonen och skimmer över kinderna, en mörk eyeliner skärper blicken. Kanske lurar den också uppmärksamheten bort från påsarna under ögonen. Håret får torka av sig själv på vägen till jobbet, det sparar tid och det är fortfarande sensommarvarmt ute.

Jag har ett par möten idag och väljer en djupt blå kavaj för den mer professionella framtoningen. De höga klackarna åker ned i väskan, förflyttar mig gör jag helst och snabbast i sneakers. Ett varv i lägenheten för att hitta mobilen, ett snabbt öga i mejlen, ingenting som brådskar. Så ut genom dörren för andra gången denna morgon, nu påklädd. Det myllrar av tankar som vill fram men jag skjuter bort dem och hastar nedför trapporna. Gatan utanför är dränkt i höstmorgonens bleka solsken som gör tappra försök att torka upp resterna av nattens regn. Morgonens rivstart med besök av en genomskinlig främling har maxat min adrenalinnivå och att vara sen till jobbet gör mig ännu mer stressad. Full fart mot kontoret.

4

Den ovanliga starten på dagen känns som något jag sett på film, allt overkligare för varje sekund medan jag hastar längs gatorna. Det leder tankarna till min pappa som inte vet vem jag är längre, han minns inte att jag någonsin funnits. Är demens ärftligt? Hur tidigt kan det komma? Vad rör sig i en hjärna när den faller sönder? Ser man kanske spöken? Är det vad som hände i morse? Är det därför jag glömmer vad jag gör?

Det har blivit allt svårare att få ihop jobbet mellan minnesluckorna och hålla skenet uppe. Magen knyter sig när jag tänker på fadäsen igår. Att inte känna igen en kund fast vi träffats flera gånger, hur förklarar man det? Jag lyckades skämta bort misstaget i stunden men det gick inte obemärkt förbi. Min kollega Jens gav mig ett bekymrat ögonkast bakom kundens rygg som ingen annan än jag såg och förstod. Det sved. Plötsligt måste jag ta ett snabbt steg åt sidan för att undvika en liten hund som skuttar ut från en port med sin ägare snubblande efter.

"Vad fan, se dig för" fräser en irriterad röst. En ung man med mörkt bakåtslickat hår har tvärstannat bakom mig, nedstänkt av kaffe som skvätt över hans ljusa trenchcoat.

"Ojdå, förlåt, men jag har inte ögon i nacken", svarar jag snävt. "Du kanske kan se upp själv också." Det var lite väl otrevligt av mig men jag försökte inte ens hejda mig. Nerverna är spända som fiolsträngar och mitt tålamod för dagen är redan slut. Han tittar nätt och jämnt åt mig utan slänger bara ur sig ett "Surkärring" med överläppen krökt i förakt.

Tydligen tycker han inte att det är värt att tjafsa med mig. Jag ignorerar skamkänslan som pickar mig på axeln. Det var onödigt att vara så snäsig, fast å andra sidan var det han som började.

Vår nya logotype bländar när jag kliver över tröskeln till kontoret. Den ska signalera hur medvetna vi är om vad som är viktigt här i världen, i alla fall om man vill vårda sitt varumärke. Det kanske den gör. De nya ägarna frågade inte vad jag tyckte när de bytte ut den. Ändå är jag kreativ chef på byrån och borde ha en hel del att säga till om i en sådan fråga. Så blev det uppenbarligen inte den här gången och en gissning är att det blir mindre av den varan framöver också.

Jag är sen denna morgon men jag är inte sist. Här kommer vi och går som vi vill, så det är lätt att obemärkt glida in och ta mig an dagen som om ingenting hänt. Jag kan till och med låtsas att jag just kommit från ett externt möte. Ännu en fördel med att vara chef. En plats vid fönstret är ledig och jag sluter ögonen i några sekunder. Försöker komma i takt med mig själv, hitta lugnare andetag, stillna i nuet. Det går förstås inte. En snabb knapptryckning väcker obarmhärtigt den slumrande datorn och jag sparkar av mina sneakers, tvingar fötterna från sin trivsamma tillvaro ned i ett par splitternya, obekväma men snygga stilettklackade pumps. De klämmer ihop tårna precis lagom mycket för att man ska hålla sig vaken en hel dag. Ett tiotal dokument ligger på skärmen och skriker efter uppmärksamhet. En annons att godkänna här, en storyboard att bedöma där, fakturor att attestera, en förfrågan från Jens om semester. Bara att hitta fokus och sätta i gång att jobba. Hur nu det ska gå till.

"Du har besök" säger Maja och jag lättar en decimeter från stolen, skrämd av hennes plötsliga uppdykande. Med hjärtat i halsgropen går jag mot receptionen. Vad är det som väntar mig nu? Det är väl inte den där Rain som dyker upp på mitt jobb? Men jag ser ryggtavlan på en mörkhårig man i receptionen och minns i sista sekund att den nya vd:n har bett mig träffa en kandidat för intervju idag. Hjärtat landar lättat på sin rätta plats. Jag ska precis sätta på mig ett leende när han vänder sig om och jag ser hans kaffefläckade trenchcoat.

"Vi möts igen ser jag. Välkommen." Jag tvingar fram ett leende och en utsträckt hand.

"Tydligen" svarar han och tar min hand utan att le. "Adam Berg." Det ilar till av irritation i mig när han inte ler tillbaka. Det var inte mitt fel att vi krockade även om jag kunde varit trevligare. Det kunde han också för den delen.

"Jag beklagar kaffet på din rock, det var olyckligt." Han får inte mer ursäkt än så och jag sveper med armen mot konferensrummet bakom glasväggen. "Här ska vi vara. Varsågod och slå dig ned. Vill du ha kaffe?" Frågan slinker fram utan att jag hinner hejda den och jag vill bita mig i tungan.

"Ja tack, jag har inte hunnit dricka något än."

Det hade kunnat vara en kul kommentar men han behåller sitt stenansikte medan han slår sig ned. Jag gör en mental notering att han både är dryg och saknar humor. Rocken lägger han nonchalant över en annan stol, som om han bara ska stanna en liten stund. Dessutom med kaffefläckarna väl synliga. Skämtar han med mig? Tycker han att en anställningsintervju är det rätta tillfället att sätta mig på plats? Jag spelar med i hans attityd, rätar på mig, skjuter bak axlarna och spänner blicken i honom. Dags att styra upp det här mötet.

"Välkommen hit, jag ser fram emot att lära känna dig. Vi behöver en driven projektledare och du har visat intresse för den här möjligheten."

"Det stämmer." Mer säger han inte. Han gör det inte lätt för mig, den gode Adam.

"Varför vill du ha den här rollen?"

Jag skjuter skarpt direkt men vi blir avbrutna av Maja som kommer med kaffe och lägger ovanligt mycket tid på att placera ut kopparna på bordet. Hon har lyckats hitta några kakor som hon ställer närmast Adam. Det har inte undgått henne att han ser mycket bra ut.

"Tack Maja. "Jag ler fast det stramar i mungiporna och spänner ögonen i Adam igen utan att upprepa min fråga.

"Jag har det bra där jag är", börjar han och jag himlar med ögonen inombords. Kom till saken för guds skull. Min blick sveper över hans CV som för att påminna mig om vem han är innan jag ser honom rakt i ögonen. Adam tittar med fast blick tillbaka men säger ingenting. Det här börjar bli löjligt.

"Såååå...?" Jag adderar ett höjt ögonbryn till mitt frågande tonfall. Det är som att prata med ett tuggummi, ska jag behöva dra allt ur honom?

"Det kan vara ett intressant nästa steg för min karriär" klämmer han ur sig. Jaha, en karriärist. Då ska vi se om han har något att komma med.

"Vi har stora förväntningar på vår nästa medarbetare. Är du en relationsbyggare, Adam?"

Vanligtvis hoppar jag inte rakt på detaljfrågorna men kandidaterna brukar vara mer angelägna om att visa sig från sin bästa sida. Normalt sett har jag heller inte spillt kaffe på dem och snäst av dem dessutom. Jag ignorerar en dov spänningshuvudvärk som börjar smyga sig på.

"Absolut. Jag är bra på att ta folk, känner in vem jag har att göra med, skapar förtroende, folk märker att jag verkligen bryr mig om vad de vill och behöver." Han lutar sig med förnöjd uppsyn tillbaka och skickar samtidigt ett ögonkast mot receptionen genom glipan i draperiet. Utan att se det kan jag känna hur Majas kinder färgas rosa och hennes ögon börjar tindra.

"Det låter fantastiskt, Adam. Precis en sådan förmåga som vi har tänkt oss. Jag blir nyfiken, berätta om någon av dina mer framgångsrika kundrelationer." Det är som att leda ett får till fällan, han kan förstås inte motstå frestelsen att briljera. Han lutar sig ännu lite mer tillbaka och gör sig ingen brådska medan han väljer bland alla sina framgångar. Medan Adam berättar om hur hans kunder har höjt honom till skyarna, hur han räddat vingliga varumärken, kraschade kampanjer och felsatsade marknadsbudgetar kämpar jag med att behålla fokus. Det finns inga tvivel om att han kan sina saker, han är erkänt bra på det han gör. En projektledare med en stark kreativ ådra, precis vad ledningen sagt att vi behöver och bett mig rekrytera. Men jag har fortfarande inte fått svar på varför han vill jobba hos oss. Han sitter idag på en av de mest välkända byråerna i stan och vi är en mindre aktör, om än erkänt vassa på det vi gör.

"Imponerande meriter, Adam. Du ser utveckling för egen del sa du, vad tänker du då?"

Adam drar långsamt handen genom sitt mörka hår och ler för första gången.

"Jag tänker ta ditt jobb, Alice.

5

Den sena eftermiddagssolen väller in genom fönstren och jag ångrar att jag valde en fönsterplats i morse. Nu finns förstås ingen annan plats ledig. Bara att vackert sitta kvar och svettas. Jag hamrar på tangenterna och kör runt med musen så att markören far som ett galet knott över skärmen. Ingen märker min irritation, alla sitter med hörlurar fullt försjunkna i sina egna projekt. Eller så har de slutat bry sig, vana vid mina skrivbordsutbrott som de är vid det här laget.

"Stressad, Alice?" Den nya vd:n Tom står plötsligt framför mig i sin medvetet skrynkliga sandfärgade linneskjorta, läderremmar runt hals och handled och den rätta gyllene tonen på solbrännan. Han ser alltid ut som om han just kommit från något sinnessjukt dyrt hotell på Ibiza. Ett sådant där världsberömda DJ:s spelar för osannolikt vackra människor som ligger i drivor runt poolen och häller i sig champagne. Han verkar ständigt veta vad man tänker och har en obehaglig vana att se lite för länge in i ens ögon. I alla fall för min smak. Det lilla vi haft med varandra att göra har gjort mig obekväm varje gång. Han är som ett begynnande skavsår när man har kommit halvvägs och varken kan vända om eller fortsätta framåt utan att bli helt skinnflådd. Man kommer inte undan att det gör ont. Tom vet förstås ingenting om hur stressad jag är, mina minnesluckor och min oro. Det är inte en person man vill visa sig svag för. Han är minst femton år yngre än jag, samma ålder som Adam fast uppenbarligen ännu mer framgångsrik. Jag har arbetat längre än de har levt fast det ser de dessvärre inget värde i, snarare tvärtom. I hans ögon är jag betydelselös, jag är förvånad att han ens kommer ihåg vad jag heter.

"Inte alls, bara en långsam dator som inte hänger med i mitt tempo." Det låter oerhört patetiskt. Som om jag, Alice 48 år, skulle vara vassare än en Macbook Pro.

"Andas, Alice, andas", säger han och låter som någon slags meditationsguru. Han drar fram en stol och sätter sig alldeles för nära, invaderar min personliga sfär. Med flit, förstås. Lutar sig fram, vilar armbågarna mot knäna och hakan i händerna. En mörk hårslinga faller ned i hans panna, en lätt pust av sandelträ sveper förbi. Han borrar sin bruna blick i min.

"Du träffade Adam idag." Det är ingen fråga så jag säger ingenting. "Han är bra, en riktigt vass projektledare. Bra track record, flera riktigt fina case. Kul att han är intresserad av oss, jag har jobbat med honom tidigare. Han kommer att tillföra precis det vi behöver nu framåt."

"Det låter som att du redan bestämt dig?" Jag höjer ögonbrynen på ett sätt som jag hoppas signalerar ifrågasättande snarare än förvåning. "Han är absolut bra på det han gör men jag är inte övertygad om att han passar hos oss."

"Han nämnde att ni kommit lite på kant med varandra." De har alltså redan talats vid, över mitt huvud. Så fint. "Det där löser du, du är en erfaren och klok kvinna, Alice."

Han får det att låta som en belastning snarare än en tillgång. Dessutom med ett outtalat hot att det är mitt ansvar att få det att fungera.

"Han börjar på måndag och kommer att rapportera till mig medan jag ser över hur vi bäst ska organisera oss framöver."

Jag känner mig som en boxboll, käftsmällarna bara öser på. Är han redan anställd? Det är tydligt att Tom inte är intresserad av någon dialog kring sina beslut, i alla fall inte med mig. Vad var poängen med att intervjua Adam om det inte spelar någon roll vad jag tycker och han ändå inte ska ha mig som chef. Är läderremmen runt Toms hals är tillräckligt stark för att strypa honom med? Jag kommer inte på något att säga innan Tom skjuter tillbaka stolen och reser sig upp. Det blir lättare att andas för några sekunder men så ger han mig ett iskallt ögonkast över axeln.

"Vi tar ett snack nästa vecka, Alice."

Hur många knivar i ryggen kan man få på bara några minuters samtal? Famlande låtsas jag leta efter något i handväskan för en liten respit att samla mig. Jag vill inte möta de andras blickar, de har säkert följt samtalet med stort intresse. Men när jag ser upp sitter alla kvar i sina bubblor med hörlurarna på. Kanske vet de allting redan och jag är den enda som har hållits utanför? Det svider i mellangärdet igen.

Allt var mycket bättre när grundaren Anders och jag var ett radarpar innan han sålde byrån till riskkapitalister. Han litade på mig och värderade min erfarenhet, han skulle aldrig ha fattat ett sådant här beslut över mitt huvud. Men de nya ägarna kom in med sin egen vd, den gode Tom som jag nu måste stå ut med i stället. Nu bor Anders på en vingård i Frankrike och bryr sig inte om vad som händer med byrån längre. Och inte om mig heller. Jag vill inte säga att det var bättre förr fast det är verkligen så det känns.

När Tom gått får jag en stund att låta tankarna flyga fritt. De beger sig förstås genast tillbaka till det märkliga mötet i mitt hem i morse. Med bruset från staden utanför som verklighetsförankring och mina högst levande kollegor omkring mig känns hela morgonen som en film. Fast inte en film jag skulle valt att se.

När dagen närmar sig sitt slut når mig ett klingande skratt från receptionen och jag känner igen Evas glada röst. Hon dyker upp med sitt stora leende och varma utstrålning. Eva är som en vandrande kram, något jag vanligtvis brukar värja mig för. Just idag känns det dock mer välkommet. Men Eva vet att jag inte är den kramiga typen så hon hoppar över det.

"Hej Alice, kul att se dig! Hur är med dig, det var ett tag sedan!"

Jo tack, tänker jag. Jag såg ett spöke i mitt vardagsrum, träffade en skitstövel som tänker ta mitt jobb och så kom vd:n och anställde honom. Ungefär så är det.

"Hej själv. Skulle vi ses?" Det isar i magen, har jag glömt något nu igen? "Förlåt, jag har en körig dag…"

"Nejdå, jag hade en stund över och ville passa på att säga hej."

Hon är klok nog att inte säga något om när vi sågs senast på kursen, spökjakten vill jag inte trumpeta ut på jobbet.

"Jag hoppades få med dig ut på en after work också om du inte är upptagen?"

Egentligen är mitt svar alltid att jag är upptagen, helt enkelt för att jag inte vill träffa folk. Motivationen att vara social är låg numer. Inte som förr då jag sprang ute var och varannan kväll. Men allting förändras. Inte minst jag själv. Så nu hör jag mig själv säga ja. Evas vänliga ansikte blir ett plåster på skavsåren Adam och Tom. Visst kan jag hänga med för en gångs skull.

"Jag har någon timme över efter jobbet." En timme är min gräns för hur länge jag vill umgås. "Låt mig bara avsluta några småsaker, en kvart ungefär, så kan vi gå strax."

"Absolut! Jag kan passa på att visa er AD mina senaste fotografier. Vad är det hon heter nu igen?"

"Nike. Jag tror hon sitter längst bort intill caféet idag."

"Toppen! Ses snart." Hon sänker rösten så att bara jag ska höra. "Har jag tur kanske jag får en glimt av er nya vd, jag såg en intervju med honom i Resumé. Herregud vad snygg han är!"

Hennes skratt faller som solglitter över mig när hon försvinner i väg med klapprande klackar över parkettgolvet. Snygg? Det är möjligt. Om man gillar typen. Han ser olidligt bra ut och lyckas få det att verka som om han inte vet om det. Det gör honom förstås ännu attraktivare. I alla fall i andras ögon. I mina är han en obehaglig typ som jag ska passa mig för. Efter att ha svarat på mejl och attesterat fakturor godkänner jag Jens semesteransökan med ett knapptryck och utan närmare eftertanke. Eva dyker upp igen samtidigt som jag stänger av datorn.

"Har du något favoritställe, Alice?"

Jag vill inte gärna erkänna att jag inte har särskilt bra koll på vilka ställen som finns att hänga på i krokarna, än mindre har jag en favorit. Det enda jag bryr mig om är att det går att prata i normal samtalston. Ett kriterie som utesluter de flesta barer i stan skulle jag tro.

"Olssons är ok tycker jag", får jag ur mig och hoppas att den baren fortfarande finns. Det var åratal sedan jag var där fast det ligger precis runt hörnet.

"Perfekt! Där hör man vad man säger till varandra också. Har vi tur får vi plats ute!" Evas entusiasm skulle kunna vara smittsam men jag vill varken se eller synas och sitter helst inomhus, gärna i ett hörn. Men jag nickar och hoppas att ödet är på min sida.

Uteserveringen är redan knökfull av upprymda, sorlande människor, infravärmarna är påslagna så ingen lär lämna sin plats i första taget. Vi går tillbaka in och hittar ett bord vid fönstret.

"Vad vill du ha, jag tar den första omgången." Hon studsar upp igen lika snabbt som hon satte sig. Första omgången? Enda omgången menar du, tänker jag.

"Ett glas vitt, husets blir säkert utmärkt."

Vi sitter en stund med våra glas och ser genom den välputsade glasrutan på människorna utanför. Så många som har passat på att fånga det vackra vädret, kanske en av de sista riktigt varma dagarna på länge. Det är trångt runt borden och luften är full av förväntan inför helgen. Våra glas immar, vattendroppar rinner längs foten och bildar en liten pöl på marmorskivan. Jag lägger en servett under för att suga upp fukten och ger en annan till Eva.

"Tack!" Hon låter den glida in under sitt glas och vänder sina varma bruna ögon mot mig. "Vad trevligt att du ville följa med, Alice. Hur har du haft det?"

"Bara bra, det har inte hänt något särskilt." Jag levererar min lögn utan att blinka. Men jag kan inte gärna berätta om vad som hände i morse. Och vi är inte så förtrogna än att jag vill blotta strupen och avslöja min oro för jobbet.

"Hur har du det själv, hur går businessen?"

"Det går bra, tuff konkurrens, men jag fortsätter som vanligt. Nike gillade mina nya bilder."

"Skål för det!" Det låter lika krystat som det känns när jag lyfter mitt glas och klingar det lätt mot Evas. Hon ler tillbaka.

"Har du hunnit bekanta dig med er nya vd än?"

Jag tar en klunk av det kalla, friska vinet och sätter nära nog i halsen när jag plötsligt får syn på Adam och Tom på uteserveringen. Två självsäkra och framgångsrika unga män. Uppenbarligen trivs de i varandras sällskap, de skrattar och ser avspända ut. Båda har dyra solglasögon som döljer deras blickar så att de kan skanna av alla kvinnor som passerar. I samma stund reser de sig och lämnar sina åtråvärda platser till ett par unga tjejer med samma självsäkra utstrålning och gyllene solbränna. Eva följer min blick och skrattar.

"Visst är det han? När man talar om trollen."

"Minst sagt." Mitt korta svar låter vasst och Eva rynkar ögonbrynen en aning men hon säger inget. "Vill du ha mer vin? Min tur."

Mitt glas är inte ens tomt men jag vill komma bort från skottlinjen när Adam och Tom passerar. Innan hon hinner svara reser jag mig alldeles för fort, handväskan fastnar i stolen som välter med ett brak. Dumt gjort, jag skulle suttit stilla och gjort mig osynlig. Oväsendet får halva stället att vända på huvudet och drar förstås också till sig Toms uppmärksamhet när de passerar. Han kunde nöjt sig med en nick eller vinkning eller ännu hellre låtsas som ingenting, men icke. Han kommer fram till vårt bord med Adam hack i häl.

"Alice. Syns och hörs som vanligt." En kort nick åt mitt håll och så bränner han av ett strålkastarleende mot Eva. "Jag kan inte riktigt placera dig, visst har vi träffats? Tom heter jag."

För en sekund ser hon ut som om hon är helt bländad, drunknande i hans intensiva ögon. Jag vill sparka henne på smalbenet.

"Eva, fotograf, jobbar mycket med Alice så jag springer hos er en del." Hon ler tillbaka, det går nog inte att låta bli när man blir utsatt för Toms bedövande charm. Gissar jag i alla fall, jag har ingen egen erfarenhet av det. Tom nickar och lägger armen lätt runt Adams axlar med en min av äganderätt och föser honom framåt. Inbillar jag mig eller knäar Adam en aning under tyngden av Toms tydliga förväntningar?

"Det här är Adam, vår nya projektledare."

Adam hälsar utan att ens titta åt mitt håll och försöker sig på ett leende som inte på långa vägar är av samma kaliber som dem som Tom fyrar av.

"Vi ska vidare, ha en trevlig kväll. Vi ses." De tar ut en ny riktning mot kvällens äventyr utan att invänta våra svar. Jag tvingar fram ett bortkastat leende som är så stelt att kinderna är nära att krackelera. Vilken sekund som helst kommer de att spricka och falla i smuliga bitar ned på bordet.

"Så det var den nya vd:n. Han verkade väldigt nöjd med sig själv." En syrlig ton som jag inte riktigt hört från Eva förut smyger sig in i hennes kommentar och jag ser glatt överraskad på henne. Tydligen föll hon inte för hans charm. Det blir ett pluspoäng för henne. "Hur blev det med vinet? Eller ska du fortsätta möblera om först?" Eva fnissar och jag dras med i hennes munterhet och ler tillbaka.

"Jag fixar det, håll ställningarna så länge." Det var länge sedan jag beställde något i en bar och jag känner mig allt annat än världsvan. Särskilt inte efter stolvältarmanövern. Men jag kommer tillbaka med två glas utan ytterligare fadäser.

"Berätta om Tom."

Det som skulle kunna vara en nyfiken fråga låter i Evas mun mer som genuint intresse med ett stråk av omtanke. Hennes varma utstrålning är som en kokong omkring oss. Jag vill hälla ur mig dagens spänningar, rakt över bordet, men behärskar mig.

"Inte så mycket att säga egentligen. Han har nyligen börjat och verkar ganska tuff. Med de nya ägarna i ryggen har han högt ställda krav på sig. Och på oss." Det svider till i ögonen när en tår smiter ut och överraskar mig, jag är inte den som gråter i första taget. Den våta droppen hinner inte ens ned på kinden innan jag snabbt gömmer ansiktet bakom vinglaset och sveper bort den. Skärpning, Alice. Om Eva har märkt något så säger hon inget utan byter smidigt ämne till sin dotter Linnea som tydligen vill jobba med marknadsföring. Mina nickningar och hummanden hamnar någotsånär på rätt ställen medan jag lyssnar med ett halvt öra.

I takt med att kvällen mörknar och vinet sjunker i glasen börjar tankarna vändas hemåt och snuddar vid vad som kan tänkas vänta mig där. För ett ögonblick leker jag med tanken att berätta för Eva om vad som hände i morse, om den objudna gästen i min soffa och hur hon försvann i tomma intet. Men vi känner inte varandra tillräckligt väl för så ovanliga förtroenden. Ett sug i maggropen signalerar dessutom att det börjar bli dags för middag och vi bryter upp. Eva för att landa i värmen hos sin stora familj och jag för att gå hem till min tomma lägenhet.

6

Ryggsäcken landar med en tung duns på hallgolvet när jag sliter av mig kappan. Fast kvällen är sval kletar min tunna blus som en fuktig, sladdrig extra hud. Förbannade klimakterieskit, ständigt för varm, ständigt svettig. Jag som brukade älska värme, kunde ligga på stranden i timmar långt efter att alla andra kroknat. Nu kan jag inte ens gå hem från jobbet utan att flyta bort. Jag kastar ilsket blusen på sängen och drar på mig mjuka byxor och en sval t-shirt. Nu blir det soffan, sushi, Netflix, ett glas vitt och dra igen dörren om den här veckan. Hej då tankar på Adam eller Tom. Dags för fredagsmys à la Alice Solokvist.

Med fjärrkontrollen i ena handen och vinglaset i den andra klickar jag fram det senaste avsnittet av serien. Det svala vinet pärlar mot tungan, syrligheten drar i ögonvrårna och får mig att kisa medan avsnittet upp rullar på skärmen.

"Tuff dag, Alice?" Fjärrkontrollen far som en projektil och kraschlandar på golvet och vinet stänker över både mig och mattan. Tur att det var vitt, hinner jag tänka. Plötsligt sitter hon där igen, i min soffa, oinbjuden. Lika självlysande och rosendoftande som i morse.

"Vad fan", börjar jag och sväljer ned hjärtat från hals-gropen till sin normala, mer sansade rytm. En hopknycklad servett från gårdagens middag framför tv:n ligger kvar på bordet så jag försöker torka upp vinet med den. Jag blänger på gestalten som kallar sig Rain.

"Vad gör du här nu igen?" Jag förundras av att jag inte blir särskilt rädd av hennes plötsliga uppdykande. Snarare irriterad men det är jag ju rätt ofta numer. Rain studerar mitt frenetiska torkande med ett roat småleende som också speglas i hennes grå ögon.

"Jag sa ju det, jag har kommit för att hjälpa dig. Och det verkar behövas." Rain gör dock ingen ansats att vare sig laga fjärrkontrollen eller torka upp vinet. Uppenbarligen är det inte det hon tänker hjälpa till med. "Först ska vi göra en plan för hur du ska hantera Tom. Det andra tar vi itu med senare."

Nu fångar hon min fulla uppmärksamhet. Här går vi tydligen rakt på sak. Vad vet hon om Tom? Det här vill jag höra mer om. Rain ser förväntansfullt på mig, som om hon gett mig ett vackert inslaget paket och knappt kan bärga sig tills jag öppnat det. Hon klappar ljudlöst ihop händerna med ögonen fulla av glittrande små gnistor. Jag kan inte låta bli att le och avstår från att fråga vad det där andra som vi ska ta itu med är.

Det finns en hel del att välja på. Inte minst från förr i tiden. En flyktig tanke gör sig fri från det mörka hål där jag grävt ned den under många års lager av förträngning. Björn. Och barnet. Allt det där jag varken pratar om eller tänker på. Jag ruskar blixtsnabbt av mig minnesbilderna som den expert jag blivit på att gömma allt jag vill glömma. Det finns tillräckligt mycket i nuet att krångla med utan att det förflutna behöver få plats. För första gången på länge spirar ett pirr av förväntan och det får mig att släppa taget om det lilla motstånd jag har kvar till denna märkliga gestalt. Kan hon hjälpa mig att bli av med Tom är jag mer än idel öra.

"Vi ska inte göra oss av med någon." Självklart har hon läst mina tankar. Det förenklar förstås, jag behöver inte förklara så mycket. Fast lite snöpligt är det, jag hoppades att hon kunde få honom att försvinna ut ur mitt liv. "Han vill dig inte väl så du måste se till att inte bli överkörd." Hon nickar bekräftande åt sina egna ord och betraktar mig, inväntar min reaktion.

Det låter som tips ur en veckotidning och besvikelsen sköljer över mig. Att Tom inte är på min sida vet jag redan, det kan vem som helst räkna ut utan hjälp av en ande. Klart han kör över mig, jag som alltid varit en mes. Lätt att putta undan och överrösta, aldrig den som stått på mig eller fått andra att vilja följa mina steg. Det är ett under att jag blivit chef. Höjer man rösten eller en hand åt mig backar jag snabbt undan. Redan som liten var jag oftast i utkanten, inte utfrusen men inte heller inbjuden. Emellanåt skrattad åt, för mina urvuxna byxor som mamma förlängde med bollfransar, sådana som hängde längs kanten på köksgardiner. Bruna dessutom.

Eller för att jag gick alldeles för rak i ryggen. Fick inte alla barn träna på att gå med böcker på huvudet, paradera framför pappa? Hånskratten lärde mig att hålla mig utom räckhåll för dem som ville illa samtidigt som jag också slank ur händerna på dem som ville väl. Jag utvecklade mycket känsliga tentakler för att snabbt ta reda på vem som var vän eller fiende. Kanske lades grunden för min tillbakadragna livsstil redan där?

"Han smider planer och du är inte en del av dem." Rains analysförmåga imponerar inte nu heller, även detta har jag redan förstått. "Det är Adam däremot. Honom ska du vara rädd om."

Hon uttrycker sig minst sagt lite luddigt så jag höjer frågande på ögonbrynen.

"Vad menar du nu? Adam? Han har ju inte ens börjat ännu."

"Han kommer på måndag, som du vet." Rain betraktar mig medan hon stryker med handen över några skrynklor i sin klänning. "Du kommer att konfronteras med honom direkt så var beredd på det."

"Hur då? På vilket sätt kommer vi att konfronteras?" Det här är verkligen inte till någon större hjälp. Rain är som en lätt förvirrad spågumma som hasplar ur sig självklarheter till ingen nytta. Jag tycker inte om konfrontationer. Snarare är jag den som skapar ett smidigt klimat utan vassa hörn och hårda kanter. En miljö där alla kan trivas och inget sticker ut. Jag har god hjälp av Jens som mina extra ögon och öron.

Som chef ska man förstås inte ha favoriter men det är svårt att inte tycka bäst om honom. Han låter sig inte imponeras av yta och pladder, som den trygga jordnära typen uppvuxen i dyngan på en bondgård som han är.

Jens är min bästa projektledare och även min närmaste vän på jobbet. Den enda som jag vågar visa mig osäker inför utan att få halsen avskuren. I vår värld får man inte visa sig svag, då blir du uppäten direkt. Eller i alla fall överkörd. Men Jens står vid sidan av spelet och får respekt för den han är. Kunderna älskar honom och hans härliga jordnära stadighet och det gör jag med.

"Honom ska du också vara rädd om", upprepar Rain som återigen verkar ha läst mina tankar. "Han står också i vägen för Adam fast inte lika mycket som du. Dessutom har du ställt till det och det får vi reda ut på måndag."

Glittret i hennes ögon har bleknat en aning och jag tycker mig kunna skymta soffkudden tydligare genom hennes kropp, ungefär som när man kan skönja ett landskap genom dimma. Min fråga om vad det är jag har ställt till hinner inte fram innan hon bleknar bort helt och jag är ensam kvar i soffan. Först nu blir jag medveten om att tv:n fortfarande står på och att serien har rullat förbi osedd på skärmen. Det är tur att jag inte betalat för den här terapistunden för jag är inte ett dugg klokare än jag var innan. Snarare tvärtom. Lyckligtvis har jag en händelselös helg framför mig och gott om tid att fundera på hur jag ska mig an Tom framöver.

7

Måndagströtta ansikten skymtar genom glasväggen i konferensrummet. Solljuset studsar mot den blanka bordsytan och väcker sömniga blickar. Någon gnuggar sig i ögonen, kanske bländad, eller för att tvinga bort tröttheten. En annan drar med fingertopparna längs fransarna som för att få bort de mörka skuggorna som dröjer sig kvar efter helgen. Jens pekar på sin laptopskärm, diskuterar något med en kollega. Löjligt dyra Kombuchadrycker samsas på bordet tillsammans med lattemuggar i miljövänlig brun papp.

"God morgon, allihop!" Jag ler mot var och en och får mer eller mindre varma leenden tillbaka. Att ta plats vid kortändan får mig att känna mig som en pompös bankdirektör på 40-talet men det är den enda lediga platsen. Jag drar ut stolen med en tacksam tanke till den som valde den mjuka ljuddämpande mattan som ligger som en färgglad ö under bord och stolar. Småpratet lägger sig medan jag drar i gång datorn och låter dagens agenda lysa upp den vita duken. Lite ordning och reda vill jag ha, även om mina medarbetare tycker att agendor är förlegat. Lätt för den att säga som har minnet intakt.

"Okej, hörni, jag går igenom de viktigaste punkterna så tar vi ett varv runt bordet som vanligt." Vi har många projekt i gång och alla har för mycket att göra. Jag går igenom uppdrag och stämmer av deadlines. Det knorras och klagas runt bordet på för mycket att göra och för lite tid, det är precis som det ska vara, det hör till.

En lätt knackning avbryter mig och riktar allas uppmärksamhet mot Tom som kliver in och lyser upp rummet med sitt strålkastarleende och perfekt skrynkliga skjorta. Det hörs en liten flämtning från Nike, eller är det som jag inbillar mig?

"Sorry att jag avbryter, jag kommer med goda nyheter." En avfärdande sidoblick åt mitt håll låter både mig och alla andra förstå att nu är det hans föreställning. Han ställer sig demonstrativt framför den vita duken så att min agenda lyser honom rakt i ögonen.

"Alice, stänger du av datorn."

Ja, om du ber snällt tänker jag ilsket. Den befallande tonen väcker den trotsiga tonåringen i mig och jag vill vägra och jag vill också dänga datorn i huvudet på honom. Men jag gör som han säger och biter ihop tänderna så hårt att de nästan går i bitar medan Tom tar till orda.

"Vi har fått ett nytt grymt uppdrag, en internationell kund." Han ser ut över bordet, dröjer han kanske lite extra vid Nike? Hon ser i alla fall betydligt piggare ut plötsligt. En konstpaus ger honom ännu mer uppmärksamhet från de förväntansfulla ansiktena, allas blickar på Tom som tycks lätta en aning från marken av att vara i fokus. Han ger oss namnet på ett mycket välkänt varumärke som alla drömmer om att jobba med. Breda leenden sprider sig som en våg runt bordet och en spontan applåd fyller rummet. "Det här kräver naturligtvis att vi har rätt prioriteringar och resurser", fortsätter han leende. "Alice, det överlåter jag med varm hand åt dig."

Han gör en låtsat ödmjuk bugning och försvinner ut i receptionen. Min mage vrider sig ett varv runt sig själv medan alla andra vrider sina huvuden för att se vem han pratar med innan de riktar intresset tillbaka till mig. Atmosfären i rummet är full av frågetecken och stämningen stiger runt bordet.

"Okej, det här uppdraget var nyheter även för mig." Ett snabbt ögonkast på min agenda talar om för mig att den inte gäller längre. "Jag får ta med mig det här och återkomma till er senare när jag satt mig in i uppdraget."

Jens bekymrade ansikte flimrar förbi i min ögonvrå när jag lämnar rummet. För sent inser jag att jag glömde ge dem den vanliga stunden att berätta hur de själva har det. Men Tom har kastat in en brandfackla i min planering som jag måste hantera omgående. De välbekanta stresstecknen kommer krypande på en gång. Yrseln, knuten i magen, tankarna som faller isär och kommer i oordning.

Fötterna är som betongklumpar, de gör nästan repor i trägolvet medan jag motvilligt går för att leta upp Tom och få klarhet i vad han förväntar sig. Han sitter vid bardisken i vårt café. Skenet från de nakna glödlamporna i trendiga rep och träkonstruktioner ger hans solbränna en fördjupad gyllene nyans. Det är givetvis synnerligen klädsamt.

"Tom, har du en minut?"

"För dig, Alice, alltid."

Det undgår mig inte att han avstår från att fyra av strålkastarleendet, troligen vill han spara på den energin till mer mottagliga, eller mer välförtjänta, personer. Med en smula självbehärskning lyckas jag låta bli att stoppa fingrarna i munnen för att visualisera jag-vill-kräkas-känslan. Jag behöver inte hans smörande.

"Jättekul med ny kund, Tom." Jag klänger upp på barstolen så att våra ögon kommer i jämnhöjd. "Grattis, snyggt och snabbt jobbat." Han nickar kort. Hade jag förväntat mig ett tack eller lite ödmjukhet skulle jag blivit besviken. Men det har jag slutat hoppas på från hans håll för länge sedan. "Det är ett stort projekt förstår jag. Vi har knökfullt, hur ser tidplanen ut?"

"Högsta prioritet. Möblera om i dina leveranser och ge full uppmärksamhet till det här." Han smattrar fram orden med blicken kvar på sin skärm och jag undrar om han har militär bakgrund, han verkar trivas med att ge order.

"Riktigt så enkelt är det inte, Tom. Vi har flera andra deadlines." Det är inte mina leveranser utan byråns, men det känns överflödigt att påpeka det. "Dessutom ska Jens på semester om en vecka och blir borta ett tag." Det hugger till i magtrakten igen när jag minns att jag godkände hans semester utan att tänka mig för. Tom slår långsamt igen locket på sin laptop och knäpper händerna bakom nacken. Armmusklerna spelar under skjorttyget och några ådror slingrar sig som ormar under den tunnare huden på underarmarna. Någonstans i dunklet i hans ögon tänds en farlig glimt som återspeglas i en helt annan sorts leende. En liten krökning i mungipan. En lätt ryckning i överläppen. Snart kommer han att morra åt mig.

"Semester?" Orden hänger i luften som två istappar, den där sorten som går rakt igenom skallbenet som missiler från ovan.

"Ja, jag har precis godkänt den." Fällan slår igen så snabbt att jag inte hinner undan. Nu sitter jag fast. Hans näsborrar vidgas när han får vittring på blod. Troligen för att jag nästan bitit av mig tungan. Förbannat! Jag har glömt att alla ledigheter numer måste godkännas av honom. Likheten med en panter är slående när hans mörka ögon smalnar. Han betraktar mig, nickar nästan omärkligt, värderar vilket vapen han ska välja att förgöra mig med. Så tydligt han njuter av att se mig våndas. Är det nu jag får sparken rakt av? De svarta trollen som stökar bland mina tankar kommer rusande från sina gömslen med grinande ansikten och långa klor klippande i luften. Nu du, Alice, nu kan du hälsa hem.

"Jag förstår." Hans röst har mörknat av den triumferande undertonen. Den får mina nerver att vibrera. "Adam tar projektledaransvaret i stället." En kort sekund låter han sin blick bränna fast betydelsen av det han säger i min ryggmärg. Han ler utan värme, inget strålkastarljus till Alice. Det finns inga tvivel om vad han menar. Jag står kvar med andetagen fastfrusna i halsgropen. Stirrar utan att se när han försvinner bort i korridoren.

***

"Alice!"

Jens hinner ifatt mig och lägger snabbt sin hand på min arm för att hindra mig från att rusa vidare nedför trapporna.

"Det här blev inte bra" fortsätter han snabbt. "Typiskt att det nya projektet krockar med min semester, vad tänker du nu?" Han är förstås orolig att jag ska dra tillbaka hans ledighet men den tanken har inte slagit mig. Det skulle skapa nya problem och det är lika bra att ta tjuren vid hornen direkt. Jag lugnar honom med att vi löser det med Adam som projekt-ledare och att han självklart ska ha sin semester. Han ser lättad ut men verkar ha mer som han vill få ur sig. "Hur känner du det" fortsätter han. "Jag fick lite trista vibbar när Tom dök upp, inte din favorit gissar jag?"

Jag slits mellan att hålla distansen som förväntas av mig som chef och att hälla ur mig vad jag egentligen tycker om Tom. Det enda jag får till är en sladdrig axelryckning och ett ohörbart mummel. Det verkar vara svar nog för Jens nickar eftertänksamt. Han ger min arm en liten kärvänlig klapp och försvinner tillbaka in på kontoret. I samma ögonblick hör jag högljudda skratt och röster från receptionen. Jag behöver inte se dem för att veta att det är Adam som gjort entré. Toms något överdrivna välkomnande känns som om det är menat som en känga åt mitt håll. Jag står kvar och lyssnar till deras grabbiga ryggdunkande och Majas förtjusta skratt. "Du är mer än välkommen", säger Tom. "Vi har ett riktigt högprofilerat projekt till dig att ta tag i på en gång. Nu får du visa var skåpet ska stå på en gång!" Deras självsäkra skratt studsar längs korridoren och träffar mig som en hagelsvärm så att jag får mentala blåmärken. Nu börjar det alltså. Dags att göra mig redo för strid.

8

Den obehagliga känslan i maggropen växer sig allt påtagligare i taxin på väg till läkarbesöket. Efter alla undersökningar där man letat efter mitt borttappade minne ska jag äntligen få svar. Efter ångestladdade minuter i magnetkameran där dunkandet från maskinen överröstade mina hjärtslag. Efter att ha stått ut med den påträngande arbetsterapeuten som klev in i mitt hem, med sina papper och pärmar och opersonliga frågor. Rita klockor, tio i två, räkna baklänges, dra bort sju, kom ihåg ord, vet jag vilket år det är, vilken stad bor vi i, går jag på fotvård, knyter jag skorna själv och kan jag laga mat?

Frågorna kändes långt ifrån min verklighet. Som om hon inte ens såg vem hon hade framför sig. Knyta skorna kan jag, om jag kan laga mat kan debatteras. Jag håller mig mätt och vid liv i alla fall skämtade jag men hon log inte ens. Trots att irritationen brann i mitt bröst höll jag en lugn ton när jag påminde henne om att jag är fyrtioåtta år, inte åttioåtta. Det syntes att det inte gick fram. Hon stirrade tomt på mig och frågade om jag kom ihåg de fem orden hon sagt för en kvart sedan. Banan, stol, flagga, handväska, boll. Där fick du, terapeutjäkel. Hur står det till med din egen hjärna, för övrigt?

Vi glider vidare genom eftermiddagstrafiken i tystnad. Pappgranen i backspegeln dinglar i takt med att bilen svänger, tallbarrsdoften har sedan länge dunstat bort, nu är den bara en meningslös pappbit i ett snöre. Näsborrarna nås i stället av ett kvävande moln av herrparfym som jag inte vet namnet på och heller inte vill bekanta mig närmare med.

Det är tack och lov inte ofta jag sitter i väntrum hos en läkare, men när jag gör det försöker jag se ut som om jag inte alls har där att göra. Mina kinder är extra rosiga och blicken klarare än någonsin, mestadels tack vare min magiska makeuplåda. Suget i maggropen kan jag inte måla över. Inte heller tanketrollen som kommer smygande och hånskrattar. Du ska allt få se, säger deras knarriga röster. Den här gången kommer det att gå illa. Nu får du din dom. Tjattret i huvudet avbryts av tjippandet från foppatofflor mot plastmattan när sköterskan närmar sig.

"Alice?" säger hon och skannar våra ansikten för att se om någon vill ge sig till känna. En äldre man som ser ut att ha undkommit att kamma sig ett bra tag börjar ställa sig upp när kvinnan bredvid honom tar tag i hans rutiga flanellskjorta. Den är misstänkt lik en pyjamasjacka.

"Sitt ned, Herbert, du heter inte Alice".

Hon drar varsamt ned honom på stolen igen och Herbert lyckas landa på stolsitsen även om det vinglar till på vägen ned. Han klipper med sina slitna ögon där hjälplösheten blickar ut i rummet. De har nog sett allt de behöver se. Byxorna har hasat upp och en svart och en brun strumpa kikar fram i glappen mellan fållen och skorna. Jag anar en kamp bakom morgonens påklädning. Kvinnans tunna brunfläckiga hand smeker stillsamt över hans arm, en gest av många års kärlek genom nöd och lust vill jag tro. Fast så mycket lust är det nog inte längre.

Jag studsar efter sköterskan som en dagisunge på utflykt. Här vilar inga ledsamheter och framför allt är jag inte sjuk signalerar min glättiga framtoning. Hoppas jag i alla fall. Hon visar in mig i ett rum med kallt lysrörsljus och de vanliga blekgula vävtapeterna som skriker sjukhus med stora bokstäver. Jag avskyr målade vävtapeter. En deprimerad krukväxt hänger håglöst på fönsterbrädan. Den ser ut att längta ut till friheten och höstlöven som virvlar i vindarna. Hellre fryser den ihjäl i vintern än förgås av tristess i detta trista rum. Min påklistrade glättighet rinner av och bildar en osynlig pöl på golvet runt mina fötter. Jag önskar mig tusen mil bort, till en solig strand, varma vågor och ingenting att tänka på.

Den kvinnliga läkaren är tack och lov i min ålder, jag skulle inte stått ut med ännu en trettioåring som vet och kan allting idag. Hon är den stramare typen, jag får bara en kort hälsningsnick när hon slår sig ned. Vi tar inte i hand. Lite knackande på tangentbordet medan hon stirrar djupt in i skärmen. En lång stund är det tyst medan hon, förmodar jag, läser in sig på mina tidigare besök. Till slut skjuter hon upp glasögonen i hårfästet och vänder sig mot mig. Hennes blick är skarp och olycksbådande.

"Du har problem med minnet och vi har gjort en hel del undersökningar i en minnesutredning." Tror hon att jag glömt varför jag är här? Det är förstås inte en orimlig tanke. Jag nickar bekräftande. "Hur har det varit sedan sist?"

Jobb-Alice tar över och ser till att jag ler vänligt, inte för mycket, ser henne stadigt i ögonen och lägger det ena benet lite lagom elegant över det andra. Inget nervöst vippande med foten. Nu ska hon få se hur kompetent och klar i huvudet jag är.

"Tack, bra. I stort sett. Någon liten incident här och där." Jag ler glatt för att släta över det jag precis sagt, så farligt är det inte.

"Vad för incident?" Läkaren krafsar ned något i sitt block. Jag avskyr de där noteringarna som man inte får se, vad står det där? Patienten bortom all räddning? Jag berättar om kunden som jag inte kände igen fast vi träffats flera gånger och försöker få det att låta som en lustig situation att fnissa åt.

"Och så har jag problematiken att jag inte kommer ihåg vad jag gör på dagarna, förstås." Det tar emot att än en gång berätta om de svarta hål där delar av mina dagar försvinner utan spår. Att det jag gjort försvinner ur minnet, hur jag letar i mejl och anteckningar för att hålla ihop allt som ska levereras. Att inte kunna svara i telefon om jag inte sitter vid datorn och skräcken att inte känna igen människor eller minnas vad vi pratat om. Hur mitt huvud känns mindre och mindre. Ingenting nytt kommer in, allt gammalt trillar ur.

Halsen knyter sig så min röst inte får plats längre, den stryps till ett gällt pip. Först när läkaren sträcker fram en låda med pappersservetter märker jag att mina kinder är våta. Servetten i min hand fläckas av mascara som blandats med tårarna. En järnhand har tagit mellangärdet i sitt grepp och vrider om. Jag hör hur mina ord växer till ett berg av bevis, min hjärna håller på att tyna bort och snart sitter jag bredvid pappa på demensboendet och knaprar på en torr och trist kaka.

"Jag är rädd."

Att släppa fram orden skrämmer mig mer än något annat. Jag låter som ett litet barn, rösten är gäll och darrar, meningen svänger upp i ett frågetecken, söker svar och tröst. Läkarens ansikte mjuknar, hennes blick lämnar äntligen bildskärmen och vänder sig mot mig. Kanske är hon mamma själv och känner igen en rädd liten unge när hon ser den.

"Det förstår jag. Nu har vi gjort en ordentlig minnesutredning och grundat på den finns inget som tyder på demens. Jag är övertygad om att det handlar om stress." Läkaren berättar att alla provsvar ser bra ut, ingen anledning till oro, se till att äta bra, sova mycket, rör på dig och dra ned på tempot. Jag nickar och ler, lyssnar knappt, kroppen fylls av glädjebubblor, magen lättar som en heliumballong och tanketrollen flyr skrämda tillbaka in i sina grottor.

"Stress! Ha, var det inte värre!"

Läkaren ser förvånad ut över mitt glädjetjut och snörper på den läppstiftslösa munnen så att små rynkor kryper fram.

"Nog så allvarligt. Framför allt när det gått så här pass långt."

Jag nickar och rätar till mungiporna för att hindra att de viker av alltför mycket uppåt.

"Jag sjukskriver dig i en månad till att börja med och skickar remiss till rehabilitering."

"Sjukskriver? Nej, det går inte, jag kan inte vara sjukskriven. Jag har massor att göra, vi har en ny vd, jag måste verkligen vara på jobbet nu." Orden strömmar ut medan jag snabbt drar på mig kappan. "Tack snälla men det går inte, jag löser det på annat sätt, tack ändå, trevlig helg."

Jag backar svamlande bort från hennes förvånade ansikte och hinner precis in i hissen innan dörrarna slår igen. Trevlig helg? Det är måndag idag. Jag skyndar ut på gatan och drar in den kyliga höstluften i ett djupt andetag som lugnar ned fladdret i magen. Träden längs gatan har börjat klä om till sin allra mest färgsprakande skrud. De redan fallna höstlöven fladdrar längs trottoaren, fastnar under en klack, ilar mellan bildäcken, blir kissade på av en hund.

Stress! Inget värre! Jag känner mig oövervinnerlig och bestämmer mig för att inte åka tillbaka till kontoret. Tar ledigt utan att be Tom om lov. En plötslig ingivelse att åka och hälsa på pappa på demensboendet får mig att fånga in en ny taxi. Nu tar det inte emot att åka dit som det brukar göra. Nu när jag är en vanlig besökare och inte en potentiell patient, som jag fruktat tidigare. Inte på väg att bli ännu ett av de tomma ansiktena med bleka kinder bland blommiga gardiner, urvattnade ögon bredvid varmt lysande bordslampor. Hängande huvuden och färgglada tulpaner. Oätna kakor framför sovande gestalter, halvdrucket kaffe i blommiga koppar hållna av magra, darrande händer där det mesta hamnat på blusar och skjortor, blandat med smulor och obestämbara fläckar från igår. Okramade kroppar i rullstolar, tomt stirrande på tv-skärmar där bara reklampausernas höga volym kan få någon av dem att vakna till. Den samtalslösa tystnaden. Och mitt i detta pappa, som sedan länge glömt vem jag är, att jag ens finns.

***

Efter att ha knappat in koderna på alla våningsplan står jag framför dörren till pappas avdelning. Det är lika svårt att komma in som att komma ut. Ännu en kod och jag är framme. Jag går genom korridoren och ler mot de ibland tomma, ibland hoppfulla ansikten som vänds mot mig. Det verkar inte vara några andra besökare här idag. Jag får syn på pappa i sin rullstol vänd mot tv:n och rör lätt vid hans arm.

"Hej pappa, hur mår du idag?"

Ögonlocken fladdrar till. Mer livstecken än så får jag inte. Jag drar fram en stol och sätter mig så nära det går.

"Det är Alice, pappa. Jag är här och hälsar på dig." Jag klappar på hans hand på samma sätt som Herberts fru gjorde, varsamt, fast mer tafatt. Den tidigare starka kroppen ser skör ut, tunn under tröjan som hänger löst. Hans kraftfulla personlighet har smugit sig bort och lämnat ett tomt skal efter sig. Det är ingen hemma här längre. Pappa hummar för sig själv, några omaka toner från en melodi jag inte känner igen.

"Du verkar glad idag, pappa."

Jag avskyr att tala till honom som om han vore ett litet barn men det finns inget annat sätt. Inte ens de enklaste orden når fram. Ingenting jag säger får fäste. Vi sitter en stund tillsammans. Jag småpratar om ingenting, utan att få svar. Tänker på att gå med en bok på huvudet, fram och tillbaka i vardagsrummet, framför pappa. Så stolt jag var när jag klarade det. Rak i ryggen! Blicken stadig! Hans djupa basröst, breda axlar och handslaget som närapå krossade fingrarna på de stackars livrädda potentiella pojkvännerna, de få som fanns. Nu är blicken tom och kall.

"Han är inte så pigg idag."

Vårdaren lägger en vänlig hand på min axel och låtsas inte om mina blanka ögon när jag kämpar fram ett leende. De ser nog mycket sorg här, det är en sådan plats. Han frågar om jag vill ha kaffe. Det vill jag inte och skakar på huvudet, inte idag. Glädjeruset efter läkarbesöket har bleknat bort. Jag ser på min förlorade far. Önskar att jag kunde berätta om jobbet, om Tom, om hur tufft det är och att jag inte vet vart jag ska ta vägen. Han ser inte på mig, hans blick är tom och försvinner i fjärran, jag vet inte vad han ser, om ens något alls.

"Jag kommer tillbaka snart igen, pappa. Då hoppas jag att du är piggare." En till tafatt klapp på handen, vi som inte ens kramats genom åren. Jag vänder mig bort för att gå, hör hur

han drar ett andetag, letar rätt på sin röst, kanske vill han säga
hej då?

"Var är barnet?"

Orden träffar mig som stenskott och jag ser på honom
med uppspärrade ögon. Någonstans från de djupa dimmorna
i hans huvud har ett minne slingrat sig upp till ytan, krafsat sig
fram genom alla lager av glömska. En mörk dörr till det
förflutna glider långsamt upp på glänt.

Var är barnet?

9

Det är tyst i lägenheten när jag kliver över tröskeln och jag hejdar impulsen att ropa "Honey, I'm hooome" som i en fånig amerikansk film. Den euforiska känslan som fyllde mig efter läkarbesöket har sjunkit undan och i stället har jag en malande grå grusgrop i magen. Dessutom är jag hungrig. Det kan jag i alla fall göra något åt. Kylskåpet är som vanligt halvtomt med en märklig blandning av burkar, paket och vilsna grönsaker som sällan får fylla den uppgift de var tänkta att göra när jag i något inspirerat ögonblick fyllt min varukorg med nyttigheter. I bästa fall får kålen eller auberginen sluta sina dagar dränkta i matlagningsgrädde i en gratäng. Som sagt var, huruvida jag kan laga mat kan debatteras.

Medan jag slänger ihop några ingredienser i stekpannan och svär när rapsoljan stänker och sticker mig som tusen nålar, ser jag då och då förstulet över axeln. Är hon här någonstans? Det vore faktiskt skönt med någon att prata med. Det dämpade ljudet från gatan ligger som en kuliss till mina förströdda tankar och jag rör planlöst stekspaden fram och tillbaka i stekpannan. Jag tvingar tankarna bort från pappas ord och tillbaka till läkarens besked om stress. Tacka tusan för det, med mitt jobb, detta ständiga springande framför tåget, jaga kunder, uppdrag och pengar. Och leverera på topp! Tom och nu Adam, dessutom. Och Jens som äntligen ska på sin välförtjänta drömsemester med sin högt älskade flickvän, det skulle inte förvåna mig om de förlovar sig på resan. Härligt för dem, förbaskat dålig tajming för mig.

Jag tar med mig maten på en bricka och slår mig ned framför tv:n. Middagen smakar ungefär som man kan förvänta sig när den är tillagad utan vare sig engagemang eller kärlek men den fyller sin funktion. När Rain dyker upp från ingenstans blir jag inte ens förvånad och tappar vare sig besticken eller fattningen.

"Hej Alice. Ledsen att jag är sen."

För min del är hon varken sen eller tidig, vi hade inte bokat någon tid vad jag vet. Hennes uppdykande lägger sig som balsam över grusgropen i magen som nu samsas med min trista diversemiddag. Det värmer att se henne. Hon slår sig ned i soffan igen, hela hennes uppenbarelse har som ett skimmer över sig och det guldbruna håret faller i mjuka lockar runt ansiktet och ned över axlarna. Samma långa böljande vackra klänning och den lugna grå blicken fulländar intrycket av hennes stillsamma närvaro. Jag lägger besticken åt sidan och lutar mig bekvämt tillbaka, förväntansfull.

"Du är inte jättepopulär hos Tom nu, eftersom du var borta hela eftermiddagen." Det kan jag tänka mig så jag rycker bara på axlarna i låtsad nonchalans. "Du ska inte servera honom tillfällen att hugga dig i ryggen" fortsätter Rain. "Nu måste du vara alert i morgon och ligga steget före." Hon är lite väl bossig för min smak, jag hade hoppats på en aning mer medkänsla.

"Det var dumt av mig" hör jag mig själv säga till min förvåning. Jag brukar inte erkänna mina misstag i första taget men något med Rain gör att det känns tryggt att visa mig sårbar. "Jag var bara glad att jag inte håller på att bli dement, jag tänkte mig inte riktigt för."

"Naturligtvis är du inte dement" fnyser hon och blänger på mig. "Det kunde jag ha talat om för dig utan läkarbesök och besparat dig den oron." Än en gång går hennes tonfall emot hennes ljuva, änglalika uppenbarelse. "Imorgon ser du till att vara tidigt på jobbet och ta initiativ till ett möte med Tom om det nya projektet. Och med Adam. Ta rodret." Hon börjar bli genomskinlig igen och jag förstår att hon är på väg bort lika snabbt som hon dök upp. Tydligen tycker hon att hon gett mig alla goda råd jag behöver för den här gången. De här sessionerna är uppenbarligen helt på hennes villkor.

"Jag träffade pappa idag" slänger jag ur mig innan hon hinner tona bort helt och hållet.

"Jag vet det." Nu är hon bara en tunn skiftning i luften, en slöja av ljus. Om jag blinkar är hon borta. "Vi ska prata om barnet när det är dags." Och så försvinner hon.

***

Jag är på kontoret redan strax efter klockan åtta. Det dröjer innan någon annan dyker upp och jag hinner både ta fram en projektplan och intala mig själv att det här kommer att gå galant. Så fort Tom kommer ska jag se till att vi sätter oss och går igenom det nya uppdraget och sen är det jag som har kontrollen. Ungefär så långt hinner jag tänka innan Tom dyker upp i sällskap med Adam och min tunna fernissa av självförtroende krackelerar på en gång. Tillsammans ser de ut som om de klivit ur någon dokusåpa där den som är snyggast och mest framgångsrik vinner. Idag är det nog målfoto, båda strålar av självförtroende och verkar synnerligen nöjda med både sig själva och varandra. De verkar inbegripna i ett förtroligt samtal. Fattas bara att de skulle hålla varandra i handen också.

"God morgon, bra att jag får tag på er samtidigt" säger jag klämkäckt. De stannar upp och ser med lätt överseende på mig. "Vi behöver sätta oss direkt, innan lunch, och planera det nya uppdraget." Jag stålsätter mig för att bli bortschasad men Tom ler på ett sätt som skulle kunna kallas vänligt.

"Absolut. Bra initiativ. Klockan tio. Adam?"

Adam nickar både mot Tom och mot mig och de försvinner bort i lokalen. Det gick överraskande lätt, kanske mitt påklistrade självförtroende ändå gjorde skillnad? Jens står vid kaffemaskinen och ger mig en diskret tumme upp. Jag ler konspiratoriskt och föreslår en gemensam lunchpromenad. Det finns nog en del att ventilera med min vapendragare efter mötet.

Tom har redan slagit sig ned när jag kommer till konferensrummet med min laptop under armen och en kaffekopp i handen. Adam är mig hack i häl. Den välvilliga inställning som jag peppat mig själv med försvinner när Adam sätter sig på samma sida som Tom. Det blir plötsligt en alla mot en-känsla, som om jag är på anställningsintervju eller ännu värre, ska förhöras. Det borde vara tvärtom men jag verkar inte lyckas vrida spelplanen till min fördel. Den här sortens spelregler förstår jag mig helt enkelt inte riktigt på. Tom knäpper händerna bakom nacken i sin vanliga power-pose och tar till orda.

"Jag briefade Adam kring uppdraget i går så han är på banan. Du var tyvärr inte här." Aha, så de passade på att prata ihop sig. Inte undra på att de såg så förtroliga ut i morse. Och där fick han dessutom till dagens första hugg, klart att han inte missar att straffa mig för min spontana ledighet igår. "Han har mitt fulla förtroende och ger dig de väsentliga delarna så kan ni ta det vidare därifrån."

Tom reser sig upp utan att invända mitt svar och lämnar rummet. Det blir uppenbart varför det var så lätt att få till ett möte med honom i morse, han tänkte ändå inte vara med. Ännu ett sätt att visa mig hur lite jag betyder i hans ögon. Mina ögonbryn får åka upp precis tillräckligt mycket för att signalera ett ifrågasättande men jag säger ingenting utan vänder mig till Adam.

"Varsågod, Adam, ge mig de stora penseldragen." Jag tar ett äpple från fruktskålen och sätter tänderna i det. Det är oväntat surt och hela gommen drar ihop sig. Adam märker ingenting när han knattrar fram underlagen till sitt nya uppdrag. Han ger mig en genomtänkt och välfylld genomgång av vår nya kund och de förväntningar som nu landar på min grupp. Uppdraget är stort, spännande och mycket prestige-fyllt. Ett riktigt drömuppdrag. Jens skulle älska att driva det men nu är det som det är och det är Adam som är projekt-ledaren. "Har du funderat på vilka kreatörer du behöver?"

Eftersom han började hos oss igår kan han rimligtvis inte veta det utan att be mig om råd. Det gör han naturligtvis inte.

"Nike är given, det tycker Tom också." Adam ser på mig med en bestämd min. Jaså minsann. Jag håller förvisso med fast det tänker jag inte säga. "Och Jonathan som copy."

Det finns inga vettiga anledningar att säga emot honom, de passar bra för ett sådant här uppdrag så jag nickar och slår ihop min dator.

"Okej. De har fullt upp så ni får diskutera hur du kan använda deras tid. Ta med Jens i den diskussionen innan han åker."

"Det här har högsta prioritet. Det betyder att allt annat får backa."

Adam ser stint på mig när han upprepar Toms ord men utan att lyckas låta lika hotfull. Han påminner mer om en nickedocka.

"Det fungerar inte så. Vi har fler kunder och redan utlovade leveranser, det förstår du säkert också. Hitta en lösning som fungerar för alla våra kunder." Jag förvånar mig själv med att låta så bestämd och ger mig en mental klapp på axeln. Den här gången är det jag som klipper dialogen och lämnar rummet utan att vänta på svar. Hjärtat ökar tempot och en ilande känsla från mellangärdet sprider sig i kroppen. Stresspåslag. Igen.

***

Jens och jag går vår vanliga runda längs kajen och hittar en ledig bänk längs kullerstenarna. Vi slår oss ned för att fånga de sporadiska solstrålarna som lyckas ta sig igenom molndrivorna som ligger i stora stråk över himmelen. Jens kisar mot ljuset.

"Det är både varmare och soligare i Thailand."

Han flinar själv åt sitt lama försök att retas, sådant där biter inte på mig och det vet han. Vi har jobbat ihop i flera år och kommit varandra rätt nära, något som skulle kunna irritera resten av gruppen om det inte vore för att Jens är en kille man kan lita på, omtyckt av alla. Ingen tror att han får några fördelar av att vara kompis med chefen och det får han inte heller. Snarare är jag extra försiktig med att inte favorisera honom.

"Jag hoppas ni får en underbar resa. Fast det är trist att du inte kan leda det nya uppdraget."

Vi har byggt upp en förtroligare ton oss emellan. Det gör också att jag måste vara noga med att hålla balansen att inte bli för nära, inte luta mig alltför mycket mot hans stabila personlighet. Hur lockande det än kan verka när det blir lite svajigt omkring oss.

"Det skulle jag nog inte fått i alla fall." Jens ser allvarlig ut och fortsätter. "De där två verkar ha en egen agenda, du behöver nog vara på din vakt." Man skulle kunna tro att han pratat ihop sig med Rain. En till som varnar mig.

"Ja, jag vet. Jag gör så gott jag kan. Oroa dig inte för det nu utan se till att ni får en fantastisk semester."

Vi betraktar en äldre krokryggad man och hans lilla tax när de stapplar förbi oss på det ojämna underlaget. Hunden stannar upp var och varannan meter och väntar in sin husse, de bruna ögonen svämmar över av många års oändlig trofasthet. Den gamle mannen småpratar med låg röst och hunden viftar på sin lilla svans och trippar vidare när husse kommit ifatt. Mina ögon tåras av den rörande scenen. Jag skyller på blåsten.

"Jag tänker fria till Elin."

Nu blir jag tårögd på riktigt. Jag ger Jens en av mina sällsynta spontana kramar.

"Vad glad jag blir för er skull, så roligt! Jag hoppas hon säger ja." Vi skrattar matt åt det orimliga i att Elin skulle nobba honom, kärare människor får man leta efter. De är ett sådant där par som man skulle kräkas åt om det var en klyschig amerikansk film men som man i verkligheten avundas djupt.

Det blir dags att lämna bänken och höstsolens strålar. Vi vänder tillbaka till kontoret och en eftermiddag som löper på som vanligt utan större överraskningar.

Tills jag får ett mejl från Eva med rubriken "Blinddejt!".

10

"Aldrig i livet! Kommer inte på fråga! Över min döda kropp! Glöm det!" Jag kan knappast vara tydligare i svaret som jag skickar omgående. Med utropstecken för extra eftertryck. Blinddejt? Är hon inte klok? Jag behöver bara läsa hennes mejl en gång för att kraftigt ifrågasätta hennes omdöme. En bekant som hon fotograferat har tydligen uttryckt en längtan efter kärlek men inte lyckats träffa någon. Knappast mitt problem. Men Eva kommer på den totalt vansinniga idén att föreslå en blinddejt med mig, av alla människor.

Inte någon gång har jag sagt mig längta efter kärlek eller ens efter att träffa en man. Tvärtom, det är det sista jag vill. Ingen av de män jag mött hittills under mitt liv har gett någon som helst mersmak, snarare avsmak. Det vet Eva förstås ingenting om, så förtroliga har vi inte varit. Gissningsvis tror hon att jag är som alla andra normalt funtade singelkvinnor. På jakt efter kärleken och någon att dela min vardag med. Nej tack, det är inget för mig. Jag ryser vid blotta tanken, som om en hel armé av myror väller ned längs min rygg och får skinnet att riktigt krylla ihop sig. Det blir ett definitivt nej från mig och jag vänder uppmärksamheten tillbaka till mer angelägna frågor och uppgifter som hopar sig på todo-listan. Det piper till i mobilen i stället.

"Kom igen, det är bara en dejt, ni behöver inte gifta er."

Men vad är det här? Evas framfusighet förvånar mig, så väl känner vi inte varandra och jag blir lite irriterad över hennes oväntade påstridighet. Eftersom jag är en väluppfostrad människa snäser jag inte av henne utan skickar bara ett kort "Tack men nej tack" och stänger av ljudet på mobilen. Dags att packa ihop den här dagen och gå hem.

Jag går inte raka vägen hem utan traskar i stället utan mål åt andra hållet när jag kommer ut på gatan. Kvällen är utan planer och jag har ingen brådska någonstans. Visst skulle jag kunna gå till ett gym och fördriva tiden till sängdags med att få min medelålderskropp i trim. Det skulle ta en ansenlig del av min fritid att åstadkomma något sådant och kombinationen av obefintlig motivation och en krånglande axel ger mig ursäkten att låta bli. En klen ursäkt, det är jag väl medveten om. Men ingen annan än jag själv ställer mig till svars så jag kommer undan med den. Det är ingen som ser min kropp i alla fall, hur det börjar hänga både här och där. Benen som utan formande muskler, en smula sladdriga lår, inte rakade på länge. De tar mig till och från jobbet och någon promenad kan de också klara av och det får räcka för mig. Ytterligare något som skiljer mig från flertalet av mina kollegor, där somliga joggar både till och från jobbet och springer maraton på lunchrasten med skivstänger på axlarna.

Upplysta skyltfönster fångar min blick när jag driver förbi, här och där är redan julskyltningen framplockad fast det är långt kvar till jul. Glänsande paket, presentförpackningar och glitter börjar torna upp sig. Till honom, till henne, till barnen, presenter i överflöd dignar på hyllorna. Hör jag en enda takt av en jullåt redan nu kommer jag att kräkas. Julen är utsliten redan i början av november, resten är bara en transportsträcka fram till det kommersiella crescendot som ingen verkar njuta av längre. Jag är tacksam att jag inte har en massa barn som önskar sig dyra presenter eller är tvungen att fira med gräsliga svärföräldrar. Eller ännu värre, båda delarna.

När jag går in i gallerian kommer en lekfull tanke farande, lika ostyrig som en sockerrusig treåring. Tänk om jag skulle sätta mig någonstans och ta ett glas vin, bara så där? Jag fångar snabbt in tanken och sätter den i skamvrån. Att jag skulle göra något sådant är lika otroligt som att jag skulle gå på dejt. Dumheter, båda delarna. Utan att tänka dyker jag i stället in i en butik med festkläder som jag förstås inte kommer att få användning för. På något sätt verkar min vanliga självkontroll ha hamnat ur balans för plötsligt står jag och nyper i en opraktisk klänning som varken värmer eller passar på jobbet. Materialet är mjukt som en smekning och faller i vackra veck när jag håller upp den framför spegeln. Den blågröna nyansen gör att mina ögon ser mycket livfullare ut plötsligt. För en stund låter jag mig förföras av spegelbilden, se en annan Alice, en yngre Alice som kunde ha magen full av fladdrande förväntan inför en dejt, en Alice som inte fått sitt hjärta stampat på, skrattat åt och kastat på soptippen mer än en gång. En Alice som fortfarande trodde på kärleken, att det finns någon för alla, även för den som inte ens älskar sig själv.

Idag vet jag bättre och hänger tillbaka klänningen på sin plats till en annan kvinna, någon som fortfarande tror på att livet leker. Expediten som närmade sig försöker fånga min uppmärksamhet, kanske finns det något annat som passar mig bättre, är det till något särskilt tillfälle? Jag skakar på huvudet och beger mig hemåt innan jag får fler underliga infall.

***

Rain möter mig redan i hallen, hon skimrar mer än igår och får mig att tänka på den begynnande julskyltningen.

"Jag skulle ta din kappa om jag kunde" kvittrar hon med huvudet på sned. "Men jag kan inte…"

"…hålla i saker. Nej jag vet det, det är lugnt."

Är det verkligen så eller är hon bara lat, tänker jag och får en ilsken blick från Rain som förstås läser den tanken också. Hon slår sig ned vid köksbordet medan jag lätt disträ stökar runt vid diskbänken. Ljuset från fönstret reflekteras i hennes dimgrå ögon och gör dem nästan självlysande, det ser både avskräckande och fascinerande ut samtidigt. De skulle kunna påminna om barndomens glaskulor som man lekte med om det inte vore för att de har ett besynnerligt djup och är fyllda av gåtfullt glitter som ger dem liv och lyster. Jag sätter mig mitt emot henne och noterar hennes lätt höjda ögonbryn när hon betraktar min torftiga middag. Förmodligen är hon tacksam att hon inte behöver äta.

"Du ska gå på dejten som Eva föreslog."

Jag börjar vänja mig vid att Rain inte lägger tid på omsvep och förklaringar, här går vi rakt på sak. Och hon drar sig inte för att lägga sig i.

"Kommer inte att hända." Jag tuggar på en smaklös bit överkokt blomkål som är i vattnigaste laget och gör en liten grimas. Både åt blomkålen och tanken på dejt. Rain ignorerar mig.

"Det kommer att hända. Det är bara en enkel dejt, ni behöver inte träffas mer än en gång."

"Vi behöver inte träffas alls." Mitt tonfall påminner om hur jag lät som trotsig tonåring, den tid i livet då man vet allting bäst och samtidigt inte har en susning alls. Jag tuggar lite till men den lilla aptit jag hade har försvunnit och jag skyfflar ned resterna i soppåsen. "Dejter finns inte på min lista av saker jag längtar efter och jag vill inte bli tjatad på."

Rain lägger armarna i kors och fångar min blick i sin, på det märkliga och magiska sättet som gör att jag inte kan vika undan, inte se något annat än henne. En doft av rosor fyller köket. Plötsligt rinner ett gyllene ljus genom mig, knutarna i min spända rygg mjuknar och jag fylls av en obekant känsla som jag inte riktigt kan sätta ord på. Medgörlighet, kanske?

"Han känner Tom."

Hon betraktar mig medan jag tar mig igenom tanke-tumultet som genast blommar upp när jag lägger för- och nackdelarna i varsin vågskål. Känner min okända dejt Tom? Vad kan det leda till? Den stackars mannen letar ju efter kärleken och den kommer han inte att hitta hos mig. Men vad kan jag hitta hos honom? Med lite tur något som kan hjälpa mig i kampen mot Tom? Det skulle det kunna vara värt. Jag kan se det som vilket jobbmöte som helst, sådana möten klarar jag av på löpande band. Jobb-Alice kan ta hand om det här. Fast det är inte ett jobbmöte för honom, vem han nu är. Han vill bli kär och tänk om jag får honom på halsen. Det har hänt mig förr och nu tippar vågskålen starkt åt ena hållet, i den där jag lade mitt bestämda nej tidigare.

"Varför är du sådan motståndare till att gå på en dejt?"

Hennes fråga överrumplar mig och jag går i fällan innan jag hinner tänka mig för, jag har inte fullt ut vant mig vid alla hennes knep för att få mig dit hon vill. Hon vet förstås redan att längst under lagret av motsträvighet ruvar ett sårat hjärta som ingen någonsin värnat om. Ett hjärta som gett sig ut i strid för många gånger, skadskjutet och utslitet. Ett hjärta vars enda jobb nu är att hålla mig vid liv. Det får räcka med det. Det blir ingen dejt. Men Rain tänker tydligen inte ge sig och byter utan förvarning spår.

"Berätta om dina tidigare dejter."

Den lysande blicken igen, den varma känslan sprider sig i en mjuk våg genom min kropp. Jag drar in rosendoften som lägger sig som silke i lungorna. Plötsligt känns det lätt att berätta om det jag aldrig pratar om och orden rinner fram som glittrande vatten i en vårbäck.

11

"Jag har dejtat en del fast jag egentligen aldrig längtat efter en relation." Jag sneglar på Rain och drar upp benen under mig i soffan dit vi flyttat oss, jag med en kopp skållhett kaffe i handen. Hon ger mig ett uppmuntrande leende. "Jag vet inte riktigt varför, det känns inte som min grej. Närhet menar jag. Jag trivs bäst med att vara själv." Då slipper man bli avvisad, tänker jag. Rain nickar och ser förväntansfullt på mig, det glittrar i hennes ögon och hon sätter sig till rätta i soffan, händerna knäppta i knät.

"Fortsätt", säger hon vänligt och lyckas på samma gång låta uppfordrande.

Jag funderar på vad jag ska berätta, vad är det egentligen hon vill höra? Visst har jag varit på en massa dejter, förr i tiden. Då, när jag inte reflekterade över vad jag själv ville, utan i stället försökte passa in i normen. Vara två i stället för en. Jag provade till och med nätdejting, på den tiden när det fortfarande ansågs suspekt. Folk undrade varför man inte hittade någon den vanliga vägen, på jobbet eller i en bar till exempel? Var det så att ingen ville ha en? Jag snokade runt på dejtingsajterna gömd bakom ett påhittat namn, tittade på foton och läste profiler och emellanåt dök det upp någon som kändes intressant.

"Vad fångade ditt intresse?"

Hennes fråga bryter in i mina tankebanor.

"Åh, jag vet inte. Hur de beskrev sig själva, att de inte var kompletta klantskallar. Utseendet förstås, det måste jag erkänna." Mina kinder känns varma och jag sneglar generat på henne, det låter verkligen förfärligt ytligt.

"En någorlunda snygg, inte komplett klantskalle var en möjlig pojkvän alltså. Det fanns kanske en del att välja på då", säger Rain torrt. Jag rynkar på näsan åt ordet pojkvän, det hör inte ihop med vuxna män. Men det får passera, jag har inget bättre att komma med.

"Det trodde jag med i början. Innan jag blev både luttrad och desillusionerad." En klunk av kaffet som nu svalnat ger mig lite mer fokus. "De mest minnesvärda fast av fel anledningar är en handfull verkligen värdelösa dejter. En som inte ville träffa äldre kvinnor, han var ett år yngre än jag. En annan som berättade att han poängsatte sina dejter. Han hade beige kostym, stirrande blick och log inte en enda gång."

Rain skrattar, ett ljud som får mig att tänka på solglitter över sommarvågor och genast gör mig lättare i sinnet. Nu börjar minnesbilderna från alla dejter fara genom huvudet som en gammal film som man bara kommer ihåg spridda skurar av. Mina förväntningar övergick snabbt till frustration. Ändå fortsatte jag att klicka runt bland fotografier på muskellösa bleka överkroppar i badrumsspegeln, motorcyklar, bilar och en och annan fisk. Skrattade åt män som beskrev sig som atletiska alfahannar medan deras foton visade skalliga gubbar med ölmagar och flaskformade axlar. En vansinnig värld där guldkornen fortsatte lysa med sin frånvaro.

"Det kändes som om det var en samlingsplats för dem som ingen ville ha. Och en sådan ville jag inte bli."

"Nej, det kan jag förstå", säger Rain stillsamt.

Jag tar en djup titt i den mentala soppåsen där minnena av alla misslyckade dejter ligger och skräpar. Den efter-hängsne läkaren som ville ha en kvinna som komplement till sina andra statusattribut, Djursholmsvillan, Porschen och båten. Eller den kände mannen som verkade stabil och klok men jag anade något mörkt och farligt bakom den polerade fasaden och tackade nej. Vilket visade sig vara rätt tänkt, han åkte i finkan för kvinnomisshandel senare.

"Men jag träffade inte bara dårar", försvarar jag mina oturliga val. "Det fanns även roliga män, tråkiga män, några dejter som rann ut i sanden. Någon blev en sommarromans. Efter en tid började hoppet om kärleken blekna bort och det var heller inte så angeläget längre. Jag hade det rätt bra och trivdes med att inte behöva kompromissa om något. Rör inte min fjärrkontroll, liksom." Jag slänger en blick på fjärr-kontrollen, denna patetiska symbol för mitt oberoende som ligger kvar på soffbordet i tålmodig väntan på att kvällsunder-hållningen ska börja. På tv alltså, någon annan underhållning står inte på agendan. Jag fortsätter berätta fast nu tar det emot. "Då dök Marcus upp."

Än idag skälver hjärtat när jag nämner hans namn. Minnet av känslorna sitter kvar i mina nervbanor, i min hud, skrämmande nära att vakna till liv igen. Rain fyller mina häftiga andetag med rosendoft så att jag kan andas lugnare. Pulsen saktar ned och jag hittar min röst igen så att jag kan fortsätta min berättelse.

"Redan när jag läste första raden i hans profil hisnade det i min mage, som när man är på den högsta punkten i berg- och dalbanan och vagnen precis tippar över kanten, när magen försvinner ut genom öronen tillsammans med ett illvrål. Du vet, för en sekund ångrar man att man satt sig där och det hade jag gjort om jag vetat vad som skulle hända." Den bekräftande nicken från Rain uteblir. Hon har antagligen inte åkt så mycket berg- och dalbana. Gissningsvis illvrålar hon inte särskilt ofta heller. "Jag läste hans profil om och om igen, de välskrivna orden var som magiska karameller, de smakade underbart och jag ville bara ha fler. Jag trodde aldrig att han skulle svara men det gjorde han. Något som skulle vända upp och ned på min tillvaro."

Minnena kommer tillbaka i en stilla sorgsen ström av ögonblicksbilder. Vårt första telefonsamtal var som att stoppa fingrarna i eluttaget, det gick en stöt genom kroppen när han ringde. Hans röst var djup och varm och full av självförtroende och jag förlorade mig i samtalet som om det var en varm filt en iskall vinternatt. Vi pratade och pratade igen, skrattade åt samma saker och lät förtroligheten växa fram. Avstånd blev till närhet. Vi var i samma längtan, timmar i telefonen, kväll efter kväll. Han tog alltmer form som mannen jag väntat på, det var inte alls viktigt att vara själv längre. Ta min fjärrkontroll, den är din! Självklart skulle vi ses.

En blick sa mig direkt att han var den rätte. Vad som fick mig att tro det var oklart men det var så det kändes. Det var ett under att benen bar mig hela vägen fram till honom, vi sa hej och sedan minns jag inte mer. Förutom att solen strålade där vi gick längs kajen och att hans djupa röst fick bänken att vibrera mot min rygg där vi slog oss ned för att hämta andan.

Det var vi från första stund. Där fick jag så jag teg för att jag skrattat åt dem som trott på kärlek vid första ögonkastet. Allt var rätt, jag kunde nästan inte hålla mina tankar kvar i huvudet på dagarna, de flög i väg som ostyriga rosa moln. Ännu värre var det på nätterna, jag drömde fast jag var vaken och tvärtom. Han skapade musiken, jag fyllde i med orden, det blev fantastiska sånger som flög genom den gränslösa rymd vi svävade i tillsammans. Vi sa jag älskar dig, han sa det först, sms:en studsade som flipperkulor mellan oss när vi var åtskilda och solen lyste dygnet runt. Vintern gick, våren kom och hela sommaren låg framför oss, skimrande av löften om allt underbart vi skulle göra tillsammans. Vi.

Då försvann han.

Inte på riktigt, förstås. Bara från mig. Ville inte ses, gav mig inga svar, höll sig utom räckhåll. Varför det blev så berättade han aldrig och till slut fick jag ge upp. Min berg- och dalbana kraschade rakt in i en bergvägg och all glädje gick i tusentals bitar. Hjärtat blev till mos och blodet stänkte ända upp i taket. Det rann i tröga strömmar ned över min värld och blandades med mina tårar till en rosaröd sörja. Jag grät genom nätter då jag inte trodde att jag skulle se nästa dag. Så ledsen kan ingen vara och ändå vakna igen. Den enda gången jag förlorat mig så fullständigt, förlorade jag också allt jag någonsin hoppats på.

Inte en enda gång efter det har jag önskat att möta en man, än mindre ägnat en tanke åt att gå på dejt. Medan jag berättar bleknar den stormande smärtan jag upplevde då till ett svagt eko, inte mer. Jag kan känna av den som en viskning, en varning om att inte gå nära någon igen. Att jag ska hålla mig till det jag visste från början. Jag har det bättre på egen hand.

"Som du förstår, är det inte aktuellt att gå på dejt." Här sätter jag en tydlig punkt och ser bestämt på Rain. Hon har inte sagt något på en lång stund utan låtit minnena av Marcus ta plats. Låtit mig dra ut dem i ljuset, betrakta efterdyningarna av smärtan som rev och slet upp så stora sår. En smärta så stark att det var svårt att andas genom dagar som kändes oändliga och nätter som varade i evigheter.

"Jag tyckte synd om dig då", säger Rain.

Naturligtvis. Klart hon redan visste allt redan, varför skulle jag trampa runt bland detta svåra ännu en gång? Men jag inser att det är bra att röra upp minnena och kunna konstatera att jag överlevde. Det blir som en terapisession, en konfrontation med gamla sår som får en chans att läka i ljuset av att livet har gått vidare.

"Han är en svag och självisk person, inget för dig. Det där är historia nu. Och det här är inte den sortens dejt."

Jag drar snabbt efter andan för att säga nej men Rain spänner ögonen i mig och den bedövande doften av rosor lägger sig som en osynlig dimma omkring mig. Mitt motstånd glider undan innan jag hinner få fatt på det igen.

"Okej, jag går väl då. En gång är ingen gång."

Rain nickar uppfordrande mot min mobil. Med en suck tar jag upp den och skickar ett jakande sms till Eva. Svaret kommer oroväckande snabbt. "Perfekt, funkar nu på torsdag kväll?" Herregud, har karln inget liv? Vem bokar dejt med så kort framförhållning? Men att börja trassla med datum lockar mig inte så jag skickar bara en bekräftande tumme upp.

"Utmärkt." Rain ler brett och lutar sig tillbaka. Är det som jag inbillar mig eller är hennes blick mindre lysande nu?

"Vad vet han om Tom? Hur ska jag få ur honom det?"

"Det löser du."

Hennes röst är inte mer än en viskning och sekunden därpå är hon borta.

12

Som en tyst protest går jag till träffen i kontorskläder för att betona att detta inte är en riktig dejt. Inga urringningar som drar ögonen till sig och inga höga klackar som kan få en på fall. Strikt kostym och sneakers. Förvänta dig ingenting, det här slänger jag bara in mellan mina andra möten är mitt tysta budskap. Visst är det barnsligt men jag kommer inte på något bättre sätt att balansera den obekväma situationen. Det var naturligtvis dumt att låta mig övertalas, hur nu det gick till. Troligen hade Rains knep med den lysande blicken något med saken att göra, kanske den där envisa rosendoften också. Nu är det för sent att ändra sig, vi ska ses om bara några minuter. Än en gång valde jag Olssons, så jag slipper stressmomentet att ta mig till ett okänt ställe. Jag trivs bäst i kända jaktmarker. Någon vidare upptäcktsresande kommer jag knappast att bli.

Medan jag rör mig ljudlöst förbi butikernas inbjudande entréer och löften om lyx, sveper ett stilla stråk av sorg genom mig. Hur blev det så här, när försvann mitt livsbejakande och ersattes av denna ängsliga, hemmasittande medelålders kvinna som alltid har tv:n på som sällskap och vars enda uppgift i livet är att jobba? Det är något att prata om med Rain, slår det mig. Hon har säkert svar på den funderingen. Jag rundar hörnet och tar sikte på bardisken, där vi med Evas hjälp bestämt att mötas. Det är rätt tomt på folk vid den här tiden. Förutom ett par eleganta damer i min ålder, fast betydligt mer sofistikerade, med varsitt glas bubbel i handen och dyra handväskor på axeln, står bara en person till där. Min dammiga granne. Han ser en aning mindre dammig ut än han brukar göra. Nästan nyputsad. Förmodligen ser vi lika förvånade ut båda två. Jag kväver impulsen att springa därifrån och går i stället fram till honom med ett påklistrat leende och en förhoppning att han väntar på någon helt annan.

"Hej, kul att se dig här." Jag låtsas som ingenting och ser mig långsamt omkring för att markera att jag letar efter någon.

"Hej själv" säger grannen som om mina onda aningar stämmer ska heta Johan. Ingen av oss säger något mer utan står båda och spanar medan den obekväma stämningen växer sig allt starkare.

"Väntar du på någon?" Det blir jag som får ta frågan som vi säkerligen båda står och brottas med. Han nickar och tar en klunk av sin öl.

"Ja, det låter kanske fånigt men jag blev iväglurad på en blinddejt. Inte riktigt min grej fast det verkar som att jag kommer undan, hon dyker nog inte upp."

Vi har alltså i alla fall en sak gemensamt, ingen av oss verkar särskilt förtjust i blinddejter. Nu har jag möjligheten att låta oss båda komma undan men det känns trots allt för fegt.

"Jag tror vi sitter i samma båt. Jag blev också övertalad att gå på blinddejt. Så det är nog vi två som skulle träffas. Om du heter Johan?"

Han tappar hakan samtidigt som ögonbrynen åker upp till hårfästet.

"Ja det gör jag. Så du känner också Eva?"

Jag nickar bekräftande och suckar lättat inombords. Räddad av gonggongen som man säger, det är självklart att den här dejten är över innan den ens börjat. Han lyser upp och ser lika lättad ut som jag känner mig.

"Vad bra, missförstå mig inte, men så bra att det blev så här. Jag var inte jättetaggad om jag ska vara ärlig." Han ler glatt, till synes omedveten om den underliggande förolämpningen bakom hans ord. Men jag väljer bort att känna mig stött. Med ännu en bekräftande nick drar jag upp väskan över axeln och gör mig beredd att gå hem igen. "Får jag bjuda på ett glas vin, nu när vi ändå båda är här?"

Hans fråga överrumplar mig. Samtidigt sveper en lätt doft av rosor förbi min näsa och jag svarar ja av bara farten. Vinglaset står strax framför mig och vi fångar det lättaste samtalsämnet, nämligen att identifiera hur vi känner Eva, vad vi jobbar med och vilken dråplig historia detta blev. Johan överraskar med att vara betydligt mer talför än jag upplevt honom i våra korta möten i trapphuset. Jag uppskattar att han inte säger något om senaste gången vi sågs, när jag stod i pyjamasen med håret på ända och vild blick. I stället tar han upp det som fick mig att tacka ja till det här mötet till att börja med.

"Ni har precis fått en ny vd, eller hur?"

Ännu en klunk av ölen innan han ställer den bredvid underlägget direkt på bardisken så det blir en ringformad fläck efter glaset. En slarver, noterar jag.

"Det stämmer." Jag ger honom en chans att ställa fler frågor men han säger inget så jag fortsätter själv. "Tom Ahdel. Vet du vem det är?"

Johan gör en liten grimas som jag inte riktigt kan tyda. Den känns dock inte åt det positiva hållet.

"Vi har haft en del med varandra att göra. Tuff kille."

"Det kan man säga." Jag anstränger mig att låta nonchalant. Uppenbarligen uppmuntrad av mitt medhåll spinner Johan vidare på tråden och berättar att han varit inblandad i flera startups där också Tom varit med, oftast som vd, sällan långvarig. Populär bland investerare för sina starka nätverk och förmåga att skapa snabba vinster men också känd för att gå brutalt fram bland personalen med hårda nypor. Omtalad för att omge sig med ja-sägare, snabb att klippa dem som inte går i hans ledband. Eller står i vägen för hans framfart.

"Det kanske du märkt av redan?" undrar han.

Han får en bekräftande nick men jag avstår från att ge mig in i några vidare detaljer. Johan berättar lite mer om sina erfarenheter av Tom och jag hör mellan raderna att han fått sig en och annan däng själv. Det känns skönt att höra att det inte bara är jag som är drabbad av Toms framfart och plötsligt är jag glad att jag gick på den här dejten. Särskilt som det inte ens blev en dejt, mer som ett vanligt möte.

Eftersom vi inte gräver vidare i Toms bravader rinner samtalet snart ut i sanden. Ingen av oss vill vara den som säger tack men nej tack, det är nog inte vi två som kommer att bli kära i varandra. Vi kommer ju att stöta på varandra igen. Det blir Johan som bryter upp genom att fråga om vi ska göra sällskap hem men jag säger nej med ursäkten att jag måste upp till jobbet.

Baren har snabbt fyllts på med folk och de eleganta damerna sitter kvar. Sorlet har ökat även om ljudnivån ännu inte blivit särskilt hög. Så när Johan lämnar med orden "Vi ses säkert i trapphuset snart igen, hoppas du är påklädd nästa gång" hör både de och ungefär tio personer till vad han säger.

13

Det är en särskild sorts energi som får luften på kontoret att vibrera dagarna inför en stor kundpresentation. Alla är på tå och smittas av tempot och anspänningen. Skratten ljuder högre och oftare, det springs fram och tillbaka mellan borden och mötesrummen är upptagna hela tiden. Ingen går hem före sent på kvällen, inte jag heller. Även om jag inte bidrar med något konkret vill jag visa mig tillgänglig. Särskilt som jag som kreativ chef är ytterst ansvarig för vad vi ska presentera för våra kunder.

Den här gången blir jag inte alls tillfrågad om råd lika mycket som jag brukar bli. I stället är det Adam som mina medarbetare flockas kring, visar honom skisser, diskuterar idéer som bollas vidare eller förkastas. Adam verkar glida in på sin plats lika efterlängtad som pusselbiten man letat efter i timmar, den som gör bilden komplett så att man ser vad det föreställer. Ögat i ansiktet, dörren till huset, stjärnan på himmelen eller vad det nu är för bild man vill skapa. Jag är bara kartongen som pusslet låg i, lagd åt sidan, tom och förbrukad nu när alla är i full färd med att skapa. Jag behövs inte längre.

Kan jag ta mig tillbaka in i matchen utan att göra mig löjlig? Hur kan jag hindra Adam att tugga i sig ännu mer av min roll? Han har verkligen agerat snabbt. På något listigt sätt har han både tagit och fått en plats som är mycket större än den projektledarroll han anställdes till.

Det är tydligt att han verkligen är ute efter mitt jobb. Vad värre är, är att det verkar som om mina medarbetare tycker att han ska ha den rollen. De söker sig så naturligt till honom. Att försöka dundra in och hävda mitt revir känns inte alls som ett tänkbart alternativ längre. De talar samma språk, slänger sig med uttryck som jag i hemlighet måste googla för att förstå vad de pratar om. Begreppen byts ut varje dag och för den som inte dräller runt på sociala medier hela tiden är det omöjligt att hänga med. De lever också samma slags liv, klär sig enligt samma koder, går på uteställen jag inte skulle våga mig i närheten av. De enda likheterna vi har är väl egentligen att de flesta av oss är singlar och inte har barn. Det stämmer på mig med, i princip.

***

Trots att jag är chef känns det verkligen inte så. Precis det här pratade jag och Rain om igår. Hon var nyfiken på hur mötet med Johan hade gått. Jag kände doften av rosor som signalerar hennes närvaro redan i trapphuset, så jag visste att hon var hemma. Till min överraskning såg jag också fram emot att träffa henne. Trots att hon helt nyligen kommit in i mitt liv på detta märkliga sätt, känns hon självklar och välkommen och jag har snabbt kommit att uppskatta hennes sällskap. Särskilt som hon oftast bara stannar i korta stunder och inte tränger sig på. Om man bortser från hur hon dök upp till att börja med.

Rain var förtjust över att jag masade mig till mötet med Johan och mycket road av att han visade sig vara min granne. Det gissar jag att hon redan visste men hon höll masken och jag brydde mig inte om att ställa henne mot väggen. Det spelade inte så stor roll. Hon försökte sig på att locka mig att överväga fler dejter men det satte jag bestämt stopp för och vi övergick till att tala om Tom i stället. Det blev ett samtal som snabbt flöt över till att handla om mig, något jag inte alls kände mig bekväm med. Att Rain är obehagligt klarsynt har redan blivit tydligt och jag tycker inte om att titta på den spegelbild hon visar upp för mig. Den Alice som stirrar tillbaka är en ganska trist person, som säger nej till det mesta och låter sitt svängrum krympa alltmer för varje gång någon kommer i närheten.

Jag undrar hur det blivit så, samtidigt som insikten om att jag nog alltid varit sådan gör sig påmind. Kanske är det omvärlden som förändrats, tempot som ökar, alla andra blir yngre medan jag blir äldre. Det räcker inte med att vara bra på sitt jobb. Nu ska man vara ett varumärke, synas överallt, imponeras av flyktiga futtigheter och ytliga influencers som egentligen inte är något annat än vandrande reklampelare, köpta och dirigerade av kommersiella krafter.

Rain höll upp den låtsade spegeln framför mig och varnade mig för att jag håller på att bli bitter. Den värsta förolämpning jag kan tänka mig, ordet rymmer så mycket mer. Gammal, sur, hänger inte med och inte minst en offerkofta stor som en hangar, där man kan flytta in och leva resten av sitt liv.

"Kämpa inte så hela tiden för att ta plats", sa Rain som om det vore så enkelt. "Gör det bara, visa intresse och engagemang. Dina medarbetare har inte glömt dig men de är tjusade av Adam och han passar förstås på att gå omkring i dina skor."

Den plötsliga bilden av Adam vinglande omkring i mina stilettklackar var onekligen tilltalande och jag unnade mig att föreställa mig hur han tappar balansen, vrickar foten och spiller kaffe över sig själv. Igen.

***

Med gårdagens peptalk från Rain kvar i öronen rätar jag på ryggen och går mot konferensrummet där en vild diskussion om målgrupper hörs ända ut i receptionen.

"Alice!" Niki hojtar och vinkar när hon får syn på mig. "Kom hit, vi behöver dig!"

Till min förvåning tittar Adam upp och gör ett litet kast med huvudet som jag tolkar som att han håller med Niki. Jag är efterlängtad! Mitt leende sprids som en soluppgång och med ett mentalt glädjeskutt ger jag mig med hull och hår rakt in i deras diskussion. Efter någon timme har vi rett ut virrvarret av tanketrådar och identifierat till vem vi ska kommunicera vad. Rummet vibrerar av kreativitet igen. Processen flyger vidare på egna, starka vingar och varm av arbetsglädje lämnar jag gruppen när jag hör Adams röst.

"Alice, tack för hjälpen."

Jag vänder mig halvt om och fångar hans blick precis innan han återgår till samtalet med gruppen. Han får en kort nick samtidigt som mobilen surrar till. Ett sms från Eva som vill ses igen, helst redan idag om jag kan det? Hon vill be mig om en tjänst. Jag rider på vågen av välvilja efter mötet och messar henne ett kort javisst, kom upp till kontoret i eftermiddag.

***

Eva sveper in framåt halvfemtiden, full av energi och sitt skratt som alltid verkar pärla fram utan ansträngning. Hon släpar på en stor väska, full med fotoutrustning, som hon låter dunsa ned intill mitt skrivbord. En doft av frisk höstluft sprider sig när hon ruskar på sitt långa, röda hår och kastar det bakåt. Det är nästan så att man väntar sig att se färgglada höstlöv landa på golvet omkring henne. Jag rullar min stol en aning bakåt och lutar mig mot bordsskivan.

"Kul att se dig, hur är det med dig?" Eva tittar på mig samtidigt som hon vinkar åt Nike som småspringer förbi.

"Bara bra", är allt jag hinner säga innan Eva fortsätter.

"Men du, vilken grej att Johan var din granne! Jag trodde jag skulle skratta ihjäl mig när han berättade det! Ingen romans på gång där då, eller hur?"

"Nej, det är helt rätt konstaterat." Jag kan inte låta bli att skratta själv, det var verkligen en otippad situation. "Jag hoppas att du inte tänker be mig dejta någon nu igen?"

Eva ler brett och skakar på huvudet så det röda håret dansar runt hennes ansikte.

"Nej, inte den här gången. Nu har jag en tjänst att be dig om."

Det låter illavarslande, jag är inte bra på att göra folk tjänster. Det brukar vara något de varken vill eller vågar göra själva. Men Eva berättar i stället om sin dotter Linnea som varit lite vilsen jobbmässigt en längre tid. Nu verkar hon äntligen ha hittat ett spår att jobba vidare på och söker en praktikplats på en reklambyrå.

"Jag lovade henne att fråga dig. Hon är kanske äldre än normalt för en praktikant, drygt 30, men det har tagit tid för henne att hitta rätt."

Tanken på en praktikant får mig inte att jubla. Det kan bli en besvärlig historia om det inte fungerar. Och en potentiell konflikt för mitt och Evas fortsatta samarbete. Men Evas vädjande ansikte gör det svårt att säga nej. Jag anar att jag är ett halmstrå som hon griper efter.

"Det är inte otänkbart men jag behöver ta det med Tom först dessvärre." säger jag urskuldande och skäms över att det blir tydligt att jag inte får fatta beslutet själv. Dessutom använder jag det som en möjlighet att säga nej och det skäms jag också för.

"Inga problem, det förstår jag." Eva lägger sin hand lätt på min arm, bara för en sekund, den varma gesten är innerlig. "Tack Alice, det betyder mycket. Hon kan börja på en gång om du vill."

Vi skiljs åt för den här gången, hon med sin tunga väska över axeln och jag med motvilliga steg i riktning mot Toms plats. Lika bra att riva av plåstret direkt. För en gångs skull är han inte upptagen i telefon och till min stora förvåning gör han ingen stor sak av min fråga.

"Visst, kör på det om du tycker det är en bra idé. Det blir ditt ansvar att få det att fungera utan att det påverkar ditt eller andras jobb."

Hans nedlåtande ton får mig att ångra att jag bad honom om lov, jag skulle bara kört på. Men det skulle med all säkerhet ha straffat sig. Jag messar Eva på en gång att Linnea är välkommen att träffa mig på fredag, så tar vi det därifrån. Precis när mitt meddelande susat i väg till Eva plingar det i mobilen. Ett sms från Jens.

"Hon sa ja!!!!"

Jag kan se hans glädjestrålande ansikte framför mig, där han sitter på någon strand långt borta i Thailand. Kanske har de dukat upp en picknic med champagne och tittar på solens glitter över vågorna när den sakta sjunker ned i havet. Mitt svar är ett stort och innerligt grattis med massor av hjärtan, jag är verkligen glad för deras skull. Jens och Elin. De har ett fantastiskt liv tillsammans framför sig.

14

Ingen doft av rosor möter mig i trapphuset och Rain syns inte till någonstans när jag kommer hem. Besvikelsen gör mig förvånad, jag är ju van att bara komma hem till mig själv varje dag. Så länge jag kan minnas har jag föredragit att tillbringa min lediga tid på egen hand. Den lilla sociala energi jag har går åt på jobbet. Att umgås med folk utöver det kostar mer än det smakar. Relationer gör mig obekväm, jag vet inte hur man hanterar närhet och trivs bäst på min kant, lite vid sidan av. Men Rain har snabbt blivit någon som jag ser fram emot att dela mina tankar med, hur konstigt det än är.

Annars är jag inte den som litar på folk i första taget. Mitt kontrollbehov är för stort. Det märks inte minst de få gånger jag försökt meditera mig fram till något slags lugn. Det fungerar inte alls. Jag har alltid ett öga på glänt, beredd att fly. Från vad är mer oklart men för mig är världen en farlig plats. Rätt som det är dyker det upp en Tom, till exempel. Man behöver vara på sin vakt, med kanonerna laddade och skarpa ögon i nacken. Dessutom har jag själv ofta något problem som ska lösas och så fort det blir ett tomrum i tanketumultet smyger det sig in och kräver högljutt min uppmärksamhet. Kanske är det konstanta bruset i mitt huvud också ett sätt att fly från mig själv, från de innersta känslorna. Det har i alla fall en psykolog sagt till mig, det ligger säkert något i det. Det vore inte konstigt med tanke på hur jag växt upp.

***

Att jag ens blev till kom som en överraskning för mina föräldrar och inte en glad sådan. De träffades genom bekanta på någon fest och började kila stadigt, som det kallades då. Hur det nu kom sig så blev jag till innan några diskussioner om äktenskap ens var på önskelistan. Men det blev till att gifta sig illa kvickt. Mammas föräldrar hade tänkt sig något annat för sin dotter än en ingenjör, dessutom i den ruffliga byggnadsbranschen, men nu blev det som det blev. De försökte inte dölja sin besvikelse över hur deras dotter ställde till det och såg mig mest som en inkräktare i tillvaron.

Jag, det oplanerade barnet, fick växa upp med ett par föräldrar som varken tänkt sig varandra eller mig. Pappa jobbade många gånger i andra städer, med komplicerade projekt som krävde hans hela fokus. Varken mamma eller jag fick veta särskilt mycket om vad han höll på med. Vad jag minns visade ingen av oss något större intresse för det heller. Jag lärde aldrig riktigt känna honom, han var mer en statist i min tillvaro, som dök upp från kulisserna emellanåt. Han parkerade sig i sin stol, med de tjocka glasögonen uppskjutna i pannan och tidningen framför sig som en barriär mellan sig och livet som pågick omkring honom. Han var ingen vän av närhet, jag kan inte minnas en enda kram från honom. Mig tilltalade han bara om det var nödvändigt och då oftast med en irriterad rynka mellan ögonbrynen. Jag lärde mig snabbt att hålla distansen och störa så lite som möjligt.

Mamma var förvisso hemma men ändå inte riktigt där. Hon dagdrömde om ett annat liv, en annan tid, en annan man. Innerst inne längtade hon efter någon som spelade gitarr och sjöng sa hon till mig vid ett av de sällsynta tillfällen hon delade med sig av sina tankar. Det var långt ifrån den typ som pappa var, med sina beräkningar, kalkyler och sinne för siffror och noggrannhet. Där blev det inte riktigt som hon tänkt sig heller.

Mamma brukade försvinna in i Jane Austen romanernas värld, med stiliga män på vita springare, baler och broderier, en försvunnen värld som lät henne sväva bort från vardagen och mig. Jag passade inte alls in i hennes dagdrömmar. Mamma tyckte inte heller om närhet, kanske för att hon inte ens tyckte om sig själv. Eller för att beröring stack hål på dagdrömsbubblan och tvingade henne tillbaka till verkligheten. Tillbaka till mig.

Som ung tyckte jag det var toppen att ingen höll ögonen på mig, det gav mig mycket svängrum att utforska allt en tonåring kunde hitta på. Fast jag var försiktig av mig redan då och med facit i hand blev försiktigheten en effektiv livförsäkring. Det var mycket jag kunde gjort som jag inte vågade. Min meritlista av äventyrligheter blev inte särskilt imponerande. Med dagens mått mätt gick det mesta jämförelsevis lugnt till, förutom den olycksaliga helgen när Mirjas föräldrar båda jobbade natt och Mirja och hennes bröder ställde till med fest. Det hade väl inte varit hela världen om det inte vore för att de också tog fram det hemmagjorda äppelvinet som vi, idiotiska oerfarna tonåringar, hällde i oss.

Något sådant hade jag inte druckit tidigare och det borde jag inte gjort då heller. Jag minns att jag dansade som aldrig förr, jag som aldrig vågat dansa tidigare. Särskilt inte med Björn som allmänt ansågs vara min pojkvän. Vi gick i samma skola men inte samma årskurs, han var ett par år äldre och ett par centimeter längre än jag. De ljusa lockarna över hela hans runda huvud gjorde honom påtagligt lik en av barockkonstens keruber. I övrigt var han inte särskilt änglalik, även om han hade snälla ögon.

Att säga att vi var kära var att gå för långt, vi var ihop mest för att vi var de som passade bäst ihop i gänget. Vi sågs som ett par även om vi sällan träffades på tu man hand. Men den här kvällen fick det förrädiska äppelvinet eventuella frågetecken kring vår relation att bokstavligen flyta bort. Inte helt lyckat med tanke på vad som hände. Lyckligtvis flyttade vi kort därpå och jag har lagt minnet av Björn, kvällen och dess konsekvenser längst bak i en låda jag ställt undan och stängt för gott.

Jag kommer att tänka på besöket hos pappa senast och hans ord när vi skildes åt. Det svider till i mellangärdet. Samtidigt kommer ett sms från Eva. Hon är översvallande tacksam för Linneas praktikplats och vill bjuda mig på middag som tack. Gärna redan i morgon kväll, hemma hos henne. Den välbekanta irritationen jag brukar känna när någon vill ta min tid i anspråk dyker upp men för en gångs skull skjuter jag den åt sidan. Det är något med Evas oförställda glädje kring allting som gör det svårt att vara irriterad på henne. Det var trevligt sist vi sågs, så varför inte. En puff av rosendoft sveper förbi och jag tackar ja.

***

De senaste dagarna har jag sett mycket lite av Tom som varit upptagen med gud vet vad, han sitter mest i telefonbåsen och pratar, vilt gestikulerande, dagarna i ända. Vi fick precis veta att han ska till London för ett hastigt påkommet möte med ägarna. Andrum alltså. Däremot har jag ganska mycket med Adam att göra eftersom det börjar dra ihop sig till den stora kundpresentationen. Vårt samarbete är en balansakt på slak lina, minsta felsteg och någon av oss dråsar i golvet från hög höjd, utan skyddsnät. Han är duktig och driven och har irriterande ofta bra idéer och förslag. Så jag kan inte skjuta honom i sank av den anledningen, hur gärna jag än vill sticka hål på hans självgoda uppsyn. Han gör helt enkelt ett bra jobb. När han ber mig komma med på presentationen blir jag glatt överraskad.

"Det är en stor prestigekund", säger han när vi sitter vid konferensrummet och går igenom de sista delarna i upplägget. "De förutsätter att den kreativa chefen är med."

Det här verkar misstänkt. Han var ju ute efter mitt jobb, varför vill han ge mig plats i ett så viktigt möte? Här har han ju chansen att glänsa på egen hand. Är det så att han är osäker innerst inne trots sin skottsäkra attityd? Knappast troligt. När han berättar att kundens vd kommer på mötet förstår jag hans tanke. Då behöver vi ha en likvärdig grupp. Tom kan knappast avboka mötet med ägarna i London, därför blir det min uppgift att kliva in. Jag leker med tanken att säga att jag är upptagen men släpper den direkt, så barnslig kan jag inte vara. Alla har sina givna roller under mötet så jag behöver bara sitta med som ett ankare med en vakande hand över min grupp. Jag plockar åt mig mina pluspoäng som Adams tack innebär och vi avslutar mötet med allting på plats inför presentationen i morgon.

***

Även om det är Eva som vill tacka mig med middagen köper jag med mig blommor och en flaska vin på vägen dit. Först nu slås jag av tanken om det kanske är ett steg för långt att ses på hemmaplan, vi är trots allt kund och leverantör om man ska vara krass. Det är för sent att dra mig ur en kvart innan jag ska vara där, så jag promenerar vidare från tunnelbanan som tagit mig ut från city och över bron till förorten. Eva bor i en större villa nära vattnet med sin stora familj och vad jag förstår ett antal husdjur av varierande slag. Hon frågade om jag är allergisk mot pälsdjur. Det är jag inte men ryser vid tanken på hundhår på kläderna och klibbig kattsand under strumporna. Husdjur är inget för mig.

Ju längre från tunnelbanan jag kommer, desto större blir villorna, de står som stora kolosser i de trånga trädgårdarna. Det är inte många meter mellan huskropparna och känns lite lätt klaustrofobiskt, tvärtemot vad jag hade förväntat mig. Gatan kantas av stora pansarvagnsliknande Suvar som måste kosta närmare en miljon att köpa och säkert en förmögenhet att köra. Kanske är vägförhållandena särskilt svåra här i förorten eftersom det verkar vara ett måste med fyrhjulsdrift. Med Google Maps hjälp lyckas jag kringelkroka mig fram till rätt adress, en villa med putsad duvblå fasad, vita fönsterbågar och en grusad gång belyst av små lyktor fram till entrén. Längs gången står bladlösa buskar som avtecknar sig som tunna skelett mot den upplysta bakgrunden. Förmodligen är det en prunkande oas på sommaren. Nu inför den annalkande vintern är det kalt och grått.

Redan innan jag ringer på dörrklockan hörs ett öronbedövande skällande i flera tonarter inifrån huset. En flicka i tidiga tonåren med midnattsmörka ögon slänger upp dörren så fort att jag måste ta ett steg tillbaka samtidigt som tre-fyra hundar i olika storlek stormar ut och närapå välter mig bakåt på grusgången.

"Hej, är det du som är Alice?"

Jag håller både blommorna och vinet högt ovanför huvudet för att rädda dem från anstormningen av bestar, men det tolkar hundarna som en signal att hoppa och skälla ännu högre.

"Herregud, Happy" hör jag Evas röst när hon kommer till undsättning. "Du måste hålla undan odjuren innan du öppnar dörren. Hej Alice, förlåt, kom in, låt mig ta jackan, Nej Tjosan, ned, stopp, bort med er, backa, Happy, ta med hundarna in."

Happy och Tjosan? Vem är vem? Jag känner mig helt slut redan innan jag klivit över tröskeln. Att mötas av sådan röra är rakt motsatt vad jag är van vid och ångrar nästan att jag tackade ja till middagen. Det svider på baksidan av benet från en reva i både strumpan och skinnet av hoppande hundklor. Flickan, som tydligen heter Happy, lyckas samla ihop cirkusen så att jag får plats att kliva in i hallen och lämna över både blommor och vin till värdinnan.

"Men tack, det hade du inte behövt! Förlåt för hundarna, det är hittehundar allihop så det är inte världens bästa ordning på dem. Men de är i alla fall glada."

Eva skrattar sitt stora varma skratt och föser mig mot köket. Hundarna far runt benen på oss och jag snubblar nästan över en slank svart katt som slinker som en ljudlös skugga över mina fötter. Köket öppnar sig framför oss och bjuder in till en varm, väldoftande oas där ett moln av saffran och nybakat bröd omsluter mig när jag kliver över tröskeln. Eva visar mig en plats vid det enorma köksbordet dukat med omaka tallrikar i glada färger, lika omaka vackra glas av olika form och höjd. Längs mitten av bordet sprider tjocka stearinljus i olika färger ett varmt sken. Det skulle kunna se ganska rörigt ut men känns varmt och hemtrevligt, som att kliva rakt in i en välkomnande famn. Jag anar att den till synes slumpartade blandningen av prylar är skapad av ett stilsäkert öga och Evas färgstarka personlighet lyser igenom hela inredningen.

”Barnen har ätit, så dem slipper vi”, skrattar hon och ropar samtidigt på dem att komma och säga hej. Ett litet gäng i varierande höjd, ålder och hudfärger dyker upp i dörröppningen, säger hej och försvinner lika snabbt. Eva rör runt i puttrande grytor och ställer fram fat och skålar av olika slag på bordet. Hon viftar avvärjande åt mitt lama erbjudande om att hjälpa till. Hennes röda lockar krusar sig runt ansiktet av värmen från spisen. ”Vi är ett familjehem, som du säkert anade av den brokiga skaran. Det finns två till som är adopterade, Linnea som du ska träffa i morgon och så Axel. Ingen av dem bor förstås hemma längre. Och det här gänget som du såg tar vi hand om nu så gott det går. Plus hundarna som också kommer från olika håll. Katten flyttade in själv utan att vi märkte det.” Hon skrattar igen så det nästan klingar i glasen. ”Någonstans finns det en papegoja också.”

Jag bara gapar. Hur kan någon frivilligt utsätta sig för ett sådant kaos är min första tanke. Nu har visserligen hundarna lugnat ned sig och barnen försvunnit tillbaka till tv:n men ändå. Jag jämför med mitt eget tysta hem, inrett i grått, svart och blankpolerad krom. Tomt och livlöst kan någon annan tycka, tyst och skönt tycker jag. Färdigt att visas upp på Hemnet om jag skulle få för mig att flytta. Eva bryr sig inte om min tystnad utan ställer fram en ljuvligt doftande gryta på bordet och häller upp vin i våra glas med en inbjudande gest att ta för mig.

Jag har bara ramlat rakt in här utan att hinna hämta andan men jag tvekar inte att fylla min tallrik med den saffransdoftande fiskgrytan och dra in de ljuvliga aptitretande ångorna. Jag kommer inte på något att säga annat än att det doftar underbart och stoppar en stor tugga i munnen för att vinna tid.

"Det är ett riktigt hemtrevligt kök ni har", får jag ur mig. "Och en fantastiskt god gryta."

"Tack, vad roligt att du tycker det!" Eva strålar av mitt beröm. "Jag är glad att du ville komma och så tacksam att du ger Linnea chansen."

Hennes uppskattning gör mig lite besvärad och jag tittar ned i tallriken. Eftersom jag inte ens träffat denna Linnea ännu är ingenting bestämt och jag vill inte ta emot uppskattning för något jag inte gjort.

"Skitstövel!" skriker plötsligt en hes röst som om någon läst mina tankar. Det var väl ändå att ta i, hinner jag tänka.

"Och där har vi papegojan", säger Eva samtidigt som det hörs fniss från barnen i vardagsrummet. "Jag vet att inget är klart och att ni inte träffats ännu" fortsätter hon oberört. "Du ger henne chansen och det är mycket värt. Men nu pratar vi inte mer om det. Hur går det med Tom?"

Maten smakar underbart och vi småpratar om jobb, branschen förr och nu och inte minst om Tom och alla andra unga förmågor. Även Eva märker hur nya talanger nafsar henne i hälarna med sina mobilkameror och Instagramföljare. Det har mörknat utanför fönstren när det blir dags för mig att bryta upp och bege mig hemåt till tystnaden. Ett hav av hundar och ungar kommer flödande från alla rum för att säga hej då. För ett ögonblick kommer tanken på hur det skulle vara att mötas av en sådan välkomstkommitté hemma men när jag ser gruset och hundhåren på golvet tackar jag i tysthet nej till den idén. Eva överrumplar mig med en kort men varm kram och jag stänger dörren bakom mig. Efter några steg stannar jag upp och tar ett djupt andetag i den friska luften, blundar. Ljuvligt. Tystnaden lägger sig som varm bomull i öronen.

Hemåt.

15

Linnea visar sig vara en obegripligt vacker ung kvinna, med hy som gräddfärgat silke där någon svept en mjuk rodnad i fjäderlätta penseldrag över kindbenen. Dessutom har hon oändligt djupblå ögon och långt glänsande hår i en blond nyans som liknar guld. Man vill inte riktigt stå bredvid henne framför en spegel. Jag möter henne i receptionen där hon satt sig i en av stolarna i hörnet, hon ser ned på sina händer och vrider tankfullt en ring fram och tillbaka. Det slår mig att hon inte gör sig upptagen med mobiltelefonen, något som ger henne den första pluspoängen från mig. Maja har försett henne med ett glas vatten och de småpratar lättsamt med varandra, skrattar åt något jag inte hör.

"Linnea?" säger jag och lägger manken till för att låta vänlig och välkomnande. Hon tittar upp och reser så sig hastigt att hon nästan spiller ut sitt vatten.

"Ja, det är jag." Hon tar min utsträckta hand och kramar den med ett rejält grepp som står i motsats till hennes ljuva framtoning.

"Välkommen, jag heter Alice. Kom så ska vi sätta oss i vårt mötesrum." Jag blir väldigt nyfiken på denna undersköna uppenbarelse med ett handslag av stål och föser henne lätt framför mig in i rummet. Precis då dyker Adam upp. Han får syn på Linnea och tvärstannar, som slagen av blixten med gapande mun. Hon ger honom ett snabbt ögonkast och skymten av ett leende innan jag drar för draperierna och stänger dörren medan Adam står kvar och stirrar på henne.

"Stick", mimar jag genom glasrutan men vet inte om han uppfattar det.

Hon är lika öppen och lättsam som hon är vacker och hennes närvaro är så självklar att jag nästan får svårt att intervjua henne. Varför vill hon arbeta i en bransch där allting handlar om yta och pengar? Det får mig att undra om hon vet vad hon ger sig in på. Hon verkar ha mer substans och andra värderingar än man vanligtvis hittar i den här världen. Hennes smala händer gestikulerar med mjuka penseldrag i takt med att hon talar. Hur ska hon klara att tampas med sådana som Adam och Tom, undrar jag.

"Vi har några tuffare typer här, som kräver en del skinn på näsan att ha att göra med. Vad tänker du om det?"

"Det blir säkert en utmaning", svarar hon diplomatiskt. "Men jag hoppas att jag kan lära mig av dig."

Ja, det skulle man kunna tro, tänker jag och blir full i skratt. Se mig snarare som ett avskräckande exempel. Men kanske är de inte alls lika vassa mot någon som Linnea som de är mot mig. Inte Adam i alla fall. Även om hon till det yttre inte är lik Eva, så anar jag samma värme och omtanke under hennes känsligare yta. Och inte minst får jag se samma uppriktiga och generösa leende. Det känns bra att kunna ge Linnea en möjlighet att hitta in i yrkeslivet och vi bestämmer att hon börjar på måndag helt enkelt.

***

Adam håller på och riggar konferensrummet inför kundernas ankomst och vinkar in mig när jag går förbi.

"Vem var det du satt med i morse?"

"Hurså?" svarar jag tillbaka, förnöjd med att hålla honom
på halster. Jag anar vad som ligger bakom hans fråga. Han
blänger hastigt på mig medan han klickar igenom powerpoint-
presentationen för att säkerställa att allt är med.

"Tyckte jag kände igen henne bara."

Mig lurar han inte. Som han stod där som ett gapande fån
handlade det om mer än det.

"Hon ska praktisera här en tid, du kan fråga henne själv
när hon kommer på måndag", svarar jag och kan bara med stor
ansträngning hålla mig för skratt när jag ser honom lysa upp
som ett tomtebloss. Adam är visst svag för vackra flickor
verkar det som.

"Har du allt under kontroll?" frågar jag med en nick mot
presentation. Adam gör tummen upp.

"Vi ses här igen halv ett."

Jag ser fram emot mötet, det var ett tag sedan vi hade en
presentation av den här digniteten. Det är en härlig blandning
av nervositet, spänning och vinnarskalle som kommer över oss
alla när det är skarpt läge.

***

Jävla Adam. Jävla minnesluckor. Jävla allting. Hjärtat rusar
där jag står framför spegeln på toaletten och försöker lugna
ned mig med djupa andetag, lutar min tyngd mot handfatets
kalla kanter. Magen drar ihop sig som i kramp, en stålhand i
mitt mellangärde.

Presentationen kunde inte gått bättre. Eller sämre. Det
beror helt på vem man frågar. Adam var i sitt esse och tog emot
kunderna som om de vore besökare i hans kungarike. Det var
tydligt att han kände några av dem redan, framför allt deras

vd vars namn jag glömde innan jag ens släppt hans hand. Vd:n förde sig med pondus och var också den som alla sneglade på under de mer avgörande delarna under presentationens gång. Han hade ett ogenomträngligt pokerfejs, det gick inte att avläsa vad han tyckte om det han såg och hörde. Av och till drog han långsamt med handen över sin kala hjässa, som för att rätta till håret som inte längre fanns där medan hans ögon smalnade till springor, begrundande våra förslag. Han var ungefär i min ålder gissade jag, medan resten av gänget runt bordet inte var många dagar över trettio om ens det. Det blev ännu tydligare varför Adam bett mig vara med, jag skulle helt enkelt bli krockkudden som fick ta smällen från Tom om de inte köpte vårt koncept.

Adam och Nike uppträdde som ett radarpar, båda älskade att stå i rampljuset och verkade ha övat in ett uppträdande, där de skickligt bollade repliker mellan sig som byggde upp dramaturgin kring våra idéer. De fick oss alla att närapå applådera deras strålande samspel. När våra idéer är så bra att jag vill köpa dem själv är vi på rätt väg och jag var både stolt och en smula rörd över resultatet mina medarbetare skapat. Just som jag satt där och njöt som bäst studsade Adam bollen rakt på mig utan förvarning.

"Alice, dra tänket kring målgruppsstrategin lite snabbt."

Va? Det sa han inte ett ljud om tidigare, tvärtom gav han mig intrycket att jag bara skulle sitta med i bakgrunden. Men självklart kunde jag göra dra det. Målgruppsstrategin var det vi satte på mötet härom dagen, när jag klev in och styrde upp röran. Jag reste mig ur stolen och klev fram med ett brett leende, hoppades att jag såg åtminstone hälften så självsäker ut som Adam och Nike gjort. Men mitt opålitliga minne valde förstås just detta tillfälle att svika mig. Jag kom plötsligt inte ihåg ett enda ord av det vi sa, allt var bortblåst. Huvudet var som ett svart hål, där inte en bokstav kom ut och jag fick inte fram ett ljud. Jag såg vd:ns ögonbryn frågande glida uppåt mot det före detta hårfästet samtidigt som Adams armbåge diskret stötte till mig för att väcka mig ur min trans. Det hjälpte inte. Alla tankar försvann ut i tomma rymden och det snurrade till i huvudet som om hela golvet var i gungning.

"Ursäkta mig, jag mår inte riktigt…" Jag snubblade ut ur rummet med handen över munnen. Katastrof.

***

"Alice, är du okej?" Majas röst tränger genom bruset från kranen där vattnet fått forsa i flera minuter. Hon knackar försiktigt på dörren och väntar på mitt svar.

"Det är lugnt", klämmer jag ur mig med stor ansträngning. "Jag kommer strax." Hur länge jag tagit min tillflykt till toaletten vet jag inte och jag bryr mig inte heller. Det är tydligt att jag behöver spela upp en liten charad så att alla ska tro att jag helt oväntat blev sjuk, så jag skvätter lite vatten i ansiktet och tar på en eländig min som passar ihop med till exempel kolera, matförgiftning eller något annat gräsligt. Precis när jag lägger handen på dörrhandtaget hör jag röster utanför och förstår att kunderna är på väg därifrån. Naturligtvis ska de hänga en stund i receptionen med det obligatoriska småpratet innan de går. Även om rösterna är dämpade kan jag urskilja vad de säger, där jag står med örat tryckt mot dörren som någon slags småstadsspion.

"Bra presentation, proffsig genomgång."

"Kul att höra, säg till om det är något mer ni behöver."

"Absolut, vi hör av oss. Hälsa Astrid, hoppas hon mår bättre."

Astrid? De kommer inte ens ihåg vad jag heter och Adam rättar dem förstås inte. Till slut blir det tyst. Jag ska precis gå ut ifrån toaletten när dörren rycks upp och där står Adam.

"Hoppsan, Alice, låser du inte om dig? Inte din dag idag, eller?" Han flinar, höjer händerna avvärjande och tar med låtsad förskräckelse ett steg tillbaka när han ser min ursinniga uppsyn. Jag är så arg att jag skulle kunna smälla till honom och det kräver all min behärskning att bara tränga mig förbi utan ett ord. Den här arbetsdagen är slut för min del och med en ursäkt om att jag behöver åka till akuten lämnar jag kontoret.

****

Johan är på väg ned samtidigt som jag dundrar upp i trapphuset och vi krockar nästan i kröken. Vi har inte setts efter vår så kallade dejt. Nu kan vi inte bara nicka och springa förbi varandra utan måste stanna upp och kolla läget. Hej, hej, hur är det med dig, bara bra, toppen, nu är det fredag, härligt med helg, bla bla bla. Johan har sopborste och skyffel i handen. Han har hittat en liten död mus i sitt förråd och nu ska han ned och ta bort den.

"Men fy så obehagligt", säger jag med avsmak. "Kanske jag ska passa på att kolla mitt förråd då, det är precis intill ditt."

"Visst", säger Johan och erbjuder sig att sopa upp eventuella döda möss även i mitt förråd, så vi gör sällskap ned. Han får gå in först medan jag står bakom och stampar i golvet för att skrämma bort dem. Jag är inte livrädd för möss men det är små snabba rackare och jag föreställer mig att de ilar upp innanför byxbenen på en. Hu. Hellre hans byxben än mina i så fall. Johan öppnar sin förrådsdörr och jag försöker kika fram bakom hans rygg.

"Men vad konstigt." Han låter förvånad. "Den var ju här alldeles nyss men nu är den borta?"

Jag vågar ta ett steg fram och tittar in i hans förråd. Inga döda möss på golvet. "Du kanske inbillade dig", föreslår jag med ett tvivlande tonfall. Vem ser döda möss som inte finns?

"Nej inte alls", säger han bestämt. "Den låg här, mitt på golvet."

"Då har den kanske återuppstått från de döda", säger jag och fnissar till.

"Tror du det? En liten Jesus-Mus. Det är inte ens påsk."

Det tramsiga skämtet får mig att skratta så mycket att tårarna börja rinna. Skrattet tränger igenom min spända kropp och knyter upp stresstrasslet. Johan ser förvånad ut över min ohejdade munterhet. Han är nog inte van att få folk att skratta. Jag fortsätter fnissa medan vi går tillbaka upp. En varm doft av rosor fyller trapphuset, ett tyst och osynligt gillande.

"Vill du komma in på ett glas vin", hör jag någon fråga och inser till min förvåning att det är jag. "Grannar emellan", skyndar jag mig att tillägga så att han inte ska tro att jag stöter på honom. Det vore olyckligt när vi precis konstaterat att vår dejt inte ledde till någon romantisk fortsättning.

"Det hade jag gärna gjort", svarar Johan och låter inte alls lika förvånad som jag trodde han skulle göra. "Men min son kommer ikväll, vi ses så sällan så det vill jag ta vara på. En annan gång?"

"Självklart", svarar jag. "Ha en fin kväll!"

Räddad av gonggongen igen. Lättad försvinner jag in i min lägenhet och där står Rain redan i hallen.

16

"Vilket fullständigt fiasko." Min suck kommer ända från tårna när jag drar den grovstickade pläden över min slokande kropp i soffan. Jag känner mig som en vissen tulpan, huvudet hänger med håret som en gles gardin framför ansiktet. Det svider rejält att tänka på min minnesförlust på presentationen, hur komplett inkompetent jag måste verkat. Jag kan bara hoppas att de gick på min lilla teater om den oväntade attacken av illamående. Kanske tror de att jag är gravid tänker jag med ett snustorrt skratt. Det är i alla fall bättre än sanningen, att jag inte över huvud taget kom ihåg vad vi pratat om. Jag sneglar genom luggen på Rain, hennes hud gyllene i ljuset från stearinljusen som hon på något sätt lyckats tända. Hur nu det gick till. Jag kan inte få nog av tända ljus så här års när mörkret ligger som ett täcke över kvällarna.

"Det är inte jordens undergång, även om det förstås var pinsamt", säger hon med mild röst. "Det där har de glömt innan dagen är slut. Du behöver fundera på dina egna dagar framöver i stället."

Det är praktiskt att inte behöva förklara eller berätta något för Rain, hon vet alltid vad jag tänker på och vad som hänt. Att hon ändå ber mig berätta är mest för mitt eget reflekterande.

"Vad menar du, vad då mina egna dagar?"

"Du mår ju inte bra som det är nu, eller hur. Stressar så att du tappar minnet. Adam och Tom som gör tillvaron svår. Är det så du vill ha det?"

Rain kan verkligen vara irriterande. Naturligtvis vill jag inte ha det så här men vad har jag för val? Det är inte min byrå och inte jag som håller i taktpinnen eller styr över tempot. Och vem vet vad Tom har för direktiv från London när han är tillbaka på måndag. Knappast att vi ska ta det lugnare i alla fall. Det ilar i magtrakten när jag tänker på ännu tuffare tag, mer krav på försäljning och lönsamhet. Alla visare pekar åt dessa håll. Helt fel riktning för mig.

"Nej, självklart inte", svarar jag. "Men jag ser ingen annan väg."

"Det beror på att du tittar åt fel håll." Rain rör händerna i graciösa mönster i luften mellan oss. "Se här!"

Plötsligt ser jag hur något börjar ta form i tomma luften framför mig, en bild som materialiseras ur ingenting. Diffusa former, först svaga färger som långsamt blir allt skarpare i konturerna och får klarare nyanser. Jag stirrar fascinerat på vad som händer, hur molekylerna i luften tar färg och form och skapar en bild som svävar framför mina ögon. Bilden får liv, först något som glittrar, blå och gyllene strimmor böljar fram och tillbaka och blir allt tydligare. Det är som om någon målar en tavla i tomma luften, där varje penseldrag ger en allt tydligare form. De blå stråken blir till böljande vågor, ljuset blir solen som glittrar i vattnet. De gyllene strimmorna flyter ihop till en guldgul strand som möter vågorna, kantad av mer diffus grönska som kastar svalkande skuggor över sanden. Vågornas harmoniska brus blandas med mjukt fågelkvitter från träden.

Det känns som om jag kan sträcka ut en hand och röra vid den varma sanden, doppa en fot i de svalkande vågorna. Jag får syn på någon som går längs stranden, en kvinna i en lång, vit klänning och vidbrättad hatt som döljer ansiktet. Hon rör sig med mjuka, avslappnade rörelser där hon går bortåt längs vattenbrynet, varje steg lämnar ett fotspår som sveps bort lika fort igen av nästa våg. Som om hon inte nyss varit där. Hennes långa klänning fångas då och då av en våg som ger fållen en blöt kyss men det verkar inte bekymra henne. Hela scenariot utstrålar en så stark harmoni att en stark längtan att vara där, känna sanden under mina fötter, griper tag i mig. Jag försöker röra vid scenen som utspelar sig framför mig men det är som att försöka röra Rain, handen rör sig genom tomma luften, det finns ingenting där fast jag ser det så tydligt.

"Vad är det här?" viskar jag för att inte råka förstöra den harmoniska bilden.

"En tolkning av din inre längtan kanske", svarar Rain stillsamt.

Är det? Kanske det. Havet har alltid lockat mig, lugnet som växer av att sitta på en strand och bara se på de eviga vågorna, utan en tanke, utan några måsten. Bortsett från det så har naturens lockrop inte nått mina öron. På sin höjd kan jag slå mig ned en stund i en park om jag lyckas hitta en plätt där man inte blir omkullsprungen av skrikande ungar stup i kvarten. Visst hör jag mina kollegor prata om magiska kanotturer, dödsföraktande utförsåkning i lössnö eller hisnande hajkande bland alptoppar. Det får ändå inte min längtan att vakna det minsta lilla. Det enda jag tänker på är var de uträttar sina behov. Att sitta bland ormar, blåbärsris och stickiga grenar och komma hem med rumpan full av fästingar lockar mig inte det minsta. En rysning kryper längs ryggen vid blotta tanken.

Nej tack, ge mig en plats i solen. Det räcker för mig. Inte för att jag sitter där särskilt ofta heller men hellre det än att snubbla omkring i skogen och inte hitta hem igen.

"Det handlar inte om att du ska börja leva friluftsliv", säger Rain med viss skärpa i sin annars så milda röst.

Hon nickar uppfordrande mot den märkliga bilden som fortfarande svävar framför mina ögon. Den utstrålar ett lockande lugn och min blick dras till den diffusa gestalten som nu vandrat längre bort längs stranden, fotspåren syns knappt längre. Medan jag betraktar det som utspelar sig framför mina ögon, sprider sig ett behagligt lugn genom mina spända muskler. Den ständiga knuten i maggropen mjuknar och löser upp sig en aning. Rain gör en mjuk rörelse med handen igen och visionen brister i tusentals glittrande pixlar, som ett ljudlöst fyrverkeri i miniatyr. En blinkning och det är borta.

"Hur ska jag tolka det här, ska jag åka på semester mitt i alltihop tycker du?" Jag låter snäsigare än jag tänkt mig men Rain låter sig inte provoceras utan tänder bara sin lysande grå blick med full kraft. Det är som att badas i det intensiva ljuset från stjärnor. Min irritation sjunker undan och de skavande resterna från det misslyckade framträdandet rinner av mig.

"Det är förstås en möjlighet", svarar Rain torrt. "Men fundera först på vilka förändringar du behöver göra i ditt nuvarande liv. Går du i samma spår så hamnar du bara på samma plats."

Det har hon rätt i. Jag travar mellan mitt hem och kontoret, exakt 3,2 kilometer, fram och tillbaka, dag efter dag. På senare tid med allt tyngre steg i båda riktningarna. Jag vill varken gå dit eller gå hem.

"Du skulle kunna bli motivationstalare." Jag ler för att runda av de vassa kanterna på mina ord. Innerst inne förstår jag vart hon vill komma genom att få mig att se en annan tillvaro, en annan känsla än att springa framför tåget, hela tiden livrädd att bli överkörd. Men några stillsamma stränder finns inte att tillgå här i närheten, allra minst nu med vintern som lurar runt nästa hörn.

"Det trodde jag att jag redan var", svarar Rain torrt och börjar lösas upp i konturera, blekna bort framför mina ögon. "Ryck upp dig nu, du får besök" är det sista hon säger innan hon försvinner bara sekunder innan det ringer på dörren.

***

Jag tar motvilligt av den värmande pläden och smyger fram till dörren, skjuter brickan framför kikhålet åt sidan och kisar in i den lilla öppningen. Där står Johan. En känsla av obehag av att bli överrumplad kryper över mig. Varför står han där? Han vet naturligtvis att jag är hemma, det var inte så länge sedan vi skiljdes åt. Med en liten suck låser jag upp och skjuter upp dörren.

"Hej, förlåt att jag stör", börjar han tafatt. Han är lång och gänglig och nu hukar han sig lite, som en strykrädd hund med tilltufsad päls. "Min son fick förhinder i sista minuten."

Det går inte att missa hur besviken han är, den darrande undertonen i hans röst avslöjar att det inte är första gången det händer. Kanske sonen brukar avstå från att dyka upp, till förmån för något roligare och lämnar pappa med dukat bord men utan gäst. Andra människors besvikelse går rakt in i min ryggmärg, det gör lika ont i mig som i dem. Det väcker alltid minnet av den största besvikelsen av dem alla, den som inte gick att förlåta. Minnesbilderna flyter upp som stora, mörka bubblor i en lerpöl. Pappas kalla ögon, mammas tårfyllda snyftningar. Deras anklagande blickar. Känslokylan som sakta lade sig som en kall klump i magen. Jag ruskar snabbt bort dem.

"Jag hade redan lagat middagen och jag tänkte, du kanske ville…eh…för mycket mat för en person…" Hans uppenbara förlägenhet kniper tag i mitt hjärta, rycker mig tillbaka till nuet.

"Vill du ge mig en matlåda?" skämtar jag för att lätta upp situationen och inser i samma ögonblick att jag gör det svårare för honom.

"Åh, nej, jag undrar om du vill komma upp på middag." Han ser skräckslaget på mig som om hans fråga skulle kunna resultera i en svidande örfil. "Men du har förstås andra planer."

Mina planer omfattar bara att linda in mig i filten igen och se vad det finns på tv. Som förra fredagen och högst troligt som nästa.

"Nej, faktiskt inte." Jag är redan beredd på den mjuka doften av rosor när den sveper förbi. "Det låter trevligt att bli bjuden på mat. Ge mig en kvart så kommer jag upp."

***

Johans lägenhet är till planlösningen identisk med min men kunde inte vara mer annorlunda. Doften av matlagning och kryddor fyller hallen, en skillnad från mitt hem, där matlagning mycket sällan förekommer. I hallen står en gammal skrymmande klädkista med välvt lock och metallbeslag, för stor för det trånga utrymmet. Arvegods, kanske? Även köksbordet i mörkt trä är av äldre modell. Det har varit med ett tag av den repiga bordsskivan att döma. Mönstrade tapeter, färgglada gardiner och en uppsjö av prydnadssaker översvämmar synintrycken. Det är minst lika mycket färger och former som hemma hos Eva fast här saknas balansen och harmonin, här är det bara en massa saker som inte samtalar med varandra alls. Det blir skrikigt och stökigt som på en skolgård och får mig att vilja hålla för öronen. Johans gängliga gestalt och spretiga kalufs känns både hemtam och felplacerad på en gång när han välkomnar mig med ett glas vin. Fast han verkar både tryggare och lugnare hemma i sitt revir.

"Titta runt om du vill, du hittar ju", säger han. "Jag ska bara fixa det sista så kan vi äta strax."

Med vinglaset i handen tassar jag i strumplästen till vardagsrummet. Trots att det är ännu ljusare än mitt tyngs det ned av gamla tavlor med mörka, dystra motiv och snirkliga guldramar som inte alls passar ihop med de blomstrande tapeterna. Om något bett mig gissa vem som bor här skulle mitt förslag vara en äldre dam som samlat på sig decennier av minnen i form av möbler, prylar och små virkade dukar. Inte en medelålders man som jobbar inom tech-branschen.

Jag kikar in i sovrummet. Synen som möter mig är häpnadsväckande. En smal säng står upptryckt mot ena kortsidan av rummet och resten av golvytan är belamrad med träningsredskap, olika bänkar och ett otympligt löpband som ser ut att ha fler funktioner än ett flygplan. En hylla som är full av olika proteinpulverburkar och mängder av piller. Typiskt sådant som män som det slagit slint i huvudet på ätit för mycket av. Det här är alltså förklaringen till allt oväsen jag hör här uppifrån. Med tanke på pillerkonsumtionen var det kanske inte så klokt att tacka ja till inbjudan även om Johan inte direkt ger intryck av att vara testosteronstinn. Det är visserligen nära hem men jag måste kunna ta mig ut om det slår slint och Johan visar sig vara en karaktär som skulle platsa i en skräckfilm. Ett litet fniss letar sig fram när jag stirrar på detta monstruösa gym hemma hos min långe tanige granne som behöver använda sopskyffeln när han jagar möss. Jag överlever nog.

"Maten är klar", ropar Johan och jag går tillbaka till köket med ett påklistrat leende. "Slå dig ned" säger han och visar på stolen som är närmast hallen. Och nära ytterdörren ifall jag behöver kasta mig ut härifrån.

***

Trots Johans märkliga möblemang verkar han normal i övrigt och samtalet flyter på ungefär som på vår icke-dejt. Han har lagat en underbar gryta och lyser upp varje gång jag lägger upp mer på min tallrik. Tacka för det, här har han lagat god mat, kanske i flera timmar, för att bjuda sin son på middag och så kommer ungen inte. Vi småpratar om ditt och datt och skrattar återigen åt Jesus-musen. Johan har googlat och det visade sig att möss faktiskt kan spela döda om de blir rädda och inte har någonstans att ta vägen.

"Arma lilla kräk", säger jag, "Den måste ha trott att dess sista stund var kommen."

Johan fyller på mitt vinglas igen och ser ut genom fönstret. I ljuset från gatlyktan har kvällens regn övergått till snöflingor som virvlar i lampans kalla vita sken.

"Jaha, då var det dags för vinter", säger han med en suck. Min grimas för att förmedla min avsky för snö och kyla visar att jag inte heller är en vän av vintern.

"Tråkigt att din son inte kunde komma", säger jag efter att ha skrapat rent tallriken så att gaffeln gnisslar mot glasyren. "Han missade verkligen en fantastiskt god middag, det kan du hälsa honom från mig."

Johan tittar ned i sin tallrik och säger ingenting först. Hans axlar sjunker lite och hela han slokar. Det skär mig lite i hjärtat att se hans eländiga min. Ajdå. Tydligen var det inte ett bra samtalsämne.

"Det var inte första gången, tyvärr", säger han efter en stunds tystnad. "Han har en hel del problem och en stökig tillvaro."

"Det var ledsamt att höra", svarar jag och försöker komma bort från det här samtalsämnet. Det gör oss båda uppenbart obekväma. "Jag hoppas det ordnar upp sig."

"Knappast." Det korta svaret kommer utan någon tvekan och jag förstår att det inte är en tillfällig svacka som hans son befinner sig i. "Jag försöker stötta honom men det är svårt. Han vill inte ha min hjälp."

Han tar den sista tuggan av sin mat och lägger ned besticken på tallriken, sida vid sida, gaffeln nedåt, torkar sig noggrant runt munnen medan han sväljer. Så tittar han på mig igen med sin hjälplösa blick.

"Har du barn, Alice?"

***

Har jag barn? Ingen har frågat mig det på mycket länge, om ens någonsin. De som redan vet hur det ligger till med den saken är mer eller mindre borta. Jag gör inte så många nya bekantskaper nu för tiden, framför allt inte av den sorten att vi frågar varandra om familjesituation. Inte ens Eva, med sin stora familj, har undrat hur det förhåller sig för min del. Förmodligen mer av hänsyn än av brist på nyfikenhet. Eva har mycket väl utvecklade känselspröt och fingertoppskänsla för vem man kan fråga om vad. Och hon har säkert redan uppfattat att jag inte riktigt är den moderliga typen.

Men nu sitter jag här med Johan som är besviken på sin son, säkert är han väldigt orolig också, och han undrar om jag har barn. Han frågar förstås inte av artighet, jag tror han söker både medkänsla och säkert också gemensamma upplevelser att dela. En annan förälders besvikelser som gör de egna lättare att stå ut med.

Har jag barn? Nej.

Frågar du mig däremot om jag fött barn, är svaret ja.

17

Samtalet med Johan hänger kvar genom hela helgen. Varje gång jag tänker på det nyper det till i mellangärdet av obehag. Jag bröt upp ganska snart efter middagen med förevändningen att jag haft en tuff vecka och behövde lägga mig tidigt. Det var sant dessutom. Han fick bara ett kort nej som svar på sin fråga om jag har barn och var klok nog att inte fråga vidare. Som tur är inser de flesta att de inte ska rota vidare i ett sådant ämne och ett kärvt "nej" sätter effektivt stopp för vidare utfrågning. Ingen vill trampa i det klaveret eller råka peta i ett öppet sår så att någon börjar storgråta och låta sin förtvivlan över en eventuell barnlöshet välla fram.

Men sådana hänsynstaganden tar inte Rain, som dyker upp tidigt på söndagen. Det är en kylig, blek morgon som inte vill ta fart. En sådan när man inte riktigt vaknar på hela dagen och solen går ned utan att ens ha synts till. Rain tar form, sittande med armbågarna på köksbordet och hakan lätt stöttad i händerna medan jag ordnar min frukost. Hennes djupa blick söker sig dröjande genom dimmorna utanför fönstret. Ögonen har samma färg som de tunga skyarna utanför, det är som om hennes ögon är en bit av himlen. Och det kanske de är, vad vet jag. Hela Rain kanske är en bit av himlen. Hon skimrar i morgonljuset som om hon vore försilvrad. Huden är så blek att jag oroligt frågar hur hon mår men hon övertygar mig om att allt är bra och att det här bara är ett av hennes utseenden. Idag har hon valt att matcha vädret och mitt humör, hon kallar looken "Lite blek och trist". Jaha, tack för det tänker jag för mig själv. Hon säger ingenting medan jag följer mina invanda rutiner och rör mig fram och tillbaka i köket som en förprogrammerad robot. När mjölkskummaren surrat färdigt tar jag ned mitt favoritglas från den öppna hyllan, häller långsamt havremjölken längs sidan ned i glaset och låter kaffet som jag kryddat med kardemumma rinna genom skummet. Det blir inget tjusigt mönster, bara en kaffefärgad blobb mitt i skummet. Någon barista är jag inte.

Jag sätter mig med kaffekoppen mellan händerna. Värmen sprider sig till handflatorna medan jag tyst betraktar henne. Det är bra på det viset med Rain, man behöver inte prata om man inte vill. Det uppstår ingen obekväm tystnad som måste fyllas ut med ointressant pladder. Jag anar varför hon är här men hoppas att jag har fel. Det har jag förstås inte.

"Det är dags att prata om barnet", säger Rain med en mild ton som passar särskilt bra en dimmig novembermorgon. Särskilt om man vill diskutera extra känsliga ämnen. Det vill jag inte men här har jag inget val. Hennes ord kastar mig handlöst mer än trettio år tillbaka i tiden, till en yngre Alice, en annan stad och ett enklare liv. Ett liv som tog en plötslig vändning och i stället blev väldigt svårt.

En känsla av att vara under attack smyger sig på mig. Jag reser ragg inombords och samlar ihop min mentala vapenarsenal till försvar. Mot vad vet jag inte riktigt men mina verbala kanoner är laddade. Jag behöver inte ens titta på henne för att veta att hennes ögon lyser på det där sättet som är omöjligt att värja sig för, en alldeles särskild form av övertalningsförmåga. Men det kommer hon inte att lyckas med den här gången.

"Nej", säger jag och stirrar stint ned i kaffet som ett tjurigt barn.

Jag vill inte prata om något jag har förträngt ända sedan det hände. Något som kostat mig så mycket livsglädje, som skickade mitt liv i en helt annan riktning än den jag sett framför mig. Och som skadade relationen till mina föräldrar så illa att den aldrig repade sig igen. Ingen av oss sa förlåt, vi stod kvar i våra ringhörnor med boxhandskarna på och blängde på varandra. Och nu är det för sent. Mamma är borta och pappa vet inte längre vem jag är. Jag är ensam kvar med minnet av vad som hände och det är inget jag vill tänka på. Än mindre prata om. Rain kan puffa på med så mycket rosendoft hon bara orkar. Det kommer inte att få mig att göra som hon vill den här gången. Det finns gränser för vad jag kan övertalas till.

Men Rain har sitt särskilda sätt att hantera min vägran att prata. Med en mjuk rörelse sveper hon händerna i en båge över bordet mellan oss, hennes fingrar dansar över en osynlig väv, små svävande färgdroppar tar form och något börjar synas i tomma luften framför mig igen. Det ser inte ut som den lockande stranden den här gången, det ser inte ens ut att vara utomhus. Jag kisar mot bilden som långsamt blir allt tydligare, det är ett rum av något slag, med ett smalt fönster och en mörk soffa mot en trävägg. En gillestuga? Diffusa gestalter framträder, de ser ut att dansa, svag musik slingrar sig ut från bilden. Det är en låt jag hört förut men inte kan placera. Allting verkar vagt bekant. Långsamt börjar några gamla, förstenade minnen röra sig som döda som väcks till liv. Som zombier försöker de gräva sig upp ur de många lagren av jord de är begravda under.

Nu känner jag igen vilken låt det är som spelas. Nu vet jag också var det är. Gillestugan hemma hos Mirja. Festen. Björn. Åh nej. Jag ser mig själv dansa runt med svepande, ostadiga rörelser. Håret yr runt ansiktet. Mitt skratt ekar lite för högt och det skär i mig när jag hör hur glädjelöst det låter. Inövat, påklistrat, tomt. Vid sidan står Björn och tittar på mig. *You can't touch this* sjunger M.C. Hammer. Om Björn bara lyssnat på det rådet skulle Rain och jag inte haft något att prata om idag.

"Ta bort det här genast!" Jag viftar med händerna i luften för att försöka lösa upp bilden, få den att försvinna. Men mitt viftande gör ingen skillnad, bilden svävar fortfarande i mitt synfält, hänger som ett hån framför mina skräckslagna ögon. Mitt femtonåriga jag dansar vidare på den blankslitna plastmattan, snurrar rakt i armarna på Björn och vi faller tillsammans skrattande ned i den slitna soffan. Nu är det fler som dansar, skuttar runt till Vogue, härmar Madonnas eleganta handrörelser men ser mest ut som misslyckade mimartister. Där är Helena, den populäraste tjejen i klassen som förstås är tillsammans med John, den snyggaste killen som alla är småkära i. Mirja som har festen och Barbro, ny i gänget. Lena som är tillsammans med Bosse som också är en av de där killarna som alla tjejer trånar efter. De var inte ihop särskilt länge. Han var en sådan som bara gjorde korta nedslag och sedan snabbt vandrade vidare.

Minnena exploderar som fyrverkerier i mitt huvud. Jag är tillbaka i gillestugan med den instängda luften varm av dansande kroppar. Huvudet snurrar av för mycket surt äppelvin och all cigarettrök som inte hade någonstans att ta vägen förutom tillbaka in i våra tonåriga lungor. Björn som viskar i mitt öra, drar in mig i ett rum fullt av bråte. Vita papplådor med Chiquita-loggan står staplade mot väggen, en ranglig hylla, full med prylar och så en skranglig tältsäng som står i ena hörnet, täckt av en tunn madrass som inte ser helt ren ut. Rummet luktar instängt, det finns inget fönster så det enda ljuset kommer från det kalla flimrande blåaktiga skenet från ett lysrör. Det är ett rum för saker som man inte längre behöver, har tröttnat på men inte orkar kasta bort. Björn håller mig fortfarande i handen medan han låser dörren och hittar en sliten filt som han slänger över madrassen. Han sätter sig ned och drar mig intill sig. Det snurrar i mitt huvud och jag blir än mer yr av hans mjuka mumlande och varsamma händer. Jag hör inte vad han säger och det spelar ingen roll, jag känner att jag finns på riktigt, det är som att hans beröring bekräftar att jag existerar. Varma händer rör vid min nakna hud och tar sig dit de vill. Jag säger inte ja men jag säger heller inte nej. Jag säger ingenting, åker bara med, blundar så jag inte ser vart det bär hän. Det går fort, det gör inte ont men är heller inte skönt. Det är liksom ingenting, ändå förändrar ögonblicket allting. Jag hann inte riktigt förstå vart vi var på väg, innan vi plötsligt var där och sedan var det över.

Vi stannar en stund på den skrangliga sängen, ingen av oss säger något. Musiken är högre nu, skratten utanför är skrikigare. Björns arm blir en trygg plats och jag kurar ihop mig, trycker mig närmare, känner hans andetag mot min rygg. Här kan jag stanna länge, länge. Men han börjar röra på sig, säger att hans arm somnar, vi borde gå ut till de andra. Jag förstår att han vill tillbaka till festen, vi är klara här. Allting känns på något märkligt sätt helt annorlunda när vi går ut från det stökiga rummet, tillbaka till de andra. Som om jag redan vet att ingenting någonsin kommer att bli sig likt.

***

"Alice." Rains vänliga röst föser bort alla minnesbilder och jag är tillbaka i nuet, i mitt kök och mitt fyrtioåttaåriga jag, med tårdränkta kinder, huttrande fast det är varmt i rummet. Visionen från förr bleknar bort, bara några svaga färgstråk hänger kvar i luften som rester av en regnbåge. Rain sveper ut med armarna igen fast den här gången bildas ingen magisk film ur tomma intet. I stället känns det som ett mjukt, varmt och rosendoftande moln omfamnar mig. Jag låter mig svepas in och andas lugnare, drar ned doftmolekylerna långt in i lungorna, de flyter som honung i mina ådror.

"Vad hände sedan?" frågar Rain. Hennes ögon lyser med en mild glans som bjuder in till att berätta mer. Det motstånd jag känt mot att tänka på den här kvällen och det som blev följden av det, är som bortblåst. Jag blinkar yrvaket mot Rain, överrumplad av hur orden kommer farande och trycker på som bubblor i en omskakad champagneflaska. Nu skjuter de ut i ljuset med full kraft.

"Jag blev med barn." Så där. Nu är det sagt, jag har släppt ut min mörkaste hemlighet från sitt fängelse där den legat och lurat som en otäck muräna långt inne i sin grotta. En sådan som man knappt kan skymta, bara de kalla, stelt stirrande ögonen har kunnat avslöja att det finns något där om man vågat sig tillräckligt nära. Så väl har jag gömt undan min hemlighet, låst in den på livstid. Det var i alla fall det som var meningen.

Jag förstod inte själv vad som hänt förrän det var för sent. Mina föräldrar märkte ingenting heller, mamma var uppslukad av sina dagdrömmar och pappa var sällan ens hemma. Eftersom jag trivdes bäst i bylsiga tröjor och mjukisbyxor redan då syntes inte min allt rundare mage och den blev ändå inte särskilt stor. Ingen märkte egentligen någonting, knappt ens jag själv. Det blev skolsköterskan som till slut förstod hur det låg till och som kastade in handgranaten som raserade tillvaron.

"Vad sa dina föräldrar?" Rains lysande blick värmer mig, lägger sig som bomull i mitt krampande mellangärde. Det blir lättare att andas. Jag glömmer återigen att Rain redan vet allting, hennes frågor är bara hennes varsamma sätt att låta mig falla mjukare genom lagren av minnen tillbaka till den dagen. Vem vet vad sköterskan sa när hon ringde hem. Det fick i alla fall effekt eftersom både mamma och pappa gjorde sig besväret att komma till mötet med skolan. De hade säkert föredragit vilket besked som helst hellre än det de fick. Deras femtonåriga dotter med barn. Det blev en detonation som lämnade en stor krater i vår tillvaro för all framtid.

"De blev besvikna. Och arga." Jag snyter mig i en bit hushållspapper som känns strävt mot min snörvlande näsa och torkar bort en tår innan den hinner glida ned längs kinden. Deras ilska handlade mer om hur min belägenhet störde deras tillvaro än något annat. Det var helt enkelt väldigt opraktiskt för dem. Mamma grät och förfasade sig i bilen när vi åkte hem, vad skulle alla människor tänka om oss nu? Pappa var sammanbiten och bister, vad han tänkte fick jag aldrig veta. Inte ens då visade han några känslor. Kanske hade han inga?

***

Vad som hände efter det är ett töcken. Sommarlovet kom och jag blev ivägskickad till mina farföräldrar på landet, hårt arbetande bönder som slet med sitt jordbruk och sina djur från morgon till kväll. Det var ingen dålig plats att vara på och jag brukade längta dit varje sommar. Jag kom utom synhåll för mina vänner och grannars nyfikna frågor och hamnade i stället långt ut bland rapsfält, grisar och höns. Och kattungar. Jag blev en mästare i att leta upp var de halvvilda kattmammorna som jobbade som råttfångare på gården gömt dem. Som en inbrottstjuv smög jag runt i timmar bland redskap och traktorer, höbalar och säckar och otaliga skrymslen i den stora ladan. Noga med var jag satte fötterna bland alla vassa verktyg och farliga maskiner. Det fanns mycket att göra sig illa på om man inte såg upp.

Pipen från de nyfödda kattungarna fick mig att stanna upp, blickstilla. Varifrån kom de ynkliga små lätena? Jag lyssnade, spetsade öronen, höll andan. De små liven avslöjade sig alltid, ibland låg de mjukt inbäddade bakom några säckar, andra kunde ligga och trycka i en hård papplåda under en hylla. Eller bakom ett traktordäck. Kattmammorna hade uppenbart olika syn på vad som var ett lämpligt hem för sina småttingar. Försiktigt sträckte jag ut handen och nuddade vid de ihoprullade mjuka pälsbollarna, ofta så små att de inte öppnat ögonen ännu. De pep hjärtskärande när de anade min närvaro. Förmodligen skrämde jag dem, men för mig lät det som små rop på hjälp.

"Se mig, rädda mig, ta mig härifrån!" tyckte jag mig höra i deras ynkliga små skrik. Eller så projicerade jag mina egna känslor på några små ovetande djur. Jag avslöjade aldrig var kattungarna fanns, det var bäst så. Ibland hände det att farfar tyckte det var för många katter som rände runt på gården och det slutade inte väl. Men de var trygga med mig. Jag smög tillbaka varje dag och satt i timmar i ladans halvmörker och lekte med dem, varma fjäderlätta kroppar som rymdes i en handflata när jag lyfte upp dem. Små pip som först var ömkliga men vartefter blev alltmer uppfordrande.

Strimmor av sol smet genom gliporna i ladans brädväggar som på sina ställen var flera centimetrar breda, där träet torkat och krympt. Jag kunde hålla upp en kattunge i solstrålarna där dammet dansade, se solen smeka dess mjuka päls och de blå ögonen blinka förvånat mot sina nya perspektiv på tillvaron. De klängde och klättrade på mig med nålvassa små klor som rispade mitt skinn. Det gjorde mig ingenting, jag var van vid att bli mycket mer sårad än så. De tunna strimmorna sved men blödde nästan inte alls och läkte fort. Varje sylvass klo och svidande rispa hjälpte mig att inte tänka på det som växte inom mig, något mycket mer obegripligt och ovälkommet än en liten kattunge.

Doften från gödselstacken bakom ladan åt sig allt längre in i mina kläder och mitt hår. Mot slutet av sommarlovet kände jag den inte längre. Ibland smög sig stråk av rosendoft in i mina näsborrar, lyckades överrösta gödselstanken med sin sammetsmjuka smekande doft. Jag ägnade det inte mer än en flyktig tanke, om ens det. Farmors rosenbuskar hade alltid funnits i andra änden av trädgården bakom huset, bortom hallonen och vinbären. Rosendoften blev en del av tillvaron på gården som var lika självklar som katterna, ensamheten och de ändlösa sommarlovsdagarna.

18

Barnet föddes i slutet av juli och höll på att bli slutet på mitt femtonåriga liv. Jag minns bara glimtar av det som hände. Smärtan som smög sig fram, först något kom och gick, men snart oftare, starkare och tydligare tills den inte gick att ignorera. Inte ens kattungarna kunde få mig att tänka på annat och förresten hade de vuxit sig så stora att de hellre sprang runt på gården, på väg att bli lika vilda som sina mammor, glömska av våra kelstunder. Bara korta stunder ville de sitta i mitt knä, som inte ens var ett knä längre, magen tog all plats.

Jag vankade av och an på grusplanen i ett tyst rop på hjälp när farmor fick syn på mig från köksfönstret. Plötsligt vad jag infångad och nedtryckt på dagbädden i farfars kontor, tillsagd att ligga still. Mellan mina skräckslagna gnyenden hörde jag lösryckta ord från köket där farmor talade i telefon. Någon kom, en bastant kvinna som utstrålade lugn och trygghet och doftade sjukhus. Hon tog ett stadigt grepp under min arm så att jag kunde stappla ut till hennes bil. Jag sträckte ut en hand mot farmor för att få henne att rädda mig från det som händer. Men hon stod kvar på trappen som en stenstod, med korslagda armar och ett leendelöst ansikte. Hon sa inte ett ord, rörde inte en min, lyfte inte ett finger. Jag träffade henne aldrig igen.

Den Stora Smärtan var olik allt jag någonsin varit med om eller hört talas om. Den kom som obetvingliga vågor från en ändlös ocean, sköljde över mig gång på gång, fortare och fortare. Jag var övertygad om att jag skulle dö, detta kan ingen överleva. Genom dånet från vågorna och mina skräckslagna skrik hörde jag avlägsna kvinnoröster som talade lugnande, okända ansikten flimrade förbi mitt synfält och försvann. Min kropp gav sig på en egen resa genom en värld jag inte kunnat föreställa mig, buren av en kraft som växte fram från en okänd källa långt inom mig. Hela mitt underliv stod i brand, någon verkade stå där med en blåslampa och försöka elda upp mig. En okänd kraft byggde upp sin egen rytm och drev på men jag ville inte följa med. Jag höll emot, försökte stoppa det, få ett slut, jag ville bara därifrån, att allting skulle bli som vanligt igen. Jag ville sitta i ladan med mina kattungar, inte detta. Men mina framvrålade nej ändrade ingenting, hur högt jag än skrek spelade det ingen roll. Allting hände ändå.

Så; ett nytt skrik, inte mitt den här gången, ett barnskrik. Oceanen av smärtor släppte taget om min sargade kropp, drog sig tillbaka. Striden var äntligen över. Jag gled mellan ljus och mörker, röster tonade in och ut, det var svårt att höra, vad pratar de om? Plötsligt lades något i min famn, en mjuk, kladdig klump av något slag. En kattunge? Det var för stort för en kattunge och kändes inte alls likadant. Vad var det för något? Rörde det på sig? Var det något levande?

Jag hörde rösterna igen, de försökte bryta genom dimmorna men jag förstod inte vad de sa, de var långt borta, avlägsna. Ett bekymrat ansikte framför mitt, oroliga ögon stirrade in i mina. Vad ville de? Någon sa att det blöder för mycket. Vem var det som blödde, vad har hänt? Jag ville bara vara ifred och sova. Och sedan; Mörker. En annan slags ocean, tjock och tät, la sig som en mörk och varm dimma omkring mig, lockade med lugn och välkomnande vila. Jag släppte villigt taget och sjönk in i det sammetssvarta djupet som doftade starkt och underbart av rosor.

***

Rains ansikte blir som en filmduk där min berättelse återspeglas i hennes minspel. Förfäran, förvridet i plågor och till slut förtvivlan och förundran.

"Du fick ett barn. Och var nära att dö." Hon summerar min långa minnesresa till några få ord. Nu skimrar hon i guldtoner. Hennes varma utstrålning blir en mjuk filt som lägger sig som den omfamning jag aldrig fick som barn, inte ens när jag behövde den som mest.

"Mina föräldrar hämtade mig på sjukhuset. Någon annan tog hand om barnet tills vidare, sa de till mig." Det blir det sista jag orkar med att berätta för Rain. Jag stryker över mina svidande ögon med baksidan av handen. Det där tills vidare visade sig bli för gott. Mina föräldrar undvek mina frågor med att allt var ordnat till det bästa och jag varken vågade eller kunde stå på mig. Den lilla kroppen som hörde ihop med min fick jag aldrig mer hålla i. En trettiotre år djup avgrund öppnar sig obevekligt när jag rör vid minnet som jag packat undan så nogsamt, vägrat tänka på, inte pratat om efter det. En enorm våg av sorg sköljer över mig. Den dånar in genom fönstren och sveper med sig allt ljus, krossar alla murar och river med sig de sista av mina barriärer.

Allt jag hade gömt undan är tillbaka.

19

Det känns som om jag tillbringat natten i en torktumlare och det är ungefär så jag ser ut när jag ser mig i spegeln nästa morgon. Håret står åt alla håll och mörka skuggor ligger som tunga penseldrag under ögonen. Det har varit en nära nog sömnlös natt, full av spöken från det förgångna som rusat fram och tillbaka i mitt huvud mellan dröm och vakenhet. Det knastrar och knakar i varenda muskel när jag försiktigt sträcker på mig och försöker mjuka upp min stela kropp. Trots att jag knappt kan ta mig ur sängen är jag fast besluten att gå till jobbet, kosta vad det kosta vill. Den skyddande bubbla jag levt i så länge är sönderslagen och har gått i tusentals bitar. Att sitta kvar hemma bland skärvorna av mina minnen idag är inte ett alternativ, då kommer jag tappa greppet totalt.

Nu när Rain har lyckats lirka fram min sedan länge förträngda hemlighet kan jag inte sluta tänka på det som hände. Minnesbilderna strömmar genom huvudet om och om igen, utan att jag kan stoppa dem. Festen, graviditeten, den stora skammen, mamma och pappa, deras kvävande besvikelse och mammas strida strömmar av självupptagna tårar, dag efter dag. De såg aldrig på mig på samma sätt igen. I deras ögon hade jag förvandlats till en bortbyting över en natt. En utböling som de inte ville kännas vid men var tvungna att ha boende i sitt hem, ge mat och husrum, men i övrigt ville hålla dold för omvärlden. Pappa tyckte nog mest det var opraktiskt att behöva hantera något så oväntat som att trolla bort ett barnbarn. Det passade inte alls in i hans kalkyler. För mamma var det mycket värre. Hennes romantiska världsbild skakades om när hon blev tvungen att lämna sina sammetsmjuka drömmar om stiliga gitarrspelande gentlemän och kliva in i en trist vardag som krävde hennes uppmärksamhet. Dessutom behövde den hanteras omgående. Det var hon inte alls beredd på och blev mycket irriterad att jag gjorde hennes liv så obekvämt.

Vi lämnade hastigt den lilla förorten där vi bott sedan jag var liten, för mina föräldrar blev det otänkbart att bo kvar. I alla fall för mamma, pappa var sällan hemma och behövde inte möta grannarna på Konsum. Även om omgivningen ingenting visste var det som om mitt stora misstag var skrivet i pannan på mig och mina föräldrar kunde inte få bort mig fort nog. Redan innan skolan började efter sommaren flyttade vi till storstaden. Där vet ingen vem man är och ägnar heller inte en unge från landet någon särskild uppmärksamhet. Snarare tvärtom. Det passade mig utmärkt.

Helst hade de nog flyttat utan mig men jag var för ung att stå på egna ben och saknade helt uppenbart omdöme och förmåga att ta ansvar. Allting hanterades utan att jag blev tillfrågad om någonting alls, jag var som ett paket och fick åka med av bara farten. Varför det var så bråttom med allting förstod jag aldrig, det var inte så att folk visste om vad som hänt. Jag hade varit väl gömd långt ute på landet den sista tiden. Ingen såg den lilla magen som växte och ingen visste att ett barn kommit till världen via mig. Men vi skulle därifrån och så blev det också.

***

De gamla minnena snubblar omkring i mitt huvud där jag står i badrummet och försöker få på mig ett presentabelt ansikte med hjälp av min trollerilåda full av krämer, skuggor och penslar. Nu studsar tankarna hela tiden tillbaka till samma ställe. Vart tog barnet egentligen vägen? Vill jag ens veta? Varför nu, efter trettiotre år, vad skulle det tjäna till? Jag stirrar in i min spegelbild som om svaren på mina frågor skulle finnas där.

Mitt ansikte är sammansatt av fragment av mina nära men inte alltid så kära. Mammas sneda tand upptill, pappas fylliga läppar. Hans ögon och samma isblå blick, mammas hårfäste, ett likadant födelsemärke som farmor hade, på samma plats vid tinningen. Det är som att de hela tiden finns med mig, som påminnelser mitt i ansiktet. De blir tydligare för varje dag, ju äldre jag blir. Kommer tillbaka, stirrar tyst och anklagande på mig från den blanka glasytan. Låter mig inte glömma hur fel jag gjort, hur fel jag var.

Jag släpper taget om min spegelbild, den gör mig inte gladare av flera skäl. Ett lätt illamående börjar röra sig i magen och jag tar några djupa andetag, försöker få det att sjunka undan. Hur kunde jag hamna här, från en enkel middag hos en granne till totalt tankekaos och en öppnad grav med gamla minnen som kravlar fram som i en zombiefilm. Ovälkomna och otäcka. Att Rain är högst inblandad går mig inte förbi men jag förstår inte vad hennes syfte är, varför ska vi rota i det förgångna och riva upp en massa sår? Inget går ju att göra något åt längre. Det kunde gärna fått ligga kvar begravet långt nere i ingenstans. Vad är meningen med allt detta?

Någonstans i bakhuvudet knackar vardagen på och påminner mig om att sätta fart till jobbet. Tom kommer tillbaka från London idag så det är läge att rycka upp mig. Medan jag samlar ihop mina saker och ser till att mina allra vassaste

stilettklackar åker med i väskan, bestämmer jag mig för att åka
en sväng förbi pappa ikväll.

*****

Att Tom älskar att stå i centrum är det ingen tvekan om. Trots
att han bara varit i London, dessutom i november som
knappast bjuder på särskilt många soltimmar, verkar hans
solbränna ha fått en ny glöd. Han slår sig ned med självklar
pondus i väntan på att alla ska trilla in till mötet. Jag ser Nikes
tindrande ögon när hon följer hans minsta rörelse som om hon
vore en utsvulten sommarkatt och Tom en skål med grädde.
Stackars tjej, Tom har nog inte henne i tankarna alls, hon är inte
hans typ med sin bohemiska stil och alldeles för uppenbara
beundran. Han vill säkert ha någon mer svårfångad som han
sedan kan visa upp i triumf.

Alla är på plats ovanligt snabbt för en måndagsmorgon,
drivna av nyfikenhet på vad Tom har att berätta. Nya
satsningar, nya kunder, roliga projekt? Alla utom Jens förstås.
Han ligger antagligen ömt omslingrad med Elin på en
sammetsmjuk varm strand medan de turkosblå dyningarna
långsamt smeker strandkanten. Eller så far de omkring och
utforskar regnskogar och klappar apor.

Tom stänger locket på sin dator och allas blickar vänds
mot honom.

"Jag ska inte tråka ut er med siffror utan går rakt på sak."
Han intar sin vanliga powerpose med armarna knäppta
bakom huvudet och får skjortan att spänna över både biceps
och bringa. Det hörs en liten längtansfull suck från Nike. "Som
ni vet har jag varit hos våra ägare i London och pratat om
bolaget." Han gör en effektfull paus och låter orden sjunka in

hos oss innan han fortsätter. "Vi lever i en snabb bransch med tuff konkurrens och vi förväntas hålla oss i absolut framkant."

Ännu en paus. Kom till saken, somliga av oss har ett jobb att sköta, tänker jag irriterat, redan trött på hur han drar ut på sina minuter i strålkastarljuset.

"Det betyder att vi kommer att göra förändringar kring vad vi erbjuder och vilka kompetenser vi behöver. Allt för att förbättra vårt resultat."

Det går en skälvning runt bordet, knappt märkbar, mer som nervöst fladder från fjärilsvingar. Alla är tysta. Toms blick är lika stadig som vanligt, han blinkar inte ens. Gör han det någonsin? Jag minns Johans ord om att Tom är känd för att gå hårt åt personalen och bara fokusera på vinst. Är det vad vi ska få vara med om nu? Han går snabbt igenom planerna på utvecklingen med digitala satsningar och AI men jag väntar otåligt på vad han ska komma fram till. Det här bådar inte gott.

"Jag kommer att ta ett snack med er som är chefer under veckan hur ni ska ta det vidare." Med de orden reser han sig och lämnar rummet utan att någon har fått chans att ställa en enda fråga. Till och med Adam ser lite stukad ut. Det verkar vara nyheter även för honom trots att de helt nyligen var så förtroliga och nästan kom hand i hand till jobbet.

"Alice, vad betyder det här?" Nike ser på mig med ögon som påminner om en hare bländad av billyktor som inte kan se åt vilket håll den ska springa för att rädda livhanken.

"Jag vet inte mer än du, Nike." Just nu mäktar jag inte med att sitta kvar och spekulera i vad som kan hända. "Vi tar det när jag pratat med Tom." Och ju förr desto bättre tänker jag bistert. Det här är inget som kan vänta.

Strax innan lunch ser jag Adam och Tom göra en high five och Adam kommer emot mig med ett brett leende. Han är till synes obekymrad om den dämpade stämningen och de lågmälda samtalen från dem som försöker lista ut vad Tom har för planer. Förmodligen vet han redan att han sitter säkert.

"Vi fick uppdraget!"

Jag förstår att han menar kunden som vi träffade i fredags och pressar fram ett leende.

"Kul att höra, grattis Adam. Ditt första projekt här." Mitt bleka gensvar bekommer honom inte ett dugg.

"Det känns bra," säger han och flinar. "Hoppas du mår bättre idag."

Det går inte att avgöra om han är sarkastisk eller inte så jag rycker bara på axlarna med ett ohörbart mumlande. Jag mår inte alls bättre, snarare tvärtom, men det behöver inte han veta. Adam har inte ett dugg med mitt förflutna att göra. Eller med min framtid.

Tom mejlar att han vill träffa mig redan i eftermiddag och jag har svårt att tro att han vill ge mig några goda nyheter.

****

Linnea dyker upp efter lunch som vi kommit överens om, lika löjligt vacker som sist. Hon är klädd i en ljusblå kappa som lyfter färgen i hennes ögon och hennes leende strålar av förväntan.

"Hej Alice, Gud vad det här ska bli spännande! Jag är otroligt tacksam för den här möjligheten. Nu vill jag lära mig allt du kan!"

Jag kväver en impuls att säga att det lär ju gå ganska fort, det vore dumt att förringa mig själv inför den enda som verkar tro på min förmåga numer. Vi slår oss ned i soffan vid vårt lilla café och jag visar henne vår projektlista.

"Jag ska dra vad vi håller på med i stora drag så får du träffa alla efter det."

Det var länge sedan jag såg sådan iver och hennes entusiasm smittar av sig när vi går igenom hur vi jobbar och vilka kunder vi har. Linnea lyssnar uppmärksamt på vartenda ord. Det är härligt att bada i någons fulla uppmärksamhet och beundran, jag kan nästan förstå Toms drivkrafter. Medan jag pratar gnager det i maggropen av oro inför mötet med honom senare, jag har inte ingen bra känsla kring vad han vill säga mig. Jag ser på Linnea och försöker le glatt.

"Hur känns det här?"

Linnea fyrar av ett strålande leende och klappar ihop händerna.

"Det låter så spännande, nu vill jag bara sätta i gång!"

"Utmärkt, då går vi och hälsar på alla."

Linnea studsar upp och ler stort igen. Hon har också en sned framtand precis som jag. Den ser mycket charmigare ut på henne än på mig.

***

Att ha möte med Tom är lika lockande som att gå in i en bur till en Komodovaran. Båda sårar sina byten och förgiftar dem långsamt, väntar ut dem tills de är döende och sliter dem i stycken medan de sista dropparna av liv rinner ut. Det har jag i alla fall sett på TV, någon av mina ändlösa hemmakvällar. Men medan varanen gör det för att överleva gör Tom det för annan vinning. Jag är inte hans första offer och säkert inte hans sista heller.

Han sitter i den bortre delen av kontoret, i de bekväma sofforna som jag älskar att hänga i när vi brainstormar. Nu anar jag att en annan typ av blåsväder är i annalkande.

"Alice, slå dig ned", säger Tom utan att lyfta blicken.

Jag sätter mig mitt emot och lutar mig tillbaka, i ett försök att se avspänd ut även om det spritter av oro i kroppen. Han studerar något på sin skärm medan jag ser ut genom fönstret, följer en fiskmås som sveper över hustaken under den mörka molnmassan som ligger som ett lock över staden. Vi sitter i tystnad tills han börjar prata så plötsligt att jag rycker till.

"Jag går rakt på sak", säger han igen. "Vi behöver skära ned på personal och jag vill att du går igenom din grupp för en utvärdering av vilka vi kan låta gå."

"Vad menar du?" Jag tappar hakan, det var inte vad jag förväntat mig.

"Precis det jag säger. Det gäller inte bara din grupp, alla chefer får samma uppdrag." Han studerar mig med sin intensiva blick, återigen utan att blinka. Som om jag är ett försöksdjur som han förgiftat eller stuckit kniven i, vars reaktioner han nu ska utvärdera. Han gör alltså mig till bödeln som förväntas slå någons tillvaro i spillror, tala om att du inte duger, du får inte vara med längre. Jag lutar mig fram i ett försök att vädja till hans bättre jag om det finns något sådant.

"Men Tom", börjar jag men blir avbruten direkt.

"Du får mer information om vilka kriterier som gäller i mejlen strax. Är det några frågor så återkom till mig."

Han reser sig som vanligt utan att vänta på svar och ser ned på mig där jag sitter i soffan och kippar efter luft.

"Jag kommer att ha samma utvärdering av er chefer naturligtvis. Ni får ingen särbehandling."

Hans mungipor dras mekaniskt uppåt i vad som skulle kunna passera som ett leende men det bleknar i kylan från ögonen. De är kalla som stenkulor.

Fiskmåsen svävar fortfarande fram och tillbaka i vida bekymmerslösa cirklar utanför fönstret. Jag kan nästan känna tyngdlösheten och vinddraget i mitt hår från mina drömmar och önskar mig långt, långt bort. Det blir inget besök hos pappa idag.

20

Flytten till storstaden innebar att en annan värld öppnade sig. Borta var hängandet vid korvkiosken, mopederna och bristen på saker att göra. Jag fick ett annat umgänge bland tjejer som var mycket mer världsvana än de få jag umgåtts med tidigare. De rörde sig obesvärat i storstadsmiljön, gick i självklar bredd på trottoarerna och svepte undan pensionärer, småbarn och andra betydelselösa människor utan att märka dem, hängde på små konditorier där de kunde sitta i timmar med en enda kaffekopp, immuna mot personalens blängande.

Det pratades killar, kläder och smink i all oändlighet. Jag var varken med eller utanför. Ingen verkade ha något emot att jag satt där i ett hörn men ingen frågade heller efter mig de gånger jag inte var där. Jag var ett husdjur som de pliktskyldigast tog med på promenad utan större intresse och lika lätt kunde glömma kvar där jag senast lämnats. Det gjorde mig ingenting, jag var nöjd med att studera dem och försöka förstå koderna till den värld de rörde sig i. Kanske skulle jag ta mig in där någon gång i framtiden, kanske inte. Jag var inte säker på vart jag ville ta vägen.

Jag betade av några halvhjärtade romanser under gymnasiet, med killar som var ungefär lika bortkomna som jag. Det blev sällan långvarigt. Allt som hänt gjorde det helt otänkbart att släppa någon nära igen och jag klarade som mest en liten puss, inte mer än det. De bortkomna unga männen tröttnade snabbt på min otillgänglighet, ingen var intresserad av att försöka förstå sig på mig, det verkade inte vara mödan värt. De vandrade snabbt vidare till sorglösare tjejer och jag blev lika lättad varje gång de gjorde slut. Lika lättad var jag när skoltiden äntligen var över. Förutom att jag fick stå ut med mina föräldrars besvikelse än en gång när jag med en domedagskänsla räckte över mina usla slutbetyg till deras besvikna blickar. Någon akademisk utbildning skulle inte bli aktuell. Här tog framtiden slut.

Mamma trasslade sig loss från sina dagdrömmar tillräckligt länge för att påminna mig om vilken besvikelse jag var. Pappa såg bister ut men sa ingenting utan försvann till sin värld av fyrkantiga projekt och petnoga processer. Kvar stod jag och svajade, utan riktning för framtiden, än en gång en besvikelse för mina föräldrar.

Men det var inte helt kört visade det sig. Jag lyckades hitta ett jobb på en liten reklambyrå. Och jag älskade det. Där fanns annorlunda människor, ju mer olik desto bättre, man fick vara speciell. Allt var enkelt, allt var roligt, ingen frågade efter betyg, här prioriterades helt andra förmågor än kunskaper om historia och matematik. Jag snirklade mig in och assisterade projektledarna medan jag på avstånd suktade efter de kreativa rollerna. Här lärde jag mig att trixa mig fram mellan diverse gubbar, lyssnade på deras mansgrisiga skämt, le och vara följsam medan jag hjälpte till lite här och lite där, blev någon att förlita sig på, en liten klippa i kort kjol. Tog små steg som knappt märktes, innan de visste ordet av satt jag plötsligt med på kundmöten, fick alltmer eget ansvar, blev någon som kunderna frågade efter.

Idag, långt senare, är jag kreativ chef på en framgångsrik byrå. Som nu är tillsagd att säga upp min personal, i alla fall ett par av dem. Hur gör man det, hur kan jag välja vem som ska gå och vem som ska vara kvar? Jag behöver dem allihop och de behöver förstås sina jobb. Ska jag peka på den som har störst chans att få ett nytt jobb? Det vore Jens i så fall men det finns inte på kartan att jag skulle säga upp honom. Aldrig i livet. Honom behöver jag på alla sätt.

***

Det tar emot att gå hem efter jobbet. Fötterna bär mig på en planlös promenad genom snöslaskvåta gator när mörkret lägger sig som en tung blöt filt över staden. De glimmande skyltfönstren lockar mig inte, jag behöver inga nya kläder till fester som jag ändå inte är bjuden till. Visserligen ska vi ha julfest även i år men det känns inte som om det kommer att bli en munter tillställning. Framför allt vill jag inte gå. Den råkalla vinden smiter innanför kappan som är för tunn för det här vädret. Nu skulle lite klimakterievärme komma till användning. En liten bit längre fram lyser ett fönster med ovanligt varmt och inbjudande sken och jag dras dit. När jag kommer närmare ser jag en antikaffär som jag helt missat tidigare. Dörren står öppen trots rårusket och det varma ljuset lockar mig in och nedför en sluttande gång.

Där gången slutar öppnar sig en enorm lokal, fullständigt belamrad med möbler och ett hav av prylar. En doft av damm slår emot mig, luften är fylld av långa år och okända människors liv. Här skulle Eva trivas, tänker jag och står emot impulsen att gå ut igen. Dessutom behöver jag värma upp mig så att jag inte fryser sönder på vägen hem, så jag fortsätter längre in i det stora rummet med tveksamma steg och klämmer in min otympliga väska under armen så att jag inte ska svepa ned något dyrbart i golvet.

Min kunskap om antikviteter är lika med noll men även jag kan se att här finns saker från en mängd olika tidsepoker.

En fullständigt förfärlig grön soffa i femtiotalsstil som jag inte skulle vilja ha ens om de kastade den efter mig är det första som kommer i min väg. Det kan vara något för Johan, tänker jag med ett inre fniss. Krusidulliga och snirkliga stolar står överallt, drivor av lampskärmar i tyg med fransar i ett hörn, mängder av blommigt porslin och mönstrade fåtöljer. Allting är ljusår från min avskalade inredningsstil och jag undrar vad i hela världen det var som fick mig att gå in här. I ett vitrinskåp av mörkt trä finns flera hyllor med vackra glas som gnistrar i skenet från belysningen, även om de är lite för utsmyckade för min smak.

Runt hörnet kliver jag plötsligt rakt in i barnavdelningen. Här tronar mängder med gamla leksaker, dockskåp, nallar, leksaksbilar i plåt med flagnande färg, otäcka dockor med stirrande ögon och trassligt hår och gud vet vad. Det kniper till i magen och jag vill bara bort från allt som påminner mig om barn. Med några stora kliv förflyttar jag mig till kristallkronorna, där jag blir stående. Redan som liten älskade jag allt som blänkte och glittrade, som en skata. Jag drömde om att vi skulle ha en kristallkrona, en idé som inte fick något varmt mottagande av mina föräldrar. De tyckte det var för prålig. Nu står jag bland dammiga prismor, den ena lampan pampigare än den andra. Några är så stora att jag undrar hur man ens kan hänga upp dem, andra mer lättplacerade. Jag slås av tanken att en kristallkrona skulle kunna bryta av min avskalade inredning på ett intressant sätt.

"Söker du något särskilt?" Den vänliga rösten bakom mig visar sig hänga ihop med en man som står en bit bort och arrangerar skålar och vaser på ett bord.

"Tack, nej, jag tittade bara in lite spontant. Fina kristallkronor." Som vanligt är min förmåga till småprat på amöbanivå och jag knäpper till några prismor med pekfingret som om jag kollar äktheten.

"Gillar du kristallkronor?"

"Både och, skulle jag säga. Jag har alltid drömt om en men de passar inte alls hemma hos mig."

Mannen ler och byter plats på en skål och en vas, tar ett steg tillbaka och betraktar sitt verk. Jag ser ingen större skillnad mot tidigare.

"En kristallkrona passar nästan överallt. En av mina kunder har sin i badrummet." Han ser inte åt mitt håll utan studerar fortfarande sitt stilleben. Det kan jag mycket väl föreställa mig. Tänk att ligga i badkaret med ett glas champagne, tända ljus och titta på en kristallkrona där ljuslågorna speglas i hundratals prismor.

"Det låter verkligen fint men det är nog inget för mig." Jag backar i den smala gången och ler ursäktande. "Tack i alla fall, jag kanske kommer tillbaka." En plattityd utan innehåll, det förstår naturligtvis han också.

"Du är välkommen närhelst du vill. Ha det bra."

Jag trasslar mig tillbaka ut bland alla möbler och prylar och går uppför rampen tillbaka ut på gatan. Höstmörkret har blivit deprimerande kompakt. Dessutom har det börjat regna.

21

Döden begriper jag mig inte på. Jag har sett den komma utan förvarning, slå till på en sekund och försvinna som en ond skugga mörkare än natten. Vi gick där längs vägen, samma väg vi brukade gå hem från skolan, skrattade och skämtade. Skolväskor dinglande från axlarna, håret i tofsar och flätor som hoppade i takt med våra steg. Nedhasade strumpor och gräsfläckade knän, vårsolen i våra ögon. Obekymrade, med hela livet framför oss.

Hemma väntade mammor med mellanmål och läxläsning innan man sprang ut för att leka på gatan och gräsmattorna utanför. Det var en helt vanlig dag. För alla utom en. Utan förvarning fick nämligen döden syn på oss. Som om djävulen själv satt bakom ratten tog den sikte och slog till. Körde alldeles för nära och alldeles för fort.

På en sekund förändrades allting.

Den dova dunsen när en tung, hård bil träffar en liten flickas kropp glömmer man aldrig. Hur hon ena stunden var där, i nästa ögonblick borta. Vi hittade hennes ena sko först. Sedan tröjan som hon haft knuten runt midjan. Den låg där i vägkanten, som om den bara var tappad. Väskan strax intill, böckerna låg utspridda över asfalten. Och så hittade vi henne.

Jag har också sett hur döden kan smyga sig på. Den kommer med långsamma ljudlösa steg, dag för dag, cell för cell, bloddroppe för bloddroppe. Först i tysthet, utan att märkas, vartefter allt synligare när den gör huden alltmer vitblek, suddar ut kindernas rosighet och släcker glansen i ögonen. Blicken blir platt och tom som på en taffligt tillverkad vaxdocka. Döden sätter sig i andetagen, gör dem tunga och tröttande, så att orken inte räcker till att ta sig ut i köket, ens till att sätta sig upp. Till slut inte till mer än att kraftlöst hålla i min hand.

Kanske fick mamma äntligen möta sin gitarrspelande drömman? Kanske blev allting bara svart. Hon försvann från ett andetag till ett annat, så fort att jag inte hann förstå att hon var borta, jag hann inte säga hej då. Hon såg nog någonstans där hon hellre ville vara och skyndade sig dit, bort från sitt oönskade liv, bort från sitt misslyckade barn.

***

När Maja ropar på mig och håller fram receptionstelefonen, anar jag inte att döden är här igen.

"Vem är det" mimar jag men hon rycker på axlarna och skakar på huvudet. Ingen koll alltså. Jag tar mobilen med ett irriterat ryck och sätter den till örat.

"Ja, det är Alice här?" Gråten och snyftningarna som fyller mitt öra överrumplar mig fullständigt. Någon försöker säga något men jag kan inte urskilja några ord alls, bara en våg av förtvivlan som forsar genom luren. Maja tittar på mig med skrämd blick när jag förvånat håller luren en bit från örat så att ljudet sipprar ut. Plötsligt hör jag något som jag tycker mig känna igen och jag trycker snabbt luren mot örat igen.

"Vad sa du, vem är det här?"

Tiden stannar upp. Allting går i slowmotion, jag går som genom sirap mot ett telefonbås. Kvinnan som ringer får äntligen fatt på sin röst, den skakas om av en gråt som är så djup att det låter som om den river sönder hela tillvaron för den som talar. Jag får kämpa för att lägga ihop orden som tvingar sig fram genom luren till något begripligt. Varje ord är en fasa och tillsammans blir de något jag inte vill veta av över huvud taget.

"Olycka", "Bergen"

Rösten är så plågad att orden knappt tränger sig förbi de uppslitande hulkningarna, genom den djupaste smärta. Jag kniper ihop ögonen för att stänga ute det jag kommer att få höra, en aning har slagit rot som en ondskefull tistel bland mina tankar.

"motorcykel", "kunde inte stanna", "stup"

Nu inser jag vad som ska komma och vill bara kasta ur mobilen genom fönstret. Vill slippa höra, slippa veta. Slippa att det har hänt.

"Jens." "Han är död."

Resten av samtalet är som en film jag inte vill se, så oändligt mörk att jag mår illa. Jag vill bara lägga på men klamrar fast mobilen mot örat som en livlina tillbaka till Jens. Den förtvivlade människan i andra änden är hans mamma. Jens och Elin har kört av vägen utför ett stup, kanske har de väjt för någon. Man vet inte vad som hände. Ingen av dem klarade sig. Mitt hjärta går sönder när jag hör hennes bottenlösa förtvivlan.

Älskade Jens, levande och lycklig med sin Elin, på väg att gifta sig, bilda familj. Min trogne vän och klippa. Den ende jag kunde lita på och nu är han borta. För alltid. Döden begriper jag mig som sagt inte på.

Vi fortsätter tala med varandra, jag vet inte om vad, vad säger man? Nu vill jag inte lägga på, vi håller i varsin ände av en livlina, jag kan inte släppa taget om Jens mamma när det börjar sjunka in vad som faktiskt har hänt. Till slut sinar orden och samtalet avstannar. Jens mammas gråt ekar kvar, den sortens gråt som inte vill ta slut, som kommer att finnas där, dag som natt, resten av hennes liv. Jag sitter kvar i telefonbåset och stirrar in i den vita tomma väggen men det enda jag ser framför mig är Jens välbekanta ansikte och lugna leende. Båset fylls av doften av rosor. Jag behöver inte se henne för att veta att Rain är hos mig.

***

Beskedet att Jens är död skakar om alla som jobbar här och förstås allra mest min grupp. Jag är tvungen att meddela dem på en gång även om jag gärna hade väntat. Helst inte behövt göra det alls. Men detta ska de inte få höra i sociala medier och det är bara en tidsfråga innan det dyker upp där. Jag bryr mig inte om att försöka dölja mina tårar, de får rinna fritt medan jag berättar. Deras chockade ansikten och uppspärrade ögon stirrar på mig och det enda som gör att jag kan stå på benen är vetskapen om att Rain är här. Doften av rosor fyller rummet, men det är bara jag som känner den.

Nike är först framme och vi kramas länge, väter ned varandras axlar med tårar över livets djupa orättvisor. Till och med Adam kommer fram, han ger mig ingen kram men lägger sin hand mot min arm och säger att han verkligen är ledsen. Jag säger ingenting, nickar bara kort. Han kände inte ens Jens, hur ledsen kan han rimligtvis vara?

Tom kommer emot mig när jag går tillbaka till min plats. Det finns ingenstans att ta vägen så jag stannar upp och ser honom rakt i ögonen.

"Det var tråkiga nyheter, beklagar sorgen." Hans ansikte speglar ingen känsla fast jag försöker hitta en smula medkänsla någonstans i hans skickligt utmejslade ansiktsdrag. Det är lika tomt på värme som vanligt. Jag mumlar tack och vänder mig bort för att gå.

"Alice?"

Kanske det finns ett spår av medmänsklighet där ändå, tänker jag. Vad vill han säga?

"Det här förändrar ingenting, du ska ändå se över dina neddragningar."

Jag tror inte mina öron. Vad är den här mannen gjord av? Sten? Is? Tillsnickrad i helvetet? Har han inga känslor alls? De senaste dagarnas käftsmällar har samlats på hög och nu rinner det över. Med två snabba steg är jag framme och kör upp mitt ansikte så nära hans jag bara kan.

"Din jävel". Jag uttalar orden med eftertryck på varje stavelse, så hotfullt jag kan. "Har du ingen som helst jävla skam i kroppen."

Jag vill att han ska känna all min ilska och vilken liten skit han är. Helst vill jag lägga mina händer runt hans hals och trycka till, höra hans andetag bli till väsningar när han inte får luft. Se de kalla ögonen fyllas av skräck, ha hans ynkliga liv i min makt. Men det gör jag inte. Jag vill också spotta honom i ansiktet men det gör jag inte heller. Jag tar bara ett steg tillbaka och stirrar honom stint i ögonen.

Tom står kvar, orörlig, och ett svårtolkat, kanske hånfullt, leende sprider sig långsamt över hans ansikte. Han vänder sig om utan ett ord och går därifrån.

Jag lämnar kontoret, argare än någonsin. Nu ska besöket hos pappa bli av. Han är i alla fall vid liv.

22

Det blev inte långvarigt denna gång. Pappa var trött och verkade inte ens märka att jag var där. Sömnen fångade in honom kort efter att jag kom dit. Han hade somnat tidigare än vanligt på senare tid, sa personalen. Vi stannade på hans rum, torftigt inrett med bara det nödvändigaste. Det är enklast för alla inblandade antar jag. Inga mattor att snubbla på. Inga blommor som ingen ändå kommer ihåg att vattna. Inga färger som lyser upp och värmer, inga böcker, bara någon enstaka tavla. Dessa förbannade målade vävtapeter. Det är ett rum för förvaring, inte ett rum att bo i. Jag satt på den hårda pinnstolen bredvid hans säng, lyssnade till hans långsamma andetag medan mina fingertoppar försiktigt strök över hans tunna, ådriga hand.

Pappa hade kraftfulla händer när han var yngre och trivdes som bäst när han fick smutsa ned sig i garaget, där han meckade med sin bil, byggde en hammock eller lagade punkteringar. Han var sällan inomhus och än mer sällan gjorde vi något tillsammans som familj. Jag kan inte ens minnas att jag någonsin hållit honom i handen, jag tror inte det. Men nu kan jag passa på, när han ligger där ovetande om att jag ens är här. Hans hand är kall och jag vill värma den med mina, men till och med nu är det svårt att närma mig någon som stött bort mig så ofta. Fast han sover ser jag framför mig hur han använder sin sista energi till att fösa bort min hand, avvisa mig än en gång.

Först tänkte jag berätta för honom vad som hänt, sätta ord på det hemska och obegripliga, låta dem landa hos någon som det inte betyder så mycket för, som jag inte behöver trösta. Men jag förmår inte säga något alls. Det spelar ingen roll, pappa vet varken vem Jens eller jag är. Även om han visste har jag svårt att tro att det skulle intressera honom nämnvärt. Varför nu, efter alla dessa år? Det är lika bra att låta allting vara som det alltid varit. Tyst, inneslutet och kontrollerat. Släpper jag det allra minsta på det nu kommer allting att rämna.

Lika bra att låta bli, han kan ändå inte göra något. Han hör mig nog inte ens. Minuterna snirklar sig fram i det tysta, svagt upplysta rummet i takt med de knappt märkbara andetagen. Hans andetag är som långsamma dyningar i skymningen och jag kommer på mig med att vara beredd på att de plötsligt ska sluta, stillna, inte komma mer. Till slut tar rastlösheten över och jag vill hem, till min stilrena förkromade grotta där jag kan gråta utan att någon ser.

***

Eva är en sådan där person som inte backar för det hemska och svåra, det har jag förstått. Så jag blir inte förvånad att hon ringer när jag går ut från besöket hos pappa.

"Alice, jag är så ledsen för det som hänt", säger hon utan omsvep. "Linnea berättade om Jens och hans flickvän. Så oerhört tragiskt." Jag får bara ur mig något ohörbart, rösten kärvar efter den långa tystnaden. Tröttheten som jag kämpat tillbaka väller fram när jag hör hennes vänliga röst.

"Jag förstår om du helst är ensam ikväll", fortsätter Eva. "Men om inte, släng dig i en taxi och kom hem till oss."

Min spontana reaktion är förstås att tacka nej, det tar för mycket energi att träffa folk. Och dessutom är jag inte ensam, jag har Rain som säkert kommer att finnas där ikväll. Men så minns jag värmen i Evas trivsamma och livfulla hem, känslan av att kliva in i en ombonad famn. Om än full med ungar och hundhår. En sådan kontrast till min stillsamma tillvaro. Det känns rätt att åka dit i stället och jag hör mig själv tacka ja.

"Tack snälla du, jag kommer gärna."

***

Den här gången är jag beredd på anstormningen när dörren öppnas och kommer dessutom tomhänt, så jag behöver inte rädda vare sig blommor eller vinflaskor. Eva tar min kappa och tunga dataväska och föser mig rakt in i köket där hon schasar ut ungar och hundar. Utan att fråga ställer hon ett stort glas vin framför mig och ett till sig själv.

"Maten är klar men vi börjar så här." Vi utbringar givetvis ingen skål, vad finns det att skåla för? Ingenting. Det känns skönt att hon tar kommandot så att jag bara kan sitta där som en påse nötter och bara ta emot. Och ovant. "Linnea berättade om Jens och olyckan. Så förfärligt. Det måste vara fruktansvärt svårt för dig."

Jag nickar bara. Ögonen börjar fyllas av svidande tårar men det bryr jag mig inte det minsta om. Det gör inte hon heller.

"Och så neddragningar dessutom. Mycket på en gång."

Hennes tonfall är krasst konstaterande, det finns ingen nyfikenhet eller snokande i det alls. Ännu en nick från mig, jag kan inte lita på att rösten bär. Jag är som ett litet barn, helt skyddslös och utsatt. Chocken av Jens död har skakat om mig, marken skälver under mina fötter. Den osynliga rustning som jag byggt upp lager för lager under hela livet släpper i skarvarna. Delarna singlar som döda löv till marken, blottar oskyddad hud och ett försvarslöst hjärta. Kvar står en liten skälvande flicka som ingen bryr sig särskilt mycket om. Med skräcken lysande i ögonen, skyddslös. Världens alla vargar närmar sig med rödglödande ögon. Med sänkta huvuden och dova morranden som får luften att vibrera. Glänsande vita huggtänder blottas för att slita henne i stycken.

Nu kommer den riktiga gråten i en tsunami som varit på väg i nära nog femtio år. Sorgen över Jens och allting annat. Tårarna väller fram i en djup och mörk våg som bär med sig varje svek, varje utsatthet, varje ensamt steg. Det finns ingenting jag kan göra för att stoppa den. Gråten slipper först ut som ett ylande som får hundarna att förvånat titta in i köket för att se om de har en ny kompis på besök. Sedan kommer tårarna, hulkandet, snoret som flödar, jag får knappt luft genom mina punkterade andetag. Eva öser på med hushållspapper och låter mig gråta. Hon stannar kvar vid bordet, men ger mig andrum. Inga kletiga kramar eller tafatt tröstande ord, hon ger min sorg den plats den behöver, stannar bara med mig, säger ingenting.

Jag är dimmigt medveten att hon föser undan något barn som undrar vad som händer. I vanliga fall skulle jag skämmas att ta så mycket plats men inte idag. Det är okej och jag inte kan vara på ett bättre ställe än här och i detta nu.

Till slut lugnar jag ned mig, tårarna droppar i stället för att forsa och jag snyter mig för säkert hundrade gången. Näsan är skinnflådd och säkert lysande röd av det sträva hushållspappret som inte är avsett för storgråtande. Eva stryker lätt över min arm när hon reser sig för att börja duka fram tallrikar och bestick. Än en gång dyker en ljuvligt doftande tallrik mat fram på bordet och hon fyller på mitt glas.

"Hej Alice."

Linnea slår sig ned bredvid Eva och först nu märker jag att det är dukat för fler än två. Mitt framtvingade leende till svar är blekt. Linnea är mjukt hänsynsfull och kommer inte heller med några översvallande beklaganden. Hon lyckas ändå visa sin medkänsla på samma nedtonade sätt som sin mamma. Det är bra att hon är där. De småpratar med varandra utan förväntan på mig att bidra till samtalet. Vänliga blickar och små pauser där jag kan hoppa in om jag orkar får mig att känna att jag har en plats här ändå, med all min sorg, snorgråt och hopknutna känsloliv. Deras omtänksamhet lägger sig som balsam runt min skrikande själ.

Efter middagen sätter vi oss i den generösa soffan framför tv:n. Eva tar hand om mig som om jag är en av ungarna, jag får en varm pläd över benen och en extra soffkudde bakom ryggen. Ett stort svart hundhuvud landar i mitt knä med en förnöjd suck och resten av jycken värmer mina ben med sin stora håriga kropp. Jag har som tur är svarta byxor. En brasa sprakar i ena hörnet av vardagsrummet. Vedens knastrande fyller på hemtrevligheten. Jag sjunker in i lugnet och tittar utan att egentligen se på filmen på tv:n.

Den varma gemenskapen i Evas hem är både läkande och plågsam på en gång. Den står i stark kontrast till hur mitt liv ser ut, tomheten i min tillvaro blir mycket synligare. Trots att jag försöker värja mig flyter mina tankar tillbaka till en yngre version av mig själv på en brännbollsplan. Kanske var brännbollen det som först fick mig att förstå att jag inte räckte till. Oftast vald sist, sprang långsamt och slog kort. Jag blev egentligen inte ens vald, jag blev över. Jag avskydde varenda sekund av spelet. Det var en belastning att få mig i laget, det visste alla. Inte minst jag själv.

Det var egentligen alltid en ansträngning att få vara med, sällan var jag självklar i andras ögon. Varken hemma eller någon annanstans. Jag hängde ständigt i utkanten, när som helst beredd att kastas av, kastas ut, kastas bort. Precis som på jobbet nu, jag hör inte dit heller längre, får hänga kvar på nåder om ens det. Det ser mörkt ut.

Som barn lärde jag mig snabbt att kärlek inte var självklart, att vara älskad var inget jag kunde räkna med. Fanns det en stund över, blev det en plats ledig, behövde någon hjälp med något kunde jag få hänga med ett tag. I brist på något eller någon bättre. En annan människa kanske skulle blivit en fighter av ett sådant liv, slagits för sin rätt att finnas, synas, bli älskad. Det blev inte jag. I stället blev jag tyst och tillbakadragen, övertygad om att inte ens en hund skulle välja mig hellre än en godisbit. Det är tröttsamt att ständigt bli bortvald och lämnad, det är mycket mer skonsamt att själv ställa sig vid sidan av från början. Skolka från livets alla brännbollslektioner helt enkelt. Nu rinner tårarna igen men det gör ingenting, ingen behöver veta varför jag gråter nu, det finns så många skäl redan.

"Vill du sova kvar?"

Evas fråga rycker bort väven av gamla minnen från mina tankar. Hon säger inte att jag ser trött ut, det behövs inte. Nu skäms jag över mig själv, hur jag vältrar mig i min olycka och uppväxt när mycket värre saker precis har hänt. Jag stryker med handen över mina våta kinder. Ansiktet känns svullet och ögonen är så genomgråtna att det är märkligt att de ens sitter kvar. De kunde lika gärna sköljts ut av alla tårar, rullat ned på golvet och in under soffan. Legat där och stirrat på ingenting och samlat damm. Eller ätits upp av en hund. Jag sätter mig upp från min halvliggande ställning och klappar tafatt den lurviga hunden som undrar vad jag håller på med.

"Tack snälla du, men jag åker helst hem. Förlåt att jag stannat så länge."

Eva viftar bort min ursäkt och frågar om hon ska beställa en bil åt mig. Att ta mig hem med tunnelbanan är inget alternativ som jag ser ut. Det blir taxi hem till porten och raka vägen i säng. Lägenheten är ovanligt varm ikväll men min säng är kall och alldeles för stor. Jag vänder och vrider på mig, tröttheten tynger ned mig som en gråsten, ändå kan jag inte komma till ro. Var är Rain? Jag trodde hon skulle finnas här för mig. Har till och med hon lämnat mig? Är jag till och med övergiven av min egen skyddsängel?

Det värker i hela kroppen och varje muskel är spänd som pianotråd, som om minsta rörelse kan få dem att gå av med en plågsam snärt. Jag vågar knappt röra mig. Kommer jag att bli den första i världshistorien som sträcker en muskel av att bara ligga i en säng? Frånvaron av sömn stressar mig än mer vaken. Att gå till jobbet efter en sömnlös natt känns lika lockande som en barfotapromenad i Antarktis, där huden slits från blödande fotsulor för varje steg på den brännkalla isen. Som när man slickar på en lyktstolpe fast värre, föreställer jag mig.

Då, äntligen, kommer Rain.

Hon syns inte i mörkret men jag känner henne ändå, hon sveper bort kylan från sängen och bäddar in mig i ett mjukt moln av varma vågor och smekande solstrålar, sanden är varm mot min hud och jag ser solglittret dansa på de bekymmerslösa vågorna som sakta gungar en turkosblå oändlig ocean.

"Du är inte ensam", viskar hon genom det mjuka våg-skvalpet. "Aldrig ensam, alltid älskad."

Nu gråter jag igen. Den här gången av lättnad över att inte vara övergiven än en gång. Till slut glider jag in i en av min barndoms bästa drömmar, den jag alltid längtar till. Att flyga.

Med några snabba steg över en mjuk gräsmatta, tar jag sats och med ett hopp lättar jag från marken. I någon sekund har gravitationen fortfarande mina fötter i sitt grepp. Men så lossnar det och jag svävar tyngdlös i luften. Först planlöst som en ballong som bara driver med vinden men så hittar jag kraften att styra själv och ger mig av. Jag flyger i väg, uppåt, bortåt.

Fri från allt som tynger, hindrar och bromsar.

23

Veckorna efter de omvälvande dagarna med barnet, Jens död och uppsägningarna flyter fram som en förorenad flod. Jag lever i efterskalven av allt som hänt, konstant omskakad. Mina tankar lever ett eget liv. Hemska scener av Jens och Elin rasande utför ett stup blandas med fantiserade bilder av barnet som försvann, ett barn som jag inte ens sett. Hur blev det så här?

Min skyddsbarriär har krackelerat, allt jag har försökt värja mig mot, eller snarare gömma mig för i många år, brakar nu in från alla håll och kanter. Den avtrubbade tillvaron där jag lufsade omkring utan att vare sig påverka eller påverkas, är borta. Nu står jag hudlös vid frontlinjen, pepprad av en hagelstorm av känslor jag inte alls vill kännas vid. Än mindre lyckas värja mig mot. Sorgen lägger sig som svart sammet över alla sinnen. Sorg över allt som är förlorat, över det som aldrig fanns, över det som aldrig blir.

Rain finns där hela tiden. Hon har blivit så sammanflätad med mig att jag tar hennes närvaro för självklar, räknar med att hon väntar på mig när jag kommer hem och finns där när jag vaknar. Hon är som en reseledare, visar mig vägen ut ur svarta tankebrunnar och pekar i rätt riktning när jag tappar bort mig. Hon puffar upp mig ur sängen på morgonen. Jag vet inte riktigt hur hon bär sig åt men på något sätt ger hon mig de extra dropparna energi som behövs för att få loss ansiktet från kudden och fötterna över sängkanten. Och hon finns där för mitt ältande varenda kväll. Varför har det blivit så här, varför tycker ingen om mig, varför är Jens död, vad ska jag göra, vad ska jag göra, vad ska jag göra.

***

"Låt oss börja med att reda ut vad som är sant och vad som är din bild av vad som är sant", säger Rain en kväll när snön yr utanför fönstret och jag har tyckt synd om mig själv hela dagen. Tack och lov är Tom i London igen och jag får vara ifred. En form av ljusglimt i mörkret. Nu har jag har kurat ihop mig i soffan och precis laddat för att älta mitt meningslösa liv ännu en kväll.

Rain ser strålande ut och med det menar jag att hon strålar på riktigt. Det lyser om henne på ett sätt som inte går att värja sig mot. Hon sprider värme och energi, det är som en gyllene aura omkring henne, en glödande dimma som rör sig i takt med hennes gestikulerande. Jag har inte det minsta lust med hennes grottande i mitt liv och gör ett lamt försök att slippa undan men det accepterar hon inte. En fördel med Rains analyser är att man slipper ligga på soffan och komma fram till allting själv. Hon vet redan hur det hänger ihop och berättar det mer än gärna för mig. Det blir effektivt på det sättet.

"Du har känt dig ensam och oälskad hela livet", börjar hon dagens lektion. "Det betyder inte att du inte är värd att älska utan att du haft föräldrar som haft begränsad förmåga att visa kärlek." Här gör hon en paus och betraktar mig. Det låter logiskt men vad gör det för skillnad idag? Jag hör vad hon säger men det blir bara ord som studsar på ytan. Såret är alltför djupt, ärret alltför tjockt. Det är för sent.

"Tomheten och ensamheten du alltid känt kommer från det. Mat på bordet och rena kläder i all ära, men kramar och uppmärksamhet fick du inte mycket av. Det sätter sina spår hos en liten människa." Hon viftar stråk av den gyllene dimman åt mitt håll, den värmer som solskenet på en strand när den börjar smyga sig runt min kropp. Mina händer som varit kalla hela dagen blir varmare. "Och när du behövde dem som mest, vände de sig ifrån dig. Låt mig visa dig."

Rain sveper runt med händerna och ännu en bild tar form emellan oss. Åh nej, hinner jag tänka, vad ska jag nu behöva se? Det tar inte många sekunder innan mina föräldrar tar form, jag ser pappas sammanbitna ansikte och hör mammas hög-ljudda gråt. Deras röster slingrar sig ut ur bilden, de dis-kuterar situationen med barnet jag fått. Vad ska de göra åt detta? Mamma vill inte ha sin drömmartillvaro förstörd av en baby som ska tas om hand, fast hon uttrycker det förstås inte på det viset. I stället pratar hon om att det är hennes tid i livet, hon vill förverkliga sig själv, hon ville inte ha fler barn än ett, om ens det. Vad är det hon säger, ville hon inte ha mig alls? Jag blir alldeles kall inuti.

Pappa säger att han inte tänker ta hand om något barn han heller, han står mitt i karriären med sikte på nästa steg. Han kommer snarare att vara hemma ännu mindre framöver, tillägger han. Rain ser min reaktion och lutar sig framåt lite grann, fångar in min blick.

"Din mamma var inte rustad för livet utanför sina drömmar, det hade inte med dig att göra. Hennes bild av att vara mamma var långt ifrån verkligheten och hon lyckades aldrig riktigt få fäste i vardagen. Och din pappa…ja…"

Hon suckar och himlar med ögonen i ett ordlöst budskap att han inte var mycket att hänga i granen han heller.

"Är det här på riktigt," frågar jag. "Eller är det något du hittar på?"

"Varför skulle jag hitta på?" säger Rain. "Det du ser är det som hänt."

Jag lyssnar en stund till på diskussionen mellan mina föräldrar. De kommer fram till att barnet måste tas om hand av någon annan. Jag lutar mig framåt med spetsade öron för att inte missa vad som ska hända. Nu får jag veta hur det ligger till. Precis då försvinner bilden förstås.

"Men vad fan" säger jag. "Jag ville höra vad de skulle säga mer."

"Det tar vi en annan gång", svarar Rain. "Vad tänker du så här långt?" Frågan får landa en stund innan jag hittar något att svara henne. Vad tänker jag egentligen?

"Jag tycker att de skötte det uselt. Det var en oerhört svår upplevelse för mig på alla sätt men de tänkte bara på sig själva och hanterade allting ovanför mitt huvud. Det hade jag inte gjort om det var mitt barn."

"Precis", säger Rain. "Det var deras otillräcklighet det handlade om, inte din. Deras skuld att bära, inte din. Du råkade illa ut, de tog inte hand om dig. "

Hennes ord når äntligen fram till mig på ett djupare plan. En hård knut i magtrakten börjar lösa upp sig, släppa sitt krampaktiga grepp. Barnet var förstås inte det bästa jag kunde ställt till med men det betyder inte att jag är en förfärlig människa som ingen kan tycka om. Något vänder inom mig, en långsam skiftning. Ljus kommer in genom sprickorna i mitt skal och lyser in i det övergivna känslorummet, lyser på dammråttorna i hörnen, de kala väggarna och trasiga golvbrädorna där stickorna väntar på oskyddade fötter.

"Dags att börja renovera ditt känslorum", säger Rain. "Vad gäller brännbollen däremot, det får du hacka i dig. Det är inte alls så viktigt som du gjort det till. Att bli vald sist betyder bara att du var dålig på brännboll, inte att du är en dålig människa."

Hennes krassa kommentar landar mitt i prick. Hon har förstås rätt. Nu kan jag se brännbollsminnena i ett annat ljus. Mina tankar hos Eva känns fåniga och jag skäms över hur jag vältrade mig i självömkan. Brännbollen blev en metafor för känslan att inte vara önskad, inte efterfrågad. Släpp det. Vad jag däremot inte är beredd att släppa är frågan om barnet.

"Vet du vad som hände med barnet?"

"Ja", säger hon bara med ett leende.

"Du måste förstå hur viktigt det är för mig att få veta vad som hänt", försöker jag igen. "Jag kan inte tänka på något annat nu."

"Det är högst olämpligt, du har en hel del annat att tänka på som är mer angeläget. Ta en funderare på hur du ska hantera situationen på jobbet, så pratar vi mer om det i morgon."

Hon börjar blekna bort och jag kväver irritationen över att bli avfärdad, ungefär som hos en riktig psykolog som avslutar sessionen efter fyrtiofem minuter oavsett hur uppriven man är. Ut med dig, in med nästa! Men jag inser snabbt att jag inte är uppriven alls, tvärtom känner jag mig lugnare än på länge. Som att jag kan se allt med annorlunda ögon, i ett annat ljus. Det var inte mig det var fel på, inte jag som inte gick att älska. Jag hade oturen att ha föräldrar som inte kunde visa, kanske inte ens känna, den kärlek som ett litet barn behöver. Det säger mer om dem än om mig.

Jag går och lägger mig, glider in under mitt stora täcke och drar upp det ända till hakan. Kanske får jag även i natt drömma om att flyga, jag hoppas det. Innan jag hunnit tänka mycket mer sveper sömnen mig med sig och jag svävar bort i en dröm högt ovanför marken. Jag är på väg någonstans, det är något som lockar och drar. Jag vet varken vart eller vad det är som ropar på mig, men förstår att det är dit jag ska.

***

Dagarna går ihop i en trist sörja, tjock och kletig, som november i flytande form. Jag drar på mig mentala gummistövlar och plöjer genom siffror, vänder och vrider på tänkbara scenarios, sitter i meningslösa möten med de andra cheferna för att försöka få en bild av vart vi ska ta vägen. Vi sitter alla i samma båt, ingen av oss vill ge någon sparken. Eller bli av med jobbet själva för den delen. Våra medarbetare har förstås också tappat gnistan, vem kan känna engagemang med ett hot om uppsägning hängande över huvudet.

Det är tystare på kontoret än det brukar vara. Man sitter i små grupper och pratar med låga röster, samtal som avstannar och ansikten som vänds bort om någon går förbi. Det är idiotiskt av ledningen att göra en sådan här manöver precis innan jul, kunde de inte lugnat sig till nästa år? Hur har de tänkt sig att detta ska levereras, en uppsägning inslagen i rött papper, god jul och gott nytt år på dig, kära medarbetare, tack och hej då?

Det är bara Tom som verkar opåverkad. Jag är inte förvånad. Han kommer och går som vanligt och samlar utan förvarning oss chefer för avstämningsmöten var och varannan dag där han påminner om den nya budgeten och deadline för våra beslut. Det verkar nästan som om han njuter av situationen men jag vill inte tro att han är så illvillig. Jag har antagligen fel. Han frågar om vi behöver hans stöd i något, om någon vill diskutera en speciell fråga med honom. Han spelar upp bilden av den tillgängliga och pålitliga chefen, ingen ska kunna komma och säga att han inte hjälpte till. Möjligen lurar han någon men inte mig.

Efter vår senaste konfrontation har jag bara ett djupt förakt för hans sorgligt ytliga person, trendiga frisyr och påmålade solbränna. Han är som en påfågel som struttar runt och visar upp sig, leker framgångsrik vd på andras bekostnad. Vi har inte talats vid efter jag ville strypa honom och nu sitter jag tyst under alla möten. Jag blänger på honom, stadigt och utan att vika undan. Han undviker att se på mig.

Adam däremot har tagit på sig en mjukare attityd. Mycket klädsamt. Gissningsvis har Linnea något med den saken att göra. Det har inte undgått mig hur förtrollad han är av hennes uppenbarelse och han verkar mån om att göra ett bra intryck. Han bjuder med henne i alla möten och ser till att hon har något vettigt att göra, något jag i hemlighet är mycket tacksam över. Det underlättar enormt för mig och ger henne meningsfulla dagar. Än har jag inte förmått mig att tacka honom men det får jag väl lov att göra snart. Linnea kommer förbi mig då och då och lämnar några vänliga ord, en hälsning från Eva, eller bara en fråga om jag behöver hjälp med något. Små gester som värmer i eländet. Jag undrar om hon är lika intresserad av Adam som han är av henne? Än så länge har jag inte direkt sett några tecken åt det hållet. Jag lägger in en påminnelse till mig själv att jag ska ta en fika med henne och stämma av hur hon har det.

När Nike en morgon ber om min tid vet jag redan vad hon kommer att säga. Det blir ingen överraskning när hon berättar att hon tackat ja till ett annat jobb. Det har gått väldigt fort säger hon nervöst, rädd att jag ska se henne som en svikare. Hon är inte en av dem jag övervägt att säga upp, Nike är en klippa och tillsammans med Jens har de varit ett fantastiskt team. Men nu känns det inte alls bra berättar hon, utan Jens är det inte samma sak och hon vill inte missa den här chansen. Jag försäkrar henne om att jag förstår henne fullkomligt på alla plan. Jag lutar mig fram och lägger min hand lätt på hennes arm.

"Nike, jag vill att du ska veta att du har en plats här så länge jag har något att säga till om. Jag vill inte att du ska lämna oss av oro för att bli uppsagd."

"Tack för att du säger det, Alice." Ögonen blänker på gränsen till gråt. "Men det är ett bra erbjudande och ärligt talat vågar jag inte chansa."

Det svider när jag förstår att Nike inte litar på att jag kommer att ha särskilt mycket att säga till om, men det är inte otänkbart att hon har rätt i den misstanken. Eftersom hon har bestämt sig kan jag bara önska henne lycka till och i hemlighet tänker jag att hon gör helt rätt. Även om vi inte direkt är ett sjunkande skepp är det nog klokt att tänka på sig själv i det här läget. Att Nike kommer att lämna oss betyder att jag får vrida runt min budget igen och nu kommer en tanke som legat och bubblat utan att riktigt få min uppmärksamhet sakta upp till ytan.

Jag vet hur jag ska ge Tom de siffror han vill ha.

24

Butikernas julskyltning sticker i ögonen när jag halkar runt i snömodden på väg till caféet där jag ska träffa Linnea. Den glittrande ytan känns som ett hån i år. Jag tänker på Jens och Elin, på deras stackars familjer, på alla andra som förlorat någon vars julklappar nu kommer att ligga oöppnade under granen.

Julen har aldrig varit en av mina favorittider på året. När jag var liten var det en enda stor uppvisning i offerkoftor och mammas ständiga men obegripliga besvikelse som jag, som barn gör, tog på mig ansvaret för. Jag tassade på tå för att inte spräcka den ömtåliga bubblan av låtsad julefrid tills helgerna var över och kalendern gled över i det nya året och isiga januaridagar. Som vuxen slutade jag fira jul helt så fort jag kunde och inte en enda julkula har kommit över min tröskel sedan dess.

Det är sen eftermiddag och halvfullt på caféet när jag kommer in efter att ha ruskat av mig det värsta slasket utanför. De nakna glödlamporna sprider ett gyllene ljus över lokalen. Den sortens belysning är synnerligen smickrande för medelålders ansikten som sett sina bästa dagar. För ansikten som Linneas tillför den förstås bara ännu mer skönhet. Jag får syn på henne i ett hörn när hon vinkar till mig.

"Hej, jag hoppas du inte fått vänta?" Det är egentligen inte en fråga, jag behöver inte ens titta på klockan för att veta att den är precis den tid vi bestämt att ses.

"Inte alls. Jag kom tidigt med flit, behövde pusta ut lite", säger Linnea samtidigt som hon gör plats för min bylsiga dunkappa på soffan bredvid sig. Vi beställer våra kaffevarianter av den unga killen som kommer vinglande fram till vårt bord med ögonen som stjärnor när han ser på Linnea.

"Skönt med bordsservering", säger Linnea. "Jag tycker om att känna mig lite ompysslad." Jag håller med henne och tar direkt tag i anledningen till att vi är här.

"Fint att du kunde ses. Jag vill gärna höra hur du har det, det blev ju oväntat turbulent."

"Jag är tacksam att du bryr dig, jag är ju bara praktikant", svarar hon. "Jag har absolut ingenting att klaga på, jag har kommit i gång bra och får vara med på riktigt i projekten."

"Ja jag ser att Adam tar väl hand om dig." Mina ord blir hängande mellan en fråga och ett konstaterande och hennes kinder får en djupare rosa ton.

"Det gör han och det uppskattar jag verkligen", svarar hon diplomatiskt och tar en klunk av sitt kaffe. Hennes ansikte döljs bakom den stora koppen. Jag kan inte låta bli att le.

"Det är svårt att säga hur det kommer att utveckla sig framöver men du behöver inte vara orolig för din praktikplats." I samma stund inser jag att det är lite för mycket sagt med tanke på hur mina funderingar går. Men det får gå för den här gången. En strid i taget. "Jag vill också passa på att tacka för häromkvällen. Det var en tung dag och det var snällt att jag fick pusta ut hos er." Så fort det är sagt får vi en ny spelplan, där vi är mer jämlika. Hon har sett mig storgråtande och i trasor i deras kök och ser mig knappast som den coola kreativa chefen längre.

"Det var fint att du ville komma till oss när du mådde dåligt så vi fick en chans att hjälpa dig", säger Linnea. En våg av värme sveper igenom mig av den okonstlade medkänslan hon visar.

"Jag tycker ni är en fantastisk familj, en riktig oas för dem behöver någonstans att landa." Min kommentar känns först som ett klavertramp, som om det handlar om ett vandrarhem för vinddrivna existenser och hemlösa hundar. Men jag hinner inte ens påbörja en ursäkt innan Linnea brister ut i ett stort och varmt skratt.

"Vilken underbar beskrivning, den skulle mamma älska. Precis så är det, hon har verkligen skapat en oas för oss allihop." Jag ler lättat tillbaka, glad att hon inte tog illa upp av min klumpiga formulering. "Jag är adopterad här i Sverige och kom dit som nyfödd. Min biologiska mamma var för ung för att ta hand om mig", fortsätter Linnea innan jag hunnit säga något mer. "Som du sett är vi en brokig samling, både ungar och hundar. Mamma älskar att ta hand om dem som inte har någon."

Hon tar en klunk kaffe igen, helt ovetande om vad det hon säger rör upp inom mig. Botten går plötsligt ur min mage och det hisnar när innebörden av hennes ord landar. Linnea ställer ned koppen och ler stort.

Jag stirrar på hennes sneda framtand.

Lika sned som min.

25

"RAIN!" Jag störtar genom dörren in i lägenheten. "Var är du? Jag måste prata med dig!" Men Rain syns inte till och jag kan inte känna den minsta pust av rosendoft. Varför är hon inte här nu, av alla tillfällen?

"Rain!"

Men hon dyker inte upp. Vad är detta? När jag verkligen behöver henne syns hon inte till. Ska hon inte finnas till hands för mig hela tiden, är inte det poängen? Min snöblöta dunkappa ligger kvar på golvet där jag kastade den av mig. Kängorna har jag fortfarande på och har förstås dragit in både slask och grus på mitt vitlaserade golv. Städtanten i mig prioriterar om och drar fram moppen för att få bort smutsen innan den biter sig fast. Eller ännu värre, sprids till mina ljusa ullmattor. Hjärtat bultar som om jag sprungit maraton och jag är omväxlande euforisk och panikslagen.

Kan Linnea vara mitt försvunna barn? Allting stämmer ju. Tankarna virvlar runt medan jag moppar frenetiskt, långt efter det att det ljusa golvet redan är rent. Hon är född i Sverige, i rätt ålder och blev adopterad som nyfödd. Hur många barn kan det ens stämma på? Och den sneda tanden! Precis som min, samma tand, sned på samma sätt. Att hon är helt orimligt vacker och inte alls lik mig i övrigt, slår jag ifrån mig. Kanske mina och Björns gener tillsammans blev en kanoncocktail som skapade denna vackra varelse, där varje drag blev upphöjt till tio. Förutom tanden då, den missades. Eller så är det precis vad som behövs för att hon inte ska vara helt perfekt.

Tänk om det är hon! Jag kan inte sitta still, det pirrar som om blodådrorna är fyllda av kolsyra och jag far omkring från rum till rum, snabbt gjort i min lilla lägenhet. Plockar ur diskmaskinen, bäddar om sängen, puffar till en kudde, vattnar en blomma. Tankarna far som pingpongbollar fram och tillbaka. Jag ropar på Rain igen men hon syns fortfarande inte till. Jag sätter på tv:n och flipprar igenom alla kanaler utan att ens tänka på vad jag ser och stänger snabbt av den igen. Vad ska jag göra nu, hur kan jag ta det här vidare? Jag måste lugna ned mig och tänka ut en plan, inte bara rusa hals över huvud hem till Eva och fråga om Linnea är mitt barn.

Jag kan ingenting om adoptioner, inser jag. Får man ens veta vem den biologiska mamman är? Jomen så är det nog, jag tycker mig ha sett något program med ett halvt öga och noll intresse, nog kan ett barn få reda på vem föräldern är. Men det omvända då, kan en förälder söka upp sitt bortadopterade barn? Jag bestämmer mig för att det måste vara så. Nu är jag helt rusig av tanken att plötsligt bli mamma, vid fyrtioåtta års ålder. Jag vill ringa Eva direkt men trots mitt snurriga tillstånd förstår jag att det inte är en bra idé. Vad skulle jag säga? "Hej Eva, jo du förstår, jag fick barn när jag var femton år som togs ifrån mig och nu tror jag att det är Linnea. Vad tror du?" Nej, det är antagligen inte mitt smartaste alternativ just nu.

Jag slås av en snilleblixt hur jag kan ta ett steg närmare sanningen. Självklart! Jag måste ta reda på när hon är född, helt enkelt. Då kommer jag att få mitt svar. I samma stund inser jag att jag inte själv vet vilket datum mitt barn föddes, bara att det var i slutet av juli. Allting var kaotiskt den här perioden så dagarna flöt ihop och datum var det sista jag hade fokus på. Jag försökte bara överleva. Tanken ger mig ännu mer hopp, det räcker med att hon är född i slutet av juli för att oddsen ska öka tusenfalt enligt min för stunden övertaggade logik.

Rain dyker inte upp på hela kvällen trots att jag ropar på henne flera gånger så jag går och lägger mig tidigare än vanligt. Jag räknar inte med att somna men där har jag fel. Än en gång kommer de mäktiga drömmarna. De sveper mig högt upp i luften bort mot något som jag fortfarande inte kan se, inte ens ana vad det är. Det lockar och drar och jag behöver bara komma lite närmare, lite högre. Snart får jag se vad det är som väntar på mig, där någonstans där drömmarna landar.

***

Det är kolsvart i rummet när jag vaknar. Redan innan jag tagit mig loss från drömmarnas dimmor har jag på känn att Rain är där.

"NU kommer du", säger jag och försöker inte dölja att jag inte är överlycklig över att bli väckt flera timmar innan väckarklockan ska ringa. Rain är mjukt självlysande i mörkret och liknar ett sagoväsen där hon står vid sängen. Hon sätter sig på sängkanten utan att madrassen rör sig det minsta och ignorerar min kommentar.

"Jag tänkte låta dig hållas på egen hand men så ändrade jag mig. Du är på väg att snurra till det ordentligt."

Hon viskar som om hon är orolig för att väcka någon. Helt i onödan, mig har hon redan väckt och någon annan finns inte inom hörhåll.

"Snurra till det?" Jag vet egentligen redan vad hon menar men jag frågar för säkerhets skull.

"Varför är du plötsligt så angelägen om att hitta ditt barn?"

"Är det så konstigt?" Tankarna glider tillbaka till när barnet föddes men de får inte fäste, det är en händelse som är bortkopplad från mig, något som hände någon annan.

"Vad är det egentligen du söker?" Hon ser på mig med sin lysande blick, den som hittar mina allra innersta hemligheter, de som är så väl fördolda att jag inte ens vet om dem själv. En tanke vaknar försiktigt, en ljusglimt som kämpar sig genom den svarta natten tills den glimrar med ett starkt ljus, lätt att se och styra mot. Som en fyr, en vägvisare i natten.

"Att höra ihop." Orden kommer så oväntat att jag först inte förstår att det är jag som säger dem. Jag gnuggar mig i ögonen. Att höra ihop? Vad är nu det för något att komma dragande med mitt i natten. Höra ihop med vem eller vad? Och framför allt varför? Så länge som jag vårdat och värnat om min självständiga tillvaro där jag slipper kompromissa om någonting alls. Varför skulle jag kasta bort det för att få höra ihop? Jag trivs med mitt liv som det är, jag vill inte ha någon annan här. Ändå kommer bilden av Evas hem med sitt kärleksfulla kaos tillbaka till mig. Oasen som jag visst kallade den tidigare idag, Jag kommer på mig med att längta dit.

"Kan vi ta det här någon annan gång, till exempel på dagtid?" stönar jag och känner hur sömnen drar i ögonlocken. Kan jag ens somna om nu?

"Absolut. Jag ville bara plantera tanken innan du for i väg helt och hållet. Somna om du." Rain sveper över mitt ansikte med en hand som skimrar som guld i mörkret. Innan jag ens hunnit blinka är jag tillbaka bland drömmarna som om jag inte alls lämnat dem. Nu skymtar jag något i fjärran, något som drar i mig som en magnet trots att jag inte riktigt ser vad det är. Men jag vill dit och jag låter mig fångas in, utan att kämpa emot.

26

Euforin är som bortblåst när jag vaknar några timmar senare. Märkligt nog är jag inte det minsta trött trots att jag blev väckt mitt i natten utan känner mig mer i balans och piggare än vanligt. Jag anar att Rain såg till att jag fick sova ut ordentligt. Gårdagens rusiga tillstånd och övertygelsen om att Linnea är mitt barn har landat i en lugnare och mer sansad version. Herregud, hur kunde jag spinna loss så totalt? Jag var helt uppe i det blå och speedad som en iller på amfetamin. Antar jag, jag har ingen erfarenhet av amfetamin och inte av illrar heller för den delen. Chansen att Linnea är min dotter är naturligtvis obefintlig. Att mitt borttappade barn ska kliva in på min arbetsplats mer än trettio år senare, hur troligt är det? Inte särskilt.

Medan jag gör mig i ordning tänker jag på vad jag sa till Rain mitt i natten. Att jag vill höra ihop. Vill jag verkligen det? Med vem, eller vad? Och varför? Jag hittar inga svar på de frågorna och lägger dem åt sidan, de får marineras ett tag. Nu behöver jag lösa kravet på att dra ned på personal. Det får jag nog tampas med själv. Jag har vänt och vridit på min budget i ett par veckor och funderat fram och tillbaka. Men inte diskuterat det med någon, utan låtit mitt beslut få slå rot av egen kraft. Och idag ska jag lägga fram det till Tom. Hade det varit några månader tidigare skulle jag varit både nervös och skärrad inför ett sådant möte. Nu känner jag ingenting annat än beslutsamhet. Det jag sett av honom på sista tiden har fått mig att tycka genuint illa om honom. Han är en otäck liten människa med värderingar som ligger så långt från mina som man bara kan komma. Hur har jag kunnat låta honom påverka mig så? Till och med känt mig rädd för honom, förminskad och överflödig.

Nu när jag ser honom med andra ögon eller snarare som den han egentligen är, verkar det inte klokt. Vad han tycker om mig och mitt förslag bryr jag mig inte det minsta om längre. Mina steg är fulla av energi och jag håller huvudet högt när jag beger mig längs gatorna mot jobbet. Decembervinden biter i mina kinder och får ögonen att tåras så jag knappt ser någonting men det spelar ingen roll. Jag vet vart jag ska. Och vad jag vill.

***

Jag trodde inte det var möjligt att njuta av ett möte med Tom men det visade sig att det kunde jag visst göra. Kanske bor det en liten sadist i mig också? Han började som vanligt med att säga att han bara hade några minuter över och jag fick fatta mig kort. Så det gjorde jag. Jag satte mig inte ens ned utan stod kvar framför honom, så att han blev tvungen att titta upp på mig. Jag fick nöjet att se ned på honom på mer än ett sätt.

"Det förvånar mig att du inte avsätter mer tid för en så viktig fråga. Men det får stå för dig. Jag har gått igenom min budget och detta är min lösning. Genom att dra ned på tre anställda får du de marginaler du begärt. Jens är död och kommer inte att ersättas. Nike har sagt upp sig, samma sak där."

I stället för att presentera det som ett förslag, gav jag honom en färdig lösning. Det fanns inget intresse från min sida att diskutera med honom och det ville jag att han skulle förstå på en gång. Jag gjorde en liten paus för effektens skull, men inte så lång att han hann komma med någon kommentar. Han höjde bara på sina ögonbryn i ett försök att se överlägsen ut. Fortsätt med det du, lille man, tänkte jag.

"Den tredje personen som försvinner från lönelistan är jag. Jag säger upp mig." Tom tappade faktiskt hakan. Det var nog det sista han förväntat sig att höra. Antagligen hade han hoppats på att få säga upp mig. Höra mig böna och be om att få stanna kvar. Nu gick han miste om det lilla nöjet. Jag stod stadigt kvar, såg på honom utan att vika undan, blicken fastlåst i hans. "Jag föreslår att du ger Adam min roll, så får alla som de vill."

Jag la ett par pappersark framför honom, en utskrift av de beräkningar han bett om. Det gick inte att motstå frestelsen att lägga det framför näsan på honom i stället för att bara mejla. Han tog pappret och stirrade på det en sekund eller två men fick fortfarande inte fram ett ord. Nu har han på olika sätt förlorat de två starkaste medarbetarna i vår grupp. Och sin favorithackkyckling dessutom. Jag fylldes av en härlig känsla, inte långt ifrån gårdagens eufori.

"Jag stannar givetvis uppsägningstiden ut men är också öppen för att lämna tidigare. Fundera på saken." Jag vände på klacken och gick därifrån. Utan att vänta på hans svar.

***

Självklart kan jag inte bara lämna allting även om det varit suveränt att bara fortsätta ut genom dörren för att aldrig komma tillbaka. Men jag kan strunta i formaliteterna och kallar själv min grupp till ett möte där de får veta hur allting ligger till. Det ska egentligen komma från vd men det bryr jag mig inte om. Vad ska han göra åt det? Ge mig sparken? Att

Nike sagt upp sig vet de förstås redan men de blir bestörta över mitt beslut. Jag kan nästan smaka på frågetecknen i luften, de förstulna ögonkasten, någon som skruvar lite på sig, oron kryper runt bordet som en osynlig här av små myror.

"Ni kommer säkert att få en ny chef som ni blir mer än nöjda med", säger jag med tydlig adress till Adam. Han säger ingenting utan ser på mig med huvudet en aning på sned och kisande ögon, som om han funderar på att säga något men väljer att avstå. Resten av gänget försöker snabbt räkna ut vad det betyder för deras del, funderar på vad de kan ha sagt som de kan få ångra om han blir deras chef. Efter mötet följer han efter mig till min plats.

"Alice, kan jag få ett par ord med dig?" Hans tonfall är ovanligt lågmält. Jag nickar och rycker på axlarna samtidigt i ett försök att se både inbjudande och avfärdande ut samtidigt, som om det inte spelar mig någon roll.

"Visst, slå dig ned."

Han ser besvärad ut men drar fram en stol och sätter sig. Jag ger honom ingen hjälp utan lutar mig tillbaka som om jag har all tid i världen att vänta på vad han ska säga. Till slut verkar han få grepp om sina tankar.

"Alice, jag vet att vi inte fick någon bra start. Kaffegrejen och det, det blev lite kantigt oss emellan."

Jag rycker nonchalant på axlarna igen för att uttrycka att jag vet vad han menar men att jag inte kan bry mig mindre längre.

"Du ska veta att jag tycker du är jäkligt vass på det du gör. Absolut. Top notch." Han hackar sig fram, är det så att den gode Adam skäms lite grann för hur han betett sig, nu när hans mål ramlade ned i hans knä utan ansträngning? Jag säger fortfarande ingenting utan låter honom grillas av min tystnad.

"Eh, ja...och du behöver inte oroa dig för Linnea. Jag ska se till att hon blir väl omhändertagen." Han drar handen genom håret och jag tror inte jag misstar mig om jag anar en liten rodnad på kinderna. Jag skrattar lite.

"Det kan jag tänka mig. Du får naturligtvis vänta på att Tom formellt ger dig rollen men det lär inte bli ett problem." Jag vänder mig mot datorn för att signalera att jag inte har mer att tillägga. Adam fångar det tysta budskapet.

"Självklart. Tack Alice."

Tack för vad, tänker jag. Att jag sagt upp mig? Eller att jag inte sa något elakt till honom? Jämfört med Tom är han rena lammet och hans ungtuppsfasoner har egentligen inte berört mig särskilt mycket. Adam blir säkert en bra efterträdare om han klarar av allt det som en chefsroll innebär. Han har nog inte reflekterat över all administration och allt personaltjafs som ingår i paketet. Hur vänskapen med Tom står sig när det blir dags att leverera resultat kan bli intressant för honom att uppleva. Tanken får mig att småle medan jag ser honom lomma bort. Han påminner mer om en barnunge som blivit påkommen med något hyss än sitt vanliga självsäkra jag där han försvinner i riktning mot Toms rum.

****

Nu sitter jag i ett tomrum utan att göra någonting alls och kan andas en lättare luft än på mycket länge. Jag väntar på att ångern ska slå klorna i mig, skrika åt mig att jag är fullkomligt galen. Säga upp mig utan att ha ett annat jobb? Snart femtio år? Vad fan ska jag leva på, hur ska det gå, kommer jag att få ett nytt jobb? Gå till Tom och ta tillbaka allting genast! Men den känslan kommer inte. Tvärtom. I stället kommer en stor lättnad, som första dagen på sommarlovet när friheten låg framför en. Till synes evighetslång så som en sommar såg ut när man var liten och inte visste bättre. Det spritter i kroppen, små lyckobubblor kilar hit och dit med små glädjeskutt. När Linnea dyker upp möts hon av mitt strålande leende.

"Hej Linnea!" Hon ser överraskad ut av mitt något översvallande mottagande men ler lika varmt tillbaka.

"Hej Alice! Vad härligt att du ser så glad ut. Och vad modig du är!"

"Modig eller galen, eller kanske båda delarna. Det får framtiden utvisa."

"Får jag slå mig ned?" Hon sätter sig utan att vänta på mitt svar. "Jag anade att något var på gång igår fast inte att det skulle komma så här snabbt. Vad ska du göra framöver?"

Jag försöker att inte stirra på henne även om jag vill skanna hennes ansikte millimeter för millimeter för att leta efter fler likheter förutom den sneda tanden.

"Jag har ingen färdig plan men en hel del idéer." Den lilla lögnen får passera. Det blir snart en sanning tänker jag samtidigt som en mjuk rosendoft sveper förbi mina näsborrar. Jag kan nästan se Rain göra tummen upp med ett minst lika brett leende som mitt. Linnea ler i kapp med oss båda.

"Det är roligt att se att du ser gladare ut, Alice. Fast jag förstår att det är tufft på alla sätt."

"Tack." Jag säger inte mer men när hon ska gå fångar jag chansen. "Vänta en sekund. När fyller du år?"

Linnea ser förvånad ut över den oväntade frågan. Det förstår jag. Hade jag inte varit så uppjagad igår skulle jag förstås kommit ihåg att bara googla fram det, men tanken slog mig inte. Jag skrattar och försöker låta lite mindre fånig.

"Vi har allas födelsedagar i HR-systemet, så att vi inte missar den stora dagen. Tänkte lägga in det så att det inte glöms bort." Det må vara en haltande förklaring men jag tror den duger och Linnea verkar inte tycka det låter konstigt.

"Jag är född den 27 juli. Lejon, för den som tror på sådant, det gör inte jag."

Det ilar till i maggropen. Kan det ändå vara möjligt? Allt jag har att gå på är att hon är adopterad, född i slutet av juli och har en sned framtand, precis som jag. Det räcker för att jag ska se en möjlighet. Jag måste få veta sanningen. Men inte här och nu, det är en alldeles för stor fråga. Och tanken är ny hos mig, den behöver landa och slå rot, vem vet vilken slags blomma den kan bli. Kanske blir det en taggig kaktus, eller en prunkande ros.

"Vad bra, jag lägger in det så att du blir firad även om inte jag är kvar."

Min röst darrar till och jag är tacksam över att Linnea med all säkerhet tror att det är mitt förestående avslut och tanken på alla avsked som gör mig gråtmild.

Hon skulle bara veta.

27

Eva svarar på första signalen.

"Hej Alice! Hur mår du?" Tonfallet är neutralt så jag vet inte om hon hört något än. Antagligen är jag inte huvudnyheten alla dagar hemma hos dem.

"Tack, jag mår helt ok. Du, det här låter möjligen konstigt men jag har något att fira och undrar om jag kan få bjuda dig på middag? En kväll som inte är fullt så tårdränkt som sist." Jag lägger in några droppar glädje i rösten för att sudda bort den tunga kvällen sist vi sågs.

"Vad spännande" Det låter inte alls konstigt, tvärtom. Självklart vill jag gärna fira med dig." Hon låter genuint glad och vi bestämmer att ses om ett par dagar, hemma hos mig. Eftersom jag verkligen inte kan laga mat på den nivån att jag kan bjuda andra människor på mina rätter, har jag redan bestämt att köpa allting färdigt. Och kommer ihåg att stämma av vad hon tycker om i matväg. Det är ju tråkigt att bjuda på något som gästen tycker smakar illa. "Jag är ett unikum" säger Eva. "Avskyr oliver, kapris, sardeller och sådana äckliga grejer som andra verka älska. Annars går det mesta ned."

Det blir inga problem att hitta något att bjuda på som hon kommer att uppskatta. Vi ska precis lägga på när hon hejdar mig.

"Alice, du ska absolut säga nej om det inte passar men vi har en ny hittehund som kom för bara några dagar sedan. Jag vill ogärna lämna honom med barnen och de andra hundarna, de har inte hunnit bekanta sig riktigt. Är det okej att ta med honom?"

Minnet av högen med hoppande hundar som mötte mig hemma hos henne är inget som gett mig mersmak. Och en massa hundhår, dregel och kladdiga tassmärken och jag vet inte allt. Jag vill verkligen säga nej men det tar samtidigt emot, inte minst med tanke på hur generös hon varit mot mig. Hur illa kan det bli? Det är tydligen bara en hund i alla fall, inte hela högen. En hund i en kväll, det kan jag stå ut med.

"Javisst, det går bra" säger jag med en grimas som jag är glad att hon inte ser.

***

Det visar sig att jag har en hel del semester kvar att ta ut och det passar utmärkt att ta några veckor nu över jul- och nyårshelgerna. Det är inte direkt högtryck dessa dagar och jag gissar att de klarar sig bra utan mig. Jag tackar också nej till den kommande julfesten och skyller på att jag ska resa bort. Tanken på att ha en fest när det är sådan turbulens och vi dessutom precis förlorat en medarbetare känns magstark. Och tanken på mig själv i någon bar full av tjugoåringar känns minst lika fel.

Semester och en låtsad resa passar mig utmärkt. Ingen frågar vart jag ska åka så jag behöver inte trassla in mig i några lögner. Det svider att alla så lätt har accepterat att jag ska sluta. Inga sorgsna miner, inga övertalningsförsök, ingen som säger hur ska vi klara oss utan dig. Samtidigt befäster det också att jag inte riktigt hör hit längre, att jag varit på glid bort ett bra tag och det här är bara det sista steget. Den enda som skulle saknat mig är själv borta och kommer aldrig åter, varken hit eller någon annanstans. Ögonen fylls av tårar vid tanken på Jens och allt som gått förlorat med honom. Jag får trösta mig med att jag snuvade Tom på nöjet att ge mig sparken, det hade han nog gärna gjort.

Nu har jag en del att fundera på. Inte minst vad jag ska göra nu, hur jag ska försörja mig. Att säga upp sig utan att ha ett nytt jobb är onekligen inte det smartaste man kan göra i min ålder. Men jag har varit mellan jobb förut och vet att det löser sig, bara man har is i magen. Dessutom har jag en liten buffert så jag slipper ha kniven på strupen. Och så finns tänk om-tankarna på Linnea, de försöker hela tiden ta upp all sänd-ningstid i huvudet. Men de får vänta.

Först har jag en annan sak att göra.

***

Ingen har någonsin beskyllt mig för att vara impulsiv och ogenomtänkt, tvärtom. I den mån jag fått någon kommentar om min personlighet har det snarare varit att jag är pålitlig och lojal. Jag tror de menar förutsägbar och småtrist. Samt en bra kollega. Att säga upp mig som jag nu gjort, skulle höja ett och annat ögonbryn på dem som känt mig genom åren. Och om de såg mig nu när jag travar längs gatan med siktet inställt på antikvitetsaffären skulle de möjligen höja det andra ögon-brynet också.

Fönstren lyser lika varmt och inbjudande som sist jag var här, fyllda med gamla saker och skulle behöva putsas. Men nu är porten stängd mot vintervädret. Jag får ta i rejält för att få upp den tunga dörren och fortsätter in för att snirkla mig fram bland alla möbler och prylar. Det är som en dammigare variant av IKEA, fast utan pilar i golvet. Här får man leta sig fram bäst man kan. Ingen restaurang med skrikande ungar heller, tack och lov, men nästan lika lätt att gå vilse.

Jag klämmer mig än en gång fram bland gamla anskrämliga möbler och noterar att den gröna soffan är borta. Snart står jag återigen bland kristallkronorna och ser mig omkring efter den jag tyckte mest om sist, en stilren modell i krom med en utsvängd kjol av prismor. Kanske finns den inte kvar? Det vore synd nu när jag bestämt mig för att göra något som inte alls är likt mig. Precis när jag får syn på den hör jag samma vänliga röst som sist.

"Kan jag hjälpa dig med något?" Det är samma man som förra gången, inte helt oväntat. Han rör sig hemtamt bland alla grejer där han dyker upp bakom några gigantiska skåp som måste väldigt svårplacerade i ett modernt hem. Färgen på dem flagnar som om den gett upp hoppet om att någon ska vilja ha dem. Min ingivelse sviktar en aning, det här är nog en dum idé. Men jag är för väluppfostrad för att bara säga nej så nu blir det svårt att slingra mig ur.

"Jag är lite intresserad av en kristallkrona, den där till höger." Jag pekar och noterar samtidigt att mitt nagellack flagnar precis som färgen på skåpen.

"Den här?" Han rör vid kristallkronan jag menar och jag noterar att han har stora händer som ser ut att kunna kånka och bära en hel del. Säkert användbart i en sådan här butik. Jag nickar. "Den är mycket vacker. Och i bra skick. Den kommer från en av mina vänners föräldrahem, så den har haft ett bra liv." Han knäpper till ett par av prismorna så de klingar svagt. "Dammig, förstås. Man hinner inte polera kristallkronor på dagarna."

"Nej, vem hinner det nu för tiden", försöker jag skämta tillbaka. Men det kommer snart att finnas gott om tid att polera prismor för min del. Ännu ett bra skäl att köpa en kristallkrona. "Jag tror den skulle passa över mitt matbord, som är av krom och glas. Som ett avbrott mot min ganska avskalade inredningsstil." Han får betydligt mer information än han behöver. Som alltid när jag känner mig felplacerad och obekväm händer en av två saker. Jag säger ingenting alls eller jag babblar på som en åsna. Vanligtvis det senare, som nu.

"Det låter som att det skulle kunna bli riktigt fint, även om jag inte vet hur du har det hemma." Hans svar känns märkligt intimt och jag hugger generat tag i närmsta vas och vänder upp och ned på den som för att inspektera märkningen i botten som inte säger mig ett dugg.

"Vad kostar den?" Det hänger en prislapp från kristallkronan men jag hann inte titta på den och nu går det inte, eftersom han står alldeles för nära.

"Kristallkronan? Eller vasen?" Han flinar roat men jag låtsas inte se det.

"Kristallkronan givetvis" säger jag och sätter en liten vass kant på orden.

Han slänger ett öga på prislappen, mest för syns skull antagligen.

"Tvåtusen femhundra kronor."

Aj. Det kommer att svida i mitt lilla sparkapital och är en helt onödig utgift. Jag har redan en lampa som det inte är något fel på alls. Skärp dig nu, Alice, slösa inte bort pengar.

"Hm. Det var mer än jag tänkt mig." Eftersom jag sett på tv att man förväntas pruta i antikvitetsaffärer gör jag ett lamt försök att låta som om jag vet hur man gör. Han tittar roat på mig.

"Vad hade du tänkt dig?

"Jag hade nog inte tänkt alls", slinker det ur mig. "Det var mer en impuls, jag har något att fira och har länge önskat mig en kristallkrona." Så där, varsågod, mer onödig information.

"Vad passar bättre än en kristallkrona att fira med." Han ler brett. "Så här gör vi. Du får den för tvåtusen och vi kör hem den till dig gratis, om du bor i innerstaden."

Jag har inte ens tänkt på hur jag skulle få hem den, vad väger en kristallkrona? Inget man slänger över axeln i alla fall, det förstår jag.

"Det låter bra, då tar jag den gärna." Jag ångrar mig i samma stund, som alltid när jag köper något till mig själv, framför allt om det är något onödigt. Men jag vill inte verka vimsig och säger till mig själv på skarpen att sluta vela. Lite rosendoft att backa upp mitt beslut skulle varit trevligt men Rain tycker kanske att shopping ligger utanför hennes ansvarsområde. Här doftar det fortfarande bara gammalt damm. Jag betalar och ger mannen, vars namn jag inte har en aning om, min adress för leveransen.

"Är du hemma runt åttatiden ikväll? Jag kör i princip ändå den vägen, jag kan svänga förbi dig utan problem."

Jag behöver knappast fundera över den frågan. Som alltid är jag hemma om jag inte jobbar över men jag låtsas tänka efter om jag kan ändra mina planer och vara tillgänglig.

"Det kan jag lösa, det går bra. Tack."

***

En mäklarannons sitter fasttejpad på portens insida. Jag ser direkt att det är Johans lägenhet, de storblommiga tapeterna glömmer man inte i första taget. Men möblerna är utbytta och lägenheten helt omstylad. Det var nog bäst med tanke på att det knappt gick att röra sig därinne. Jag undrar var de gjorde av det otympliga hemmagymmet. Så han ska alltså flytta. Jag undrar varför. Nu skäms jag för att jag inte återgäldat

middagen, men med allt som hänt den senaste tiden så har det
helt fallit mig ur minnet. Trots att middagen hos honom var
startskottet till att jag började tänka på det försvunna barnet.
Eller just därför. Det är fortfarande så märkligt att tänka på det
som "mitt barn". Dit har jag inte kommit än, kanske jag aldrig
gör det. Visningen är redan i helgen så flytten bör redan varit
på gång när vi sågs senast. Märkligt att han inte sa något om
det då.

"Hej Alice." Johan dyker upp precis bakom mig när jag
trycker upp den alldeles för tröga porten.

"Hej själv. Jag ser att du ska flytta, vad tråkigt."

Han ler lite sorgset mot mig.

"Ja, det får bli så, jag flyttar tillbaka till min hemstad och
tar min son med mig. Måste få bort honom från storstads-
miljön."

Även om han inte gick in på några detaljer kring sin son
under vår middag förstod jag att sonen hade det stökigt.
Kanske har han hamnat i helt fel sällskap, droger, eller något
ännu värre.

"Vad fint av dig att ställa upp för honom, det tror jag inte
alla föräldrar skulle gjort." Jag hoppas att jag låter stöttande
och uppmuntrande, jag vet inte riktigt hur långt man är beredd
att gå som förälder för att hjälpa sitt barn. Men att riva upp sin
tillvaro helt och hållet låter för mig som ett stort steg.

"Det måste göras", säger Johan. "Jag kan jobba på distans
så det är inget problem och så mycket annat som håller mig
kvar här har jag inte."

Vi stirrar på varandra någon sekund, båda väl medvetna
om våra singelliv som vi så krampaktigt skämtat om. Både på
vår farsartade dejt och under middagen.

"Jag hoppas försäljningen går bra. Och att jag får möjlighet att bjuda tillbaka innan du flyttar?"

Johan ler lite.

"Gärna, vi kan väl höras framöver och se om vi hittar en tid."

Både han och jag vet att det är så man säger när man inte vill vara oartig och tacka nej men heller inte vill tacka ja. Vi skiljs åt utanför min dörr och jag önskar honom lycka till med försäljningen och flytten.

***

"Det kommer att bli jättefint med kristallkronan", hörs Rains röst från vardagsrummet.

"Var du där?" frågar jag. "Det hade varit trevligt med dina smakråd."

Hon viftar avvärjande med en graciös handrörelse där hon står vid fönstret och tittar ut.

"Äsch, det där klarade du så bra på egen hand. Med lite hjälp från Andreas." Klart hon vet vad han heter, mannen i antikvitetsaffären. Hon vet förstås också att han kommer med lampan senare ikväll. Rain nickar bekräftande.

"Det var snällt av honom", säger jag. "Det är inte ofta folk är så där hjälpsamma."

"Eller hur", säger Rain och lyckas på något sätt få de två orden att låta som mycket mer. Men jag fastnar inte på kroken utan skakar bara på huvudet åt henne. Hon följer efter mig in i köket där jag slår upp ett glas vin som ett mer sofistikerat sällskap till den mikrovärmda bönbiffen.

"Hur känner du dig nu, när du sagt upp dig?"

Jag tuggar på den torra biffen som fastnar i gommen. Tur att jag ska beställa hem mat till middagen med Eva, det här kan man inte bjuda folk på.

"Lättad. Jag är framför allt lättad." Hur märkligt det än kan låta så är det lättnad jag känner. Jag har trott att paniken ska komma krypande, att jag ska ångra mig, men det kommer inga sådana känslor. En inre bild av min arbetsplats blommar upp i mina tankar. Det välbekanta kontoret, mina medarbetare och kollegor. Den härliga kreativa stämningen, idéer som studsar som pingpongbollar fram och tillbaka när vi brainstormar. Segerkänslan när en kund säger ja till våra koncept. Det kommer jag att sakna.

Men jag kommer inte att sakna hur jag alltmer hamnat vid sidan av. Hur jag än kämpar kan jag inte uppbringa intresse för sociala media. Jag vet inte vilka artister de talar om, har ingen koll på den senaste TikTok-dansen, bryr mig inte om influencers som alla ser likadana ut. Och det märks att jag inte hör dit. De glömmer fråga om jag ska med på lunch. Mina förslag tas emot med tomma blickar och utan kommentarer. Kunderna som ser ut att knappt slutat skolan ser rakt igenom mig. Jag kan vara deras mamma, ingen man lyssnar på. Som en dinosaurie i höga klackar stapplar jag fram i en värld där jag inte längre har en plats. Min fyrtioårsdag var som en asteroid som utplånade mig. Den sista dinosaurien bland små snabbfotade däggdjur. Jag har hängt kvar som ett spöke som inte kan släppa taget om det förgångna.

Nu kan jag äntligen sluta kämpa för att passa in och hänga med. Det är först nu när jag kan låta all stress sväva bort som en ballong som jag förstår hur pressad jag känt mig. I flera år. Hur Toms framfart fått mig att känna mig utanför och satt en sorgkant på alla dagar, även de bra. Nu slipper jag snart det.

Det här borde jag gjort för länge sedan. Rain ser på mig och blinkar illmarigt.

"Dinosaurie är att ta i tycker jag. Men det är utmärkt att du tagit det här steget", säger hon. "Check på den."

"Vänta här nu", säger jag. "Har du någon slags todo-lista för mig?"

"Kanske det, du." Hon ler konspiratoriskt, blinkar åt mig och försvinner innan jag hinner säga något mer.

28

När kristallkronan väl är på plats slutar jag ångra mitt impulsiva inköp. Det tog mig ett bra tag att putsa upp den och det var otroligt enformigt. Men samtidigt ganska meditativt, tankarna fick flyta omkring fritt medan prisma efter prisma fick ny glans. Måtte det inte behöva göras mer än en gång om året. Nu hänger den över bordet och jag älskar det varma skenet och glittret den sprider. Min inre skata får sitt lystmäte med råge. Det var inte en okomplicerad historia att få den på plats, den var givetvis alldeles för tung för den upphängning som redan fanns. Men Andreas, som jag nu vet att han heter, var en förutseende man och hade med sig ordentliga krokar och en rejäl borr och dessutom vänligheten att ta sig tiden att hänga upp den åt mig. Det dammade och dånade av borrandet och till slut satt allting som berget.

Andreas klättrade ned från min trappstege och betraktade sin installation. Allt medan jag betraktade honom, dammet som låg som en gråvit slöja över hans hår och ögonbryn och de stora händerna som med sådan kraft tryckt borren genom det stenhårda betongtaket.

"Den passar ännu bättre än jag föreställt mig" sa han förnöjt. Vadå föreställt sig? Det var en obekväm tanke. Varför har han funderat på hur det ser ut hemma hos mig?

"Så bra att den kom upp idag, jag ska ha en vän på middag i morgon" sa jag och tackade honom så varmt jag kunde för all hjälp.

Jag lovade att rekommendera hans butik åt alla jag känner som kan vara spekulanter. Att det bara var en handfull personer behövde han inte veta. Återigen log han på ett sätt som fick mig att känna att han samtidigt skrattade åt något jag inte förstod.

"Ingen orsak. Hoppas du och din vän får en trevlig middag och välkommen tillbaka när du behöver något igen. Som en vas, till exempel." Han flinade igen och mina kinder blev varma när jag förstod att han noterat mitt nervösa fumlande med den fula vasen sist. Den kommer jag i alla fall inte att köpa. Han hann inte mer än gå ut genom dörren förrän jag ser Rain stå och spegla sig i kristallkronans hundratals prismor, som en fåfäng katt som kråmar sig i solskenet.

"Ett mycket bra köp på alla sätt." Hon vänder och vrider på ansiktet och påminner om någon som försöker ta den perfekta selfien, förutom anknäbbsläpparna förstås. "Trevlig man också, Andreas." Hon ger mig en lysande glittergrå blick under höjda ögonbryn och skrattar men lyfter sina händer i en avvärjande gest när hon ser min ilskna min. "Nej nej, oroa dig inte. Jag ska inte skicka dig på dejt." Hennes mjuka skratt klingar kvar i tomma luften efter att hon bleknat bort än en gång. Det var tydligen en kort visit den här gången också. Kristallkronans prismor ger reflektioner av tusentals små regnbågsdroppar på väggen. Jag stirrar på de små dansande ljuspunkterna, var och en som en del av en dröm jag bara nästan kommer ihåg.

***

Laga mat är som sagt inte min grej. Jag kan inte ens minnas när jag hade någon hemma på middag senast. Det mesta i festväg har varit genom jobbet, ute på stan, och har inte krävt något annat än min närvaro och knappt det. Att duka däremot, det tycker jag verkligen om. Nu har jag hela dagen på mig att skapa en inbjudande dukning till middagen med Eva.

Det finns inte en chans att jag kan förvandla mitt svarta, grå och kromfärgade hem till något som ens avlägset liknar hennes varma oas, så fylld av kärlek att den kunde fungera som inspelningsplats för en kletig amerikansk julfilm. Räddad från klyschorna av hennes genuina närvaro, raka humor och säkra hand över kaoset. Jag får satsa på att trolla med det jag har. Framför allt kristallkronan som verkligen lyfter hela rummet.

Efter en hel del rotande i undanstuvade och bortglömda lådor och kartonger har jag hittat det mesta av det jag har i dekorationsväg. Inklusive den låda som jag ställt längst inne i klädkammaren, mitt hemliga skatbo som jag gömt undan som om det vore ett lager kokain. Där har jag samlat på mig en massa saker, som paljetter, glitter, en vit löpare med invävda silvertrådar och lite annat smått och gott.

Duken blir utmärkt, den lägger jag längs mitten av bordets glasskiva och rotar fram ett par vita bordstabletter längst inne i en låda. Där hittar jag också puts som kommer väl till pass till mina silverbestick, som har svartnat rejält. Men efter en stunds idogt gnuggande skiner de i kapp med kristallkronan. Krispigt vita sexkantiga tallrikar och glänsande slipade glas får också vara med. Både tallrikarna och glasen blinkar yrvaket, efter att ha legat instängda och bortglömda långt in i lådor och kartonger i åratal i tron att de aldrig skulle se ljuset igen. Ett par smala ljus i silverstakar och en kruka med järnek och några kottar mitt på bordet. Min enda eftergift till den annalkande julen.

Jag tar ett steg tillbaka och tittar på mitt dukade bord, där jag snart ska ha Eva som min gäst. Plötsligt stiger ett litet kvittrande inom mig, ett överraskande lyckobubbel. För en gångs skull ser jag verkligen fram emot att någon ska komma hit, att det är just Eva som bit för bit kommit in i mitt liv. Jag vill verkligen att hon ska känna sig lika välkommen som hon är. Nu rusar jag runt i resten av lägenheten, puffar upp de vita kuddarna i soffan, torkar av bordet en gång till, tänder doftljusen i fönstret, kastar en filt lite nonchalant över ena hörnet av sängen och kommer på att jag inte har någon gästhandduk i badrummet. Som tur är har jag en helt oanvänd handduk i tjock frotté att hänga upp på kroken avsedd för gäster. Där har det inte hängt någon handduk på länge. Om ens någonsin. Ett doftljus på handfatet också och ännu en skrubbning av toastolen. Så där!

"Man skulle kunna tro att du väntar herrbesök". Rains röst som kommer från köket har en road underton som mjukar upp den torra kommentaren.

"Men vad är det för förlegat synsätt?" Jag ger henne en sträng blick. "Kan man inte anstränga sig för en vän?"

"Ja det var dumt sagt", håller Rain med. "Du har gjort det väldigt fint och jag är glad att se dig så förväntansfull. Låt mig ge dig en extra liten touch." Hon lyfter sina händer och för armarna i stora svepande rörelser samtidigt som hon själv snurrar som en ballerina över golvet. Hennes rörelser är lika graciösa som om hennes kropp vore en symfoni. Något händer i rummet. Kanske är det energin som förändras eller vibrationerna, jag vet inte, men plötsligt är mitt hem den tryggaste och vackraste platsen i hela världen. Ett lugn sänker sig, den typen av stillhet man kan känna när allting är precis som det ska vara. Jag förundras över känslan som fyller mig.

"Jag vet inte vad du gjorde nu, men tack. Det här var verkligen magiskt." Mina ord faller i tomma luften. Rain har redan försvunnit och nu ringer porttelefonen, det är cateringleveransen. Som sagt, min matlagning lämpar sig inte för gäster.

***

Nästa gång porttelefonen ringer är det Eva som dyker upp. Timmarna mellan att jag dukat klart långt i förväg till att hon kommer, har jag oroat mig för att hon skulle få förhinder i sista minuten. Med så många barn och husdjur kan vad som helst hända som kräver hennes närvaro tänker jag och glömmer helt bort att hon faktiskt har en man som eventuellt är kapabel att hantera åtminstone en del av vardagens utmaningar. Men hon kommer, bara ett par minuter sen och jag trycker på knappen för att släppa in henne.

"Välkommen!"

Jag har redan öppnat dörren på glänt och ser henne komma uppför trappan. Det röda håret har fångat fullt av smältande snöflingor och lockar sig som en mjuk ram runt hennes blossande kinder och det strålande leendet. Hon är väl inpackad i en enorm dunjacka som verkar dimensionerad för en polarexpedition. En otymplig väska som ser tung ut hänger över axeln. Jag hoppas att hon inte tänker övernatta?

"Hej Alice! Vad roligt att komma hit, jag har längtat så till ikväll!" Hennes entusiasm strålar mot mig och sveper in mig i sin härliga glädje.

"Kom in, välkommen, kul att du är här!" Jag slår ut med händerna i en välkomnande, men tafatt gest, det där med att kramas ligger som sagt inte riktigt för mig. Nu ser jag också ett litet lurvigt nylle som sticker upp ur väskan. Ja visst jäklar, hunden. Den hade jag helt glömt bort, eller förträngt snarare.

"Låt mig få av mig duntäcket, det känns som om jag inte klivit ur sängen i den här kappan."

Jag tar hennes kappa och hon ställer ned väskan. Den lilla hundens nos vädrar i luften och mörkbruna ögonen studerar mig med en viss misstänksamhet som jag gissar även syns i mina ögon. Eva skakar ut lockarna med en snabb blick i hallspegeln och strålar mot mig.

"Hur mår du, Alice?" Hon lägger en hand på min arm, värmen strålar genom tyget i min blus. "Och tack för att jag fick ta med Trollet, det var snällt av dig. Det vore tråkigt om han blev uppäten när jag inte är hemma. Troligen av barnen snarare än av de andra hundarna." Hennes varma skratt klingar och hunden som jag antar heter Trollet, skuttar ur och ruskar på sig så att pälsen står åt alla håll. "Strunta i honom bara. Han har inte haft det så roligt i livet och är lite reserverad. Han tar tid på sig att bli bekväm med nya människor."

Hunden bekräftar det med att snabbt nosa på min fot och sedan ointresserat vända mig ryggen. Jag har en viss sympati med det lilla rufsiga kräket. Tacka tusan för att han vill hålla sig på sin kant efter sina dåliga upplevelser, det kan jag förstå helt och fullt. Lita inte på någon, Trollet, det är mitt tips.

"Kom in, kliv på."

Jag låter som en inropare på Kiviks marknad när jag puffar Eva framför mig in i lägenheten och ser till att inte snubbla på den lilla pälsbollen som rör sig bland våra fötter.

"Men Alice, vilket fantastiskt hem du har!" Hon stannar upp och ser sig om. "Vilken underbar känsla det är här, som att kliva rakt in i en semester! Makalöst!" Eva drar ett djupt långsamt andetag och blundar. "Ååååhhhhh...Får jag flytta in?" Hennes skratt är som ett pärlregn. När hon får syn på matbordet blir det först helt tyst. "Nu saknar jag ord." Hennes ögon glänser när hon vänder sig mot mig. "Så vackert du har dukat. Och kristallkronan är helt underbar!" Eva klappar ihop händerna som ett lyckligt barn. "Vilken fantastisk kontrast till den övriga inredningen. Djärvt och överraskande, vilken inredningstalang du har, Alice!"

Utropstecknen står som spön i backen och jag vet inte alls hur jag ska förhålla mig till alla ovationer. Som tur är behöver jag inte fundera så mycket på det eftersom Trollet dyker upp med ett par av mina trosor i munnen som han har hittat någonstans, troligen under min säng, och svansen glatt viftande som en triumferande fana. Efter lite jagande och byteshandel med hundgodis löser Eva den uppkomna situationen. Dock inte helt utan problem eftersom hon skrattar så hon nästan inte kan stå på benen när hon sträcker fram de neddreglade trosorna till mig. Jag skäms och skrattar på samma gång, det här ingick inte i min planering.

"Jag ber så hemskt mycket om ursäkt" kvider hon fram mellan skrattanfallen. Hon ger hunden något slags tuggpinne att sysselsätta sig med i stället och han travar i väg och lägger sig på hallmattan. Jag slår upp varsitt glas bubbel till oss och vi slår oss ned vid matbordet. Eva tar en klunk av den porlande drycken och ser sig förundrat omkring. Jag låter min blick följa hennes. Rummet är som förtrollat. Allting skimrar, färgerna är djupare, lite varmare, luften vibrerar på ett sätt som får mig att tänka på soliga sommardagar och musiken i bakgrunden blir som en mjuk ljudgardin som omsluter oss. Även om jag städat och dukat hela dagen är det Rain jag har att tacka för den slutliga touchen. Det var verkligen rena rama trolleriet.

"Kul att ha dig här." säger jag och sträcker fram mitt glas så att vi kan klinga dem mot varandra.

"Tack! Vilket hem du har, jag är helt överväldigad!" Hon ser sig omkring med ett undrande uttryck över sitt ansikte, som om hon letar efter ett svar på en outtalad fråga. "Jag vet inte vad jag förväntat mig. I alla fall inte detta." I nästa sekund slår hon handen över munnen.

"Förlåt, det där lät otroligt oförskämt. Jag menade inte så. Det är bara så vackert och jag känner mig verkligen så välkommen här."

Jag skrattar lite åt hennes vånda. "Det är du också. Självklart."

Vi småpratar en stund och letar oss fram till varandra, hittar balansen mellan våra jobbidentiteter och att mötas på min hemmaplan. Det var kanske en medveten taktik från hennes håll att ta med sig Trollet, han är en liten isbrytare som inte drar sig från att hoppa upp i soffan för att få uppmärksamheten riktad mot sitt lilla bedårande ansikte. Till slut blir det dags att duka fram maten och jag bryr mig inte ens om att försöka låtsas att det är något jag lagat själv utan erkänner utan omsvep att det är färdiglagat och hemkört. Eva skrattar och viftar med sin gaffel för att signalera att hon har något att säga så snart hon tuggat klart.

"Det är vidunderligt gott och jag bryr mig inte om vem som lagat vad så länge det inte är jag!" Jag förstår att Evas familjefyllda tillvaro kan ha baksidor som jag inte tänkt på när jag avundats det färgstarka liv hon lever. En drös med ungar och diverse husdjur behöver förstås utfordras och hanteras varje dag. Plötsligt får jag en liten puff mot mitt ben och blir påmind om att det inte bara är vi som är här. Under bordet står Trollet och tittar på mig, hans mjuka nos mot mitt ben.

"Vovven, vad vill han, är han törstig?"

"Herregud", säger Eva. "Ja självklart, det skulle jag tänkt på. Han dricker ganska mycket."

"Det låter problematiskt", svarar jag och brister ut i skratt. "En fyllehund alltså. Men jag kan ge honom vatten i alla fall. Bubblet behåller vi för oss själva." Medan jag häller upp vatten i en plastbunke höjer Eva sitt glas och ser förväntansfullt på mig.

"Vad är det vi firar? Berätta, jag är så nyfiken."

Jag inser att vi pratat om det ena och det andra och hela den trivsamma känslan har fått mig att helt glömma varför jag bjöd hit henne. Så nu säger jag det rakt av.

"Jag har sagt upp mig."

Eva ställer ned sitt glas så snabbt att vinet skvimpar över kanten.

"Alice, du är fantastisk!" Hon slår ihop händerna för att ge eftertryck åt sina ord.

"Tycker du?"

"Ja, verkligen. Av det jag hört förstår jag att det finns bättre ställen för dig, klokt av dig att gå vidare. Och modigt! Vet du vad du vill göra framöver?"

Det är skönt att få hennes omedelbara stöd och slippa bli ifrågasatt eller ännu värre, idiotförklarad. Hon har säkert hört en hel del från Linnea och jag slipper dra en massa tråkiga detaljer kring vad som ligger bakom mitt beslut.

"Nej, faktiskt inte. Jag vill göra något helt annat men vet inte vad. Det behöver jag ta tag i."

Eva är inte sen att fånga den tanketråden och vi ger oss tillsammans in i en stor och spännande diskussion. Vart kan man ta vägen om man vill hitta en ny tillvaro mitt i livet? Vårt samtal är som en upptäcktsfärd i en främmande skog, där det både finns upptrampade tydliga stigar där andra gått före dig och andra smalare, knappt synliga spår att följa, sådana som kräver ett tränat öga. Fallna trädstammar att klänga sig över och stora mossbetäckta stenar att runda. Kanske en porlande bäck, för bred att hoppa över och för kall att vada igenom. Lite av en återvändsgränd.

Varken Eva eller jag har gjort några större karriärbyten tidigare. Nu nosar vi nyfiket på de möjligheter vi tycker oss se när vi lyckas skala bort det faktum att vi båda snabbt närmar oss femtio och inte är stekheta på arbetsmarknaden. Vi springer omkring i en låtsad framtid, hoppar över hinder och sparkar undan allt som kommer i vår väg. Ostoppbara. Möjligen bidrar vinet till den känslan. Vi vet båda att verkligheten ser helt annorlunda ut.

"Har du funderat på att starta eget?" frågar Eva.

"Nej, aldrig. Jag vet inte vad det skulle vara ens." Plötsligt minns jag visionen av den rofyllda stranden som Rain målade upp för mig och drömmarna jag haft på senare tid, där något lockar och drar som jag inte vet vad det är. Varför kan jag inte se vad det är drömmarna vill visa mig?

"Jag behöver landa och komma på vad jag vill." Jag fyller på våra glas. "Men berätta mer om ditt liv och din familj, nu har vi pratat nog om mig."

Evas leende får förnyad värme när jag nämner hennes familj och hela hennes ansikte mjuknar.

"Ja, vi är en brokig skara minst sagt. Det började med Linnea som kom till oss när hon var helt nyfödd."

Jag får anstränga mig till mitt yttersta för att inte avslöja hur varenda nerv i min kropp sätts på helspänn när jag hör hennes namn. Det gungar till i huvudet av adrenalinpåslaget när jag närmar mig det efterlängtade svaret på den fråga som rotat sig fast i mitt huvud. Är det nu jag ska få veta sanningen?

"Vi fick tidigt besked att vi inte kunde få några egna barn. Men det var inget vi grottade ned oss i, världen är full av ungar som inte har någon tänkte vi. Och Linnea var en av dem." Eva tar en klunk av sitt vin och jag sitter som på nålar, vill bara skrika åt henne att fortsätta berätta.

"Hennes mamma var missbrukare, i trettioårsåldern, med eländiga förhållanden omkring sig och två äldre barn omhändertagna dessutom."

Luften går ur mig med sådan kraft att jag måste gripa tag i bordskanten. Hoppet spricker som en såpbubbla, på en sekund är det helt borta och besvikelsen som fyller mig får mig att må illa. Det susar i mina öron och jag hör inte längre vad Eva säger.

"Ursäkta, jag måste bara..." Jag skjuter hastigt bak stolen och går så fort jag kan utan att rusa till toaletten. Vrider på vattenkranen för fullt och hinner precis fälla upp toalocket innan alla mina grusade förhoppningar kommer farande som en lavin från mitt innersta, rakt ned i toaletten.

29

Det är fortfarande mörkt när jag vaknar efter en drömlös natt. Jag sätter mig upp med ett ryck och sliter åt mig mobilen. Lördag. Jag har semester från jobbet jag sagt upp mig från och kan ligga kvar i sängen hela dagen om jag vill. Tanken är frestande. Jag drar täcket tajtare kring mig och sjunker tillbaka in i mina mjuka hotellkuddar, en liten lyx jag unnat mig.

Det blev en trevlig kväll igår trots mitt lilla avbrott och Eva stannade till en stund efter midnatt. Allt mellan himmel och jord fick plats i resten av våra samtal, förutom prat om barn. Eva med sina känselspröt anade att det inte var ett bra samtalsämne och jag hade helt tappat lusten efter att ha tvingats inse att Linnea inte är min försvunna dotter. Kanske var det en signal till mig att släppa tanken på att hitta mitt barn. Varför har det plötsligt blivit så viktigt när jag inte ens tänkt på det på över trettio år?

"Du sa det själv häromkvällen." Rains röst hörs helt nära mig. Jag stönar och drar täcket över huvudet, jag orkar inte med hennes terapisamtal idag. "Du ville höra ihop med någon. Det är väl inte så konstigt."

Jag mumlar något obestämbart under täcket och virar in mig lite till. Efter allt pratande igår känns det som om jag snackat så det räcker för minst en vecka, idag vill jag bara vara tyst och tänka. Om ens det. Jag behöver ta tag i min tillvaro men inte idag. Dessutom är det jul om bara ett par dagar och med all säkerhet vansinnigt mycket folk ute på stan, något jag skyr som pesten. Trängsel och tråkigt väder är en kombination som får mig att välja soffan och sträcktittande på någon brittisk serie. Om nu Rain kan tänka sig att ta ledigt idag, så jag får vara ifred ett tag. Det vore skönt att bara vara. Det hörs inte ett ljud från Rain nu, kanske förstod hon hinten och drog sig tillbaka för dagen?

Nu är det i alla fall slutsnackat om att Linnea är mitt barn, med eller utan sned framtand. Bevisligen inte, efter att Eva berättade om hennes mamma. En stackars kvinna som hamnat helt snett i livet. Jag undrar om Linnea någonsin träffat henne eller ens vet vem hon är? Eller om hon träffat sina syskon, kvinnan hade ju fått fler barn innan henne.

Det blir snart för varmt under mitt tjocka täcke och jag skalar av det en bit. Den svala luften i rummet gör att jag piggnar till och det kommer inte att gå att somna om, så där som man kunde göra som ung. Sova halva förmiddagen och slösa bort dagen. Jag häver mig upp, drar på min tjocka morgonrock och tassar ut i vardagsrummet. Inget spår av Rain. I köket står disken kvar på bänken, jag har inte ens skrapat rent tallrikarna. Ljusen är nedbrunna, stearinet har droppat ned på duken och våra hopknölade servetter ligger kvar på bordet, torra smulor här och där från efterrättspajen. Jag gör en grimas vid anblicken av vinet som är kvar i mitt glas. Det står inte högt på önskelistan idag.

Den magiska energin från igår är borta, idag är det bara ett vanligt kök som behöver städas. Dock med en synnerligen tjusig kristallkrona även om den inte heller glänser särskilt mycket idag. Allt ser ovanligt blekt ut i det grådisiga ljuset som knappt orkar ta sig in genom det något smutsiga fönstret.

Ett sms piper plötsligt i mobilen med ett pip. Det är sällan någon söker mig en helg. Förmodligen är det bara reklam från någon kundklubb jag råkat gå med i och glömt att gå ur. Jag tittar snabbt på skärmen och ser till min förvåning att sms:et kommer från Adam. Vad vill han mig, en lördag dessutom?

Hej Alice. Sorry att störa en lördag. Hörde att du skulle resa bort? Hoppas få tag på dig innan. Behöver ta några jobbfrågor med dig. Höras i helgen?/Adam

Så intressant. Jag piggnar genast till. Adam behöver min hjälp. Vad kan han ha hunnit få problem med redan, jag har ju bara varit borta från kontoret ett par dagar. Jag tar med mig frukostbrickan till vardagsrummet och funderar på vad han ska få för svar. För det första tänker jag inte svara på minst en timme. Han kan gärna få svettas lite. Kanske ska jag säga att jag redan rest bort, men det hindrar förstås inte att vi talar i telefon.

Mobilen får vila medan jag knaprar på det rostade brödet och zappar mellan mer och mindre intressanta tv-program utan att egentligen titta på något av dem. Mina tankar svävar i väg, studsar runt i ekot av gårdagens flödiga samtal med Eva, alla spännande möjligheter vi utforskade kring temat ny karriär vid snart femtio. Även om Eva deltog med stor entusiasm och spånade fram massor med tänkbara nya jobb förstår jag att hon själv inte söker en ny väg utan trivs med det hon gör. Det var nog mer för min skull, så att jag skulle få lite inspiration.

Men jag är inte klokare idag än igår, min inre kompass har inte tagit ut någon riktning att styra mot. En liten tanketråd hittar tillbaka till samtalet om Linnea och det sticker till. I det kalla morgonljuset blir det tydligt att min besatthet av vem hon är var ett sätt att ducka för min nuvarande situation. Nu är den krockkudden borta. Det finns ingenting att gömma mig bakom. Här och nu sitter snart arbetslösa Alice, fyrtioåtta år, utan minsta aning om vart jag ska ta vägen med resten av livet.

Något fångar min uppmärksamhet och blicken dras till tv:n där några leende människor vandrar längs en soldränkt strand. Solen vräker ned över dem när de slår sig ned på en strandservering tillsammans med en annan man och börjar prata huspriser. Det jag ser slår an en sträng och jag minns bilden av den vackra illusionen som Rain skapade första gången hon använde sig av det tricket. Jag förstod inte riktigt då vad hon ville säga men det finns något i detta som blinkar till, drar i mitt innersta. Det är inte bara en badsemester, så mycket förstår jag, även om jag kan inte nå fram till vad det egentligen är. Det här måste Rain hjälpa mig med men hon verkar inte dyka upp idag. Möjligen förstod hon min hint om att jag ville vara för mig själv. Jag tar upp telefonen och skickar i stället ett kort svar till Adam.

Upptagen idag, kan ses i morgon kl 15./Alice

Jag får en ingivelse och skickar ytterligare ett till sms med adressen till det lilla caféet i kvarteret intill. Han kan gott masa sig dit, jag har noll lust att åka in till kontoret på en söndag när jag dessutom har semester. Det plingar direkt och jag får en tumme upp och ett kort *"Ses där kl 15"* som svar. Efter att ha röjt upp i köket och försett mig med en gigantisk balja latte, parkerar jag mig i soffan med fjärrkontrollen i ett stadigt grepp och siktet inställt på den senaste engelska kriminalserien. Jag får som jag vill, Rain syns inte till och min lördag är stilla och tyst.

***

Adam är redan på plats och har tagit ett bord i ett hörn, där vi kan sitta mer ostört. Han är inte ensam. Linnea är med honom och de sitter bredvid varandra, med huvudena lite för nära varandra för att bara prata jobb. Linnea snurrar en slinga av sitt glänsande hår runt ett finger och Adam stirrar som hypnotiserad på den långsamma rörelsen. När de får syn på mig, flyttar de isär och rättar till sina anletsdrag i ett försök att lite mer professionella ut. Jag låtsas som ingenting och slår mig ned.

"Schysst att du kunde komma, Alice", säger Adam och öppnar sin laptop. "Jag tog med Linnea, så att hon kommer upp på banan samtidigt." Han ler fåraktigt när han ser mina höjda ögonbryn och roade leende.

"Självklart. Vad är det du behöver hjälp med?"

Jag drar ned min otympliga kappa från axlarna och föser den bakåt över stolsryggen. En flyktig grimas passerar hans ansikte vid mina ord om att han behöver hjälp, ord som jag självklart valde för att nypa till honom lite grann. Än är han inte förlåten. Om inte Linnea varit här, skulle han säkert svarat något spydigt men nu sväljer han mitt lilla stick och ger mig en lista med frågetecken kring våra pågående projekt. Vi betar av dem punkt för punkt.

Det är inga komplicerade saker men jag förstår att han vill ha stenkoll. Linnea sitter mestadels tyst men jag ser att hon lyssnar noga, hon följer vårt samtal och gör noteringar i sin mobil. Vi fastnar i budgeten för vårt största projekt och både Adam och jag tystnar när vi funderar på lösningar.

"Vad lustigt", säger Linnea plötsligt. "Ni har samma ansiktsuttryck när ni grubblar."

Jag tittar upp på Adam som vilar hakan mot handens ovansida och har format munnen i en trutande grimas medan han tänker. Brukar jag göra så? Det får jag sluta med i så fall, det ser ganska dumt ut. Han kastar en kort blick på mig utan större intresse och fortsätter med ett förslag på hur vi kan fördela om pengarna. Ett bra förslag, dessutom. Linneas kommentar glöms bort när vi avrundar och försäkrar oss om att inget är glömt.

"Tack, Alice, nu har jag det jag behöver för att komma vidare."

"Ingen orsak, bara glad att kunna hjälpa till." Det är inte helt sant men även jag uppför mig lite extra väl. Linnea har en positiv effekt på oss båda.

"Ska du resa bort på din semester?" undrar Linnea.

Det har jag inte tänkt, snarare gräva ned mig i soffan hemma och titta på tv. Men de behöver inte veta hur patetisk min tillvaro är.

"Kanske det", svarar jag i stället. "Jag tittar på resmål, Karibien verkar spännande." Jag har inte haft en tanke på att åka dit men något var jag tvungen att dra till med.

"Åh, det låter fantastiskt", säger Linnea. "Bort från den trista vintern, vilken lyx." Hon är precis som sin mamma, uppmuntrande och positiv. Hennes genuina glädje får mig att känna mig lite mindre som en förlorare, en sådan som inte har någon att fira jul med.

I år heller.

30

Över tjugo timmars restid totalt var ett av mina motargument för att inte åka till Aruba. Ett annat var att det var för dyrt, för omständligt och att jag inte hade någon lust. Rain köpte genast idén att jag skulle resa bort över helgerna och brydde sig inte om mina motargument. För första gången blev vi nästan osams.

"Du gör ju aldrig någonting, sitter bara här och ugglar. Res bort för en gångs skull!" Jag ska inte påstå att hon skrek åt mig men hon höjde definitivt rösten. "Varför ska du sitta hemma och bara glo, du vet redan hur det blir."

Det hade hon rätt i. Med all säkerhet som alla andra jular på senare tid, ensam framför tv:n, någon promenad om det inte är dåligt väder och ett pliktskyldigt besök hos pappa, som inte ens vet vem jag är eller varför jag kommer. Inte särskilt upplyftande. Så jag gjorde som hon sa och nu sitter jag på planet.

Jag ser ut genom det lilla fönstret i kabinen och förlorar mig i den ständigt strålande solen ovan molnen. Det är välgörande att se den igen efter det konstanta gråmulna slasket vecka efter vecka hemma och det lyfter livsandarna lite. Jag är fortfarande irriterad över att ha blivit övertalad till något jag inte vill men nu är det bara att åka med tills vi är framme.

Efter den långa resan och tidsomställningen utöver det, vet jag knappt vad som är upp eller ned när jag äntligen kommer fram till hotellet, släpande på en väska som väger så mycket att man kan tro att jag ska emigrera. Det första som möter mig är en arg amerikansk kvinna som skriker åt mannen i receptionen att något är oacceptabelt och att hon vill ha pengarna tillbaka. Det börjar bra. Jag väntar vid sidan av, halvt dold av en stor växt och försöker se ut som om jag inte alls hör hennes gapande. Receptionistens tålamod imponerar, han verkar ta kvinnans utbrott med fattning. Till slut ger hon upp och lämnar receptionen med arga steg och hårda klackar mot stengolvet.

Mannen i receptionen välkomnar mig med ett stort leende och vi utbyter de nödvändiga fraserna och dokumenten, jag får min nyckel och en annan vänlig själ, en man som knappt når mig till axlarna, dyker upp och tar min väska för att baxa den uppför trappan. Stackarn. Han kan inte dölja ett och annat litet stön och jag får bita mig i tungan för att inte erbjuda mig att hjälpa till och råka förolämpa hans manlighet. Mitt rum är enkelt men rymligt och rent och har en stor terrass skuggad av djupgrönt bladverk från lågt hängande grenar som skapar en grön grotta utan insyn. Perfekt. Det finns verkligen inget att klaga på. Förutom att jag känner mig som en urvriden trasa. Med sex timmars tidsskillnad är det tidig kväll här men det är midnatt i min kropp. Jag är helt slut men bestämmer mig för att gå en sväng och försöka hålla mig vaken ett par timmar till.

****

Värmen är som en mjuk omfamning när jag kliver ut från hotellet och ser mig omkring. Luften är kryddig och fuktig, mörkret smyger sig på, röster och skratt blandas med musik och några enstaka hundskall. Ett bra byte mot den trista vintern hemma. I stället för att bara börja gå utan mål stannar jag upp och tar in omgivningen. En lång gågata sträcker sig i båda riktningarna, kantad med affärer och restauranger. Det är fullt med folk men ändå ingen trängsel. Mest familjer och par, jag verkar inte ha hamnat på någon partyort. Det livligaste jag kan se är små övertrötta barn som springer omkring och tjoar fast de egentligen borde gått och lagt sig för länge sedan.

Det borde jag med. Tröttheten svider i ögonen och gör mig yr. Kanske hjälper det med något att äta. Så fort jag börjar röra mig längs gatan blir jag påmind om varför jag ogärna förflyttar mig utanför min komfortzon. Jag hittar ingenstans, vet inte vart jag ska gå, har inte koll på vad som är vad, kort sagt är jag helt vilse. För mig är det som att vara den första som tar sig till Nordpolen medan jag i själva verket befinner mig på en högst väletablerad turistort. Det är ingen rim och reson i min reaktion men jag känner mig både otrygg och osäker, som om alla stirrar på mig och undrar hur jag hamnat här. Tanken på att slå mig ned ensam vid ett bord när alla andra sitter i sällskap får magen att knyta sig. Med en gnutta tur finns det kanske något korvkioskliknande där jag kan äta något på stående fot? Jag traskar längs gatan och spejar men ser bara serveringar fullsatta med människor så långt ögat når.

Nu river hungern i magen. Hur fånigt det än är kan jag inte förmå mig att gå in på någon restaurang. Räddningen kommer i form av en Seven Eleven, där jag går in och köper en identitetslös plastförpackad sandwich och en flaska vatten. Det känns som om den uttråkade expediten stirrar på mig som om jag är galen men naturligtvis bryr hon sig inte ett enda dugg om vad jag köper. Med min så kallade middag i handväskan går jag tillbaka till hotellet och ler ursäktande mot receptionisten, mumlar något om lång flygresa och behöva sova och skyndar till mitt rum där jag äntligen kan andas ut.

Det är precis det här som gör att jag inte vill ut och resa. Jag är en fyrkant som ska pressas ned i ett runt hål, jag passar inte in någonstans och blir fullständigt lamslagen av att försöka verka normal och obesvärad. Utanför mitt hemtama element kan ingen tro att jag till vardags är chef och kan fatta beslut, en fegis som inte ens vågar beställa mat på en restaurang. Jag förstår förstås att känslan av att vara i allas blickfång är helt orimlig. Förmodligen lägger ingen ens märke till mig. En medelålders vinterblek kvinna med hår som krusar sig i den fuktiga luften som enda kännetecken skapar knappast någon sensation vare sig här eller någon annanstans. Jag är lika osynlig som jag känner mig.

Den smaklösa smörgåsen fyller ut det skriande tomrummet i magen tillsammans med en påse nötter från minibaren där jag sitter på sängkanten och stirrar in i den avstängda tv:n. Tröttheten väller fram och jag låter mig falla bakåt, landar mjukt på kudden och sluter ögonen med en djup suck. Jag känner mig som den ensammaste människan i världen.

****

En lång natts sömn ställer det mesta till rätta. När jag vaknar har jag kommit i kapp både mig själv och världen utanför, i alla fall tillräckligt mycket för att börja utforska själva hotellet. Trots att det ligger mitt i centrum, är det lugnt och tyst. Hotellet är byggt runt en stor innergård, där en oregelbundet formad turkosblå pool omgärdas av palmer, prunkande buskar och vackra växter som jag inte vet namnet på. Solstolar med tjocka dynor står här och där och skuggas av vita parasoll. Inte en människa inom synhåll. Som om jag är långt ute i en regnskog i stället för mitt i staden, ett litet privat paradis. Det är helt oemotståndligt vackert. Här kan jag stanna hela tiden, jag behöver inte ens lämna hotellområdet. Vilken fullträff!

Men så lätt ska jag inte komma undan. Jag tvingar mig att lämna hotellet och ta sikte på stranden, som ska finnas alldeles i närheten. En väska packad med böcker, solkräm och vatten och mobilen som en livlina tillbaka till min egen värld hänger över axeln och jag beger mig i riktning mot havet. Den ensamma känslan från igår är som bortblåst, jag känner mig både fri och stark och utsövd. Jag ler mot människorna som passerar, med mina hörlurar i öronen för att inte missa Google Maps tålmodiga direktiv vart jag ska gå och vänliga tillrättavisanden när jag ändå svänger åt fel håll. Snart skymtar de glittrande vågorna mellan bländvita huskroppar och jag kan andas in doften av havet.

Stranden är kantad av barer och serveringar med solstolar och parasoll i långa rader. Den som ser mest lockande ut är en enklare servering, med en bar i trä, parasoller av bast och färgglada, smått slitna dynor. Det ser ganska opretentiöst ut, till skillnad från en klubb jag passerade tidigare, där det unga, vackra folket huserade och de dessutom tog hutlöst mycket betalt i inträde. Där skulle Tom trivas bland de löjligt dyra drinkarna, tjusiga tjejerna och den allt överröstande musiken. Den föraktfulla blicken från tjejen i kassan när jag gick förbi sa mer än väl att jag inte var välkommen. Jag blängde tillbaka men hon hade redan tappat intresset för min bleka gestalt. Strunt samma. Jag vill ändå inte vara där.

I stället slår jag mig ned på en knallblå dyna och lägger min väska under det lilla skamfilade träbordet som står lätt på sniskan med benen nedtryckta i sanden. Bordet ser ut att ha trillat ned här lite på måfå, ungefär som jag själv känner mig. Med en djup suck av välbehag lutar jag mig tillbaka och kan äntligen se ut över det efterlängtade havet. Vågorna rullar långsamt in mot strandkanten med sitt lugnande skvalpande och solstrålarna dansar lätt på tå över den turkosblå vattenytan. Det här är det vackraste jag vet. Vågornas stilla musik och de varma vindarna blir som balsam som sveper både över och genom mig. Jag blir sittande på stranden till långt in på eftermiddagen medan min kalla kropp och mitt frusna sinne sakta tinar upp.

***

Dagarna i Aruba flyter på i ett underbart och makligt tempo som bara avbryts av något enstaka kort sms från Adam och någon hälsning från Eva. Det tar mer än en vecka innan Rain dyker upp. En morgon ligger hon på en av solstolarna på min terrass när jag kommer upp igen efter frukosten. Hon påminner om en loj katt där hon sträckt ut sig och blundar mot det starka solljuset som får hennes hud att glimma och glänsa. En färgsprakande hellång solklänning och en vidbrättad hatt är hennes klädval för dagen, hon skulle smälta in perfekt i gatumiljön om någon annan än jag kunde se henne.

"Hej Alice", säger hon utan att öppna ögonen. "Hur har du det?"

Jag slår mig ned på solstolen bredvid henne och ställer kaffekoppen på golvet.

"Hej själv, så du har hittat hit." Jag säger det helt utan sarkasm, bara som ett konstaterande. Ljuden från gatan nedanför svävar upp till vår oas. Rasslet från metalljalusierna som dras upp när affärerna öppnar, butiksägare ropar åt varandra, en moped smattrar förbi, det kvittrande skrattet från några små barn som leker, kanske på väg till skolan. Ett litet samhälle som vaknar till en ny dag, en dag som jag får vara en del av. Luften är precis lagom varm innan solen står för högt. En våg av både melankoli och glädje i en märklig cocktail sveper igenom mig.

Tänk om det alltid kunde vara så här. Detta lugn, denna sinnesro, inget som ska göras, inget som kan glömmas. Jag skulle kunna stanna här, slår det mig. Det finns ingen hemma som väntar på mig och ingen som inte klarar sig utan mig. Kanske kan jag jobba på någon av de små barerna vid stranden? Eller i en affär? Bli badvakt? Är det detta som drömmarna velat visa mig?

"Det skulle du kunna om du vill", säger Rain, fortfarande utan att öppna ögonen. "Det finns inget som hindrar dig."

Det låter så sorgligt. Tänk att kunna flytta till andra sidan jordklotet och ingen bryr sig. Eva skulle nog tycka det var tråkigt om jag försvann men hon har fullt upp med sitt liv. Om jag är där eller inte gör ingen större skillnad för henne egentligen.

"Så du packade med dig offerkoftan också", säger Rain med en knivsudd skratt i rösten.

Jag blänger på henne, ibland är hon lite väl klämkäck. Allting är inte så enkelt som hon verkar tycka.

"Det är inte så svårt som du gör det heller, Alice." Hon sätter sig upp och ser mig rakt i ögonen med den lysande grå blicken som jag är så bekant med vid det här laget. Vad har hon nu på gång? "Men jag är inte här för att skälla på dig", fortsätter hon utan att jag hunnit säga något. "Jag har märkt att du fortsätter ditt ensamma ugglande och äter middag på hotellet varenda kväll. Så kan vi inte ha det."

Rain reser sig och går fram till räcket för att kika ned på gatan nedanför. Hennes genomskinliga gestalt smälter ihop med bladverket och grenarna som hänger ned över terrassen. Jag betraktar henne, denna märkliga varelse som kom från ingenstans, dyker upp närhelst hon vill och skjutsar mig i nya riktningar utan att jag begriper hur hon gör. Rain vänder på huvudet, ser på mig med ett roat småleende. Jag vet att hon läser mina tankar och rycker bara på axlarna.

"Ikväll klockan halv sju kommer det att knacka på din dörr. Det enda du behöver göra är att öppna så löser sig resten av sig själv."

Hon skrattar när hon ser min förbluffade min och med en nästan flirtig blinkning är hon borta.

31

Jag styrs som dragen av en magnet mot den soldränkta stranden även denna dag medan jag strosar genom gatorna, stannar upp vid någon butik, nyper i en blus, provar en hatt, vänder och vrider på en kruka. I stället för att stressa som ett jagat villebråd rör jag mig lite mer hemtamt och får några vänliga, igenkännande leenden här och där. När jag når stranden står bränner solen rakt uppifrån så jag slinker in i den skyddande skuggan under ett parasoll. Rains uppdykande har lättat de tunga tankarna som tog för mycket plats i mitt huvud, drivna av de svarta tanketrollen som ständigt lurar precis runt hörnet, beredda att ta udden av vilken glädje som helst. Hennes kommentar om offerkoftan var kanske i mesta laget, men jag vet att hon menar väl.

Vad hon menade med att det ska knacka på min dörr, det förstod jag däremot inte alls. Roomservice, antar jag och passar på att beställa en sallad som bärs ned till min plats under parasollet av en vänlig ung tjej med ett av de lyckligaste leenden jag någonsin sett. Det är omöjligt att inte le tillbaka och strax därpå kommer hon med en kopp kaffe som jag inte beställt.

"On the house", säger hon och tillägger att hon sett mig här varje dag och blir glad när hon ser att jag kommer tillbaka. Konkurrensen om gästerna är hård och att jag ständigt återvänder blir ett tecken på min uppskattning, inte på min bristande upptäckarlust. Jag trivs på den blå solstolen, att ligga i skuggan och betrakta den begränsade delen av omvärlden som går förbi längs strandkanten. De bleka som nyss kommit hit. De illrosa som också nyss kommit hit och inte smörjt in sig. Det vrider sig inom mig att se dem och veta hur ont det gör, hur det svider mot lakanet när man försöker sova i sin brinnande hud. De som varit här länge, för länge, med mörkbrun läderartad hud som ser tjock nog ut att göra en handväska av. Alla dessa par. Par som går hand i hand, trygga i sin tillhörighet, nya par och de som levt ihop i många år. Var träffades de? Hur har de lyckas hålla ihop? Är de lyckliga? Troligen inte.

Mest tycker jag om att titta på de hemlösa hundarna som dyker upp ganska ofta, de som inte heller har någon att komma hem till. Ajdå, där dök visst offerkoftan upp igen. Den får packas ned, den hör inte hemma här, det är inte ett dugg synd om mig.

Framåt eftermiddagen börjar det bli dags att dra mig hemåt, jag behöver en dusch och varför inte en liten siesta. Nu går jag en annan väg tillbaka och passerar en liten affär med damkläder som drar min uppmärksamhet till sig. Förutom offerkoftan har jag egentligen inte tagit med mig något särskilt i klädväg, mest toppar och shorts och ett par solklänningar. Nu får jag syn på en enkel svart hellång klänning i ett blankare tyg, elegant och stilren. Expediten är snabb att se en potentiell kund och vinkar in mig. För en gångs skull säger jag inte nej utan provar klänningen som faktiskt passar alldeles utmärkt. Jag vet inte när jag ska ha den men jag köper den i alla fall och får också med mig ett halsband med en stor silvermedaljong som vilar perfekt i urringningen. Mycket klädsamt till min blygsamma solbränna. Ett helt onödigt köp men nu är det gjort. Med påsen i handen går jag tillbaka till hotellet med lätta steg. En doft av rosor följer mig.

Efter en liten tupplur och en uppiggande dusch är jag på ovanligt bra humör och bestämmer mig för att prova den nyinköpta klänningen igen. Jag släpper ned den över huvudet, det mjuka tyget faller som en sval smekning över min kropp där värmen från eftermiddagens solande fortfarande dröjer sig kvar i huden. Klänningen är klädsamt skuren och trollar bort min putande mage så att det ser ut som om jag har en midja som kan anas under tyget.

Jag hänger på mig halsbandet också och fäster upp mina gråsprängda lockar i nacken med en klämma. Håret är för kort för att fångas upp helt och hållet så några lockar faller ur och hänger lite som de vill. Men det ser inte alltför illa ut. Det får duga, ett medvetet slarvigt rufs, nonchalant elegant, som om jag knappt ens tittat mig i spegeln. Vilken skillnad lite solbränna kan göra tänker jag och betraktar mitt ansikte i spegeln. Kanske har några rynkor slätats ut också, i alla fall ser jag mer avspänd ut än på länge.

Den mjuka rougeborsten sveper korallfärgat rouge över kinderna och det blir genast mer liv i ögonen. Några drag med mascaraborsten på det och vips tar ett levande ansikte form i stället för den vanliga gråmulna nunan. Inte alltför illa, Alice, tänker jag med en för mig ovanligt positiv ton. Jag tar ett steg tillbaka och snurrar runt så att klänningen virvlar kring mina ben, snavar på linningen och lyckas precis hejda fallet med en snabb hand på stolsryggen. Då knackar det på dörren.

Mannen från receptionen bugar sig lätt och sträcker fram en hopvikt lapp till mig. "Madame, this is a message for you. Have a nice evening." Han bugar igen när jag tackar och önskar honom detsamma. Lappen är vikt ett par gånger i skarpa veck, så där som när man drar med naglarna för att verkligen se till att den inte vecklar upp sig själv. Jag ser att det är hotellets brevpapper när jag läser meddelandet som är skrivet med en stark, självsäker handstil.

"I hope you don't find this too intrusive. If so, just throw this message away and accept my apologies. My name is Steve and I have noticed you every morning. My guess is that you, like me, travel alone. Would you appreciate some company? I know I would. May I invite you for a drink in the hotel bar tonight, at 7 pm? I will wait for you there. If you chose not to come, I understand and wish you a pleasant vacation. Sincerely, Steve L."

Jag frustar till av förvåning. Vad är nu detta? Vem har suttit och spionerat på mig från sitt hotellrum, så obehagligt! Jag läser meddelandet en gång till och slås av hur välformulerat och artigt det är, nästan lite gammaldags. Mamma hade älskat att få en sådan här inbjudan, för henne vore det rena drömmen. För mig däremot, det motsatta. Lappen prasslar när den knycklas ihop mellan mina fingrar och jag tar sikte på papperskorgen. Dumheter. Vem går på dejt med okända män på andra sidan jordklotet.

Mitt ansikte i spegeln blossar under solbrännan och ögonen glänser och jag inser att jag står färdigklädd och tillfixad, utan andra planer för kvällen än att gå min vanliga promenad i omgivningarna. Kanske ta något att dricka i någon av de små barerna som man kan slinka in i utan att det väcker någon större uppmärksamhet. Såvida jag inte skulle göra något så vansinnigt som att acceptera denna märkliga invit av en helt okänd man som kan ha vilka skumma avsikter som helst.

Jag hör Rain sucka även om jag inte ser henne.

"Hotellbaren, för guds skull. Vad kan rimligen hända där? Seså, masa dig i väg nu."

Nu inser jag att hon förmodligen har ett finger med i spelet här. Då känner jag mig tryggare. Hon skulle inte skicka ut mig på något riskabelt. Och hon har rätt, vad kan rimligen hända i en hotellbar. Nära hem är det också. En härligt hisnande känsla tar plats i maggropen och motar bort de nervösa ilningarna. Hjärtat får upp farten en aning och jag fylls av något jag inte känt på mycket länge. Ett pirr av förväntan.

***

Baren ligger på innergården inbäddad i grönskan intill poolen som nu är upplyst och skimrar som en blågrön juvel. Toner från mjuk pianomusik ligger som en skir slöja i luften, precis lagom högt för att höras men inte störa. Det är inga gäster i baren så när som på en person. Min mystiska man sitter och samtalar med bartendern med ryggen mot mig när jag kommer nedför trappan.

Till min förvåning är han inte alls klädd i kostym som jag fått för mig, kanske på grund av den formella tonen i hans meddelande. I stället bär han en krispigt vit skjorta i indisk bomull, blekt blå slitna jeans och sandaler, tack och lov utan strumpor. Hans något för långa blonda hår ser vindrufsigt ut och jag ser redan innan han vänder sig om att han är djupt solbränd. Bartendern säger något och nickar åt mitt håll. Han vänder sig om. Det är den snyggaste man jag någonsin sett. Han ser ut som en surfare från Kalifornien som för en kväll klätt upp sig för lite barhäng. Den typen som man vanligtvis hittar bland vågorna med musklerna spelandes under den solbrända huden. Herregud. Nu vill jag bara tvärvända och springa tillbaka upp på hotellrummet men jag tvingar mig att fortsätta framåt.

Hans breda leende och utsträckta hand tar emot mig när jag kommer fram. Hans hand är varm och stark och omsluter min några sekunder längre än vad en vanlig hälsning kräver. Tillsammans med den bruna blicken som ser mig onödigt djupt i ögonen får det mina kinder att hetta under solbrännan.

"Så glad jag är att du kom. Vill du slå dig ned?" Hans röst är också varm, ganska djup och med en leende underton. Hela hans framtoning påminner mig om Eva, samma okomplicerade och vänliga framtoning, samma utstrålning av livsglädje. Det är som att träffa någon jag redan är bekant med eller i alla fall känner igen. Nervositeten rinner av och ersätts av en känsla av välbehag som strömmar genom mina ådror, som varm honung och solsken.

Steve frågar vad jag vill dricka och jag kan inte komma på något annat än ett glas vitt vin, jag minns inte namnet på en enda drink. Bartendern ser lite besviken ut, kanske han spetsat in sig på att få briljera med sina mixologkunskaper. Men inte den här gången. Vi höjer våra glas mot varandra men avstår från att klinka ihop dem. Våra blickar möts över glaskanterna.

"Så trevligt med sällskap, jag reser mycket ensam och det kan bli långtråkigt emellanåt." Steve är vänlig och intresserad utan att vara det minsta flirtig. Hans förklaring till hur han lagt märke till mig känns okomplicerad och det blir enkelt för mig att slappna av ännu mer. Han verkar inte ha några andra avsikter än en pratstund och lite sällskap. Vanligtvis tycker jag inte om att vara i någons fokus men nu känns det behagligt att någon är nyfiken på mig, vem jag är och varför jag är här.

Steve verkar inte heller gilla det trista ytliga kallpratet, han ställer riktiga frågor och visar äkta intresse. Lutar sig lite närmare när jag talar men inte så nära att jag vill backa undan. Håller min blick i sig men stirrar inte på mig, rör någon gång helt lätt vid min hand men utan att vara påträngande. För en gångs skull känner jag mig trygg med att berätta det mesta av det som hänt. Om jobbet, om Toms elakheter, om Jens och att jag sagt upp mig och nu ska hitta ett nytt liv.

Jag berättar ingenting om min torftiga tillvaro i övrigt och förstås inte ett ord om Rain. Steve lyssnar utan att avbryta och beställer in mer vin medan jag fortsätter att prata på. När jag så småningom börjar fråga honom om hans liv, visar det sig att han har en bakgrund liknande min och länge har jobbat med marknadsföring på olika sätt. Travade runt i ekorrhjulet, jagade pengar och kunder tills han en dag slog bakut och bytte liv. Nu driver han en resort i den sydligaste delen av Mexico. Tillsammans med sin fru. De tar också hand om hundar som inte har någonstans att bo. Nu har de sju jyckar. Som sagt, många likheter med Eva. Han är här några dagar för att göra affärer men han säger inte på vilket sätt eller med vem. Det har inte jag med att göra hur som helst. Det lilla hugget av besvikelse som kniper till i hjärttrakten när han nämner att han är gift överraskar mig. Vad hade jag väntat mig? En färdig romans levererad till hotellrummet?

Mina mystiska drömmar gör sig påminda medan jag föreställer mig hans liv. Jag undrar vad han drömde om innan han vände upp och ned på sin tillvaro? Från marknadschef till surfbrädeuthyrare. När han visar mig bilderna på deras paradis på jorden, vid en lagun med kristallklart vatten som skiftar i alla blå nyanser som finns kan jag inte hejda en längtansfylld suck.

"Det ser ut som en dröm, inte svårt att förstå att ni gjorde det valet."

"Det är en dröm. Ibland en mardröm. Mycket jobb och lite pengar." Steve ser allvarligare ut en stund, tillräckligt länge för att jag ska förstå att det inte bara är sol och bad i hans tillvaro. Men det varar bara en kort stund, han verkar skaka av sig de tankarna och kallar till sig bartendern och ger honom sitt kort. "Vill du ta en promenad, hitta någonstans att äta middag?" Han sveper in mig i sitt stora leende igen. "Om du inte har andra planer?"

Jag försöker inte ens låtsas att jag är upptagen utan skakar bara på huvudet.

"Inga andra planer, middag låter jättetrevligt."

Bartendern gör tummen upp när vi reser oss. Vad han fått för sig kan jag bara gissa men jag hoppas att han ser att vi går därifrån och inte upp till något hotellrum.

Medan vi suttit i baren har det kommit en rejäl störtskur utan att vi märkt det. Gatorna blänker våta, stora pölar har bildats där gatstenarna sjunkit lite och butikernas belysning speglas i vattnet. Barnfamiljerna har börjat dra sig hemåt och kvällen är tillfälligt lugnare medan de går hem och innan andra akten turister kommer ut. Jag är mycket medveten om att vi ser ut som ett par där vi går, varför skulle någon tro något annat. Tanken både tilltalar och stör mig, men han är inte min, blott lånad, för att sno lite från Hjalmar Gullberg. Krångla inte till det så, säger jag till mig själv. Bara låt det vara precis vad det är. En trevlig man, sällskap till middagen, någon att prata med. Det är mycket nog och bra så. Utan honom hade jag förmodligen gått och lagt mig vid det här laget.

Jag skickar en tacksam tanke till Rain och ser för mitt inre hur hon nickar och ler, mycket nöjd med sig själv och sitt påhitt. Inte för att jag förstår hur hon lyckats med detta även om jag är övertygad om att det är hennes förtjänst att jag nu går här tillsammans med denna mycket trevliga och sanslöst snygga man. Och gifta, ska tilläggas.

Steve pekar på en restaurang som jag gått förbi varje kväll men inte vågat mig in på. Vi slår oss ned vid ett bord intill gågatan. Den ljumma kvällsbrisen fläktar bort den fuktiga värmen som dunstar upp från de våta gatstenarna.

Vi betraktar folklivet som passerar framför vårt bord, människor på semester, avspända och solbrända, medan vi äter vår middag. Mina räkor smälter mot gommen i den vitlöksstinna oljan och jag bryr mig inte om att den sätter sig i min andedräkt. Det här är inte den sortens dejt. Resten av middagen pratar vi om tillvaron i största allmänhet. Steve och hans fru träffades senare i livet och ingen av dem har barn. Jag bryr mig inte om att berätta hur det ligger till för min del och han frågar inte heller. Jag får en välbehövlig paus från tankarna på mitt barn och det finns ingen anledning att dra hela historien för en tillfällig bekant. I stället passar jag på att njuta av hans sällskap, trygg i förvissningen om att det bara är det här, denna stund. Ingen av oss förväntar sig eller vill ha något mer.

Natten har sänkt sig och himlen är strösslad med miljarder stjärnor mot den oändliga bakgrunden. Klockan är säkert inte lika mycket som jag tror men jag är trött och en gäspning tränger sig fram.

"Vi kanske ska tänka på att gå hemåt", säger jag och hoppas att det inte låter som en invit. Steve nickar och protesterar inte när jag insisterar på att dela på notan. Han kanske är lika trött som jag, angelägen om att gå hem. Tillbaka på hotellet hämtar vi våra nycklar och receptionisten ler onödigt brett när han ser oss. Jag vet nog vad han tror och tar ett steg åt sidan för att markera att här är minsann ingenting på gång. Tack och lov har vi våra rum i varsin ände av hotellet och behöver inte hamna i den prekära situationen att säga god natt utanför någons dörr.

"Tack för ditt fantastiska sällskap ikväll", säger Steve. "Det var precis lika trevligt som jag hoppades att det skulle vara." Det finns något slutgiltigt i hans tonfall som gör att jag helt kommer av mig och inte vågar föreslå en gemensam frukost i morgon bitti som jag tänkt göra. Egentligen är frukost en stund på dagen som jag helst tillbringar själv med nyheterna i mobilen och en bra bok. Fast Steves sällskap hade jag gärna gjort plats för. Men det kommer inte att bli aktuellt, det är tydligt utan att han behöver säga mer. Steve ser på mig med kisande ögon, som om han försöker bedöma något.

Mitt hjärta hickar till när han plötsligt drar in mig i en kram, hans varma armar runt min rygg och för en flyktig sekund låter jag mig vara nära, omslutas av värmen och känna hans hjärtslag innan jag kliver ur omfamningen och tillbaka till tryggheten. Han sluter sin hand runt min med en mjuk tryckning. Utan ett ord talar han om för mig att han förstår. Exakt vad det är han förstår är lite oklart men budskapet är ändå tydligt. Vi säger god natt och försvinner åt varsitt håll, var och en till sin säng.

***

Jag är ovanligt tidig till frukosten nästa morgon. Personalen vet vad jag vill ha och kommer med både den härliga juicen och en stor kopp latte innan jag hinner be om det. Jag sneglar mig omkring, tittar efter Steve men han syns inte till. Det börjar bli varmt och jag börjar bli otålig. Slutet på min semester närmar sig och jag vill göra det mesta av dagarna som är kvar. Jag skulle gärna bara byta några ord med honom i alla fall.

Tacka för en trevlig kväll. När en timme gått och han fortfarande inte synts till går jag förbi receptionen för att höra om han redan checkat ut. Kanske kan jag lämna ett meddelande åtminstone, en hälsning och tack för igår. Men mannen i receptionen ser ut som ett frågetecken när jag frågar efter Steve. Ingen med hans namn finns registrerad som gäst på hotellet.

"Du såg oss väl när vi kom tillbaka igår kväll?" frågar jag receptionisten som uppenbarligen jobbar både sena kvällar och tidiga morgnar. Han ser tveksamt på mig och skakar på huvudet.

"Jag såg bara er, madame. Ni kom ensam tillbaka."

Jag blir full i skratt. Steve verkar ha gått upp i rök. Fanns han ens på riktigt? Kvar står jag med minnet av en mycket trevlig kväll med en mycket trevlig man. Uppenbarligen är jag skyldig Rain ett tack.

Jag kliver ut till en ny dag med ett stort leende.

32

Det är total rundgång i mina tankar de sista semesterdagarna och jag blir inte ett dugg klokare kring vad jag ska göra av min framtid. Det enda jag vet är att jag längtar hem, även om jag inte riktigt vet till vad. Jag har försökt leva mig in i livet i Aruba men hur mycket jag än älskar det här, så kan jag inte se mig själv här i långa loppet. Det är för långt från allt som är hemtamt, för långt från den Alice jag varit i hela mitt liv. Det är nog lättare att göra en förändring i tillvaron om man är två som driver samma dröm. Dubbelt så mycket framåtanda, fyra händer och två plånböcker. Och någon att hålla i handen när det inte går som man tänkt sig.

Jag kan inte minnas ett enda reportage om någon medelålders kvinna med magert bankkonto som gjort en storslagen helomvändning i tillvaron. Tvärtom finns det alltid en stöttande bättre hälft som tar hand om räkningarna och hejar på i bakgrunden. Och så säger man att pengar inte kan köpa lycka. Det håller jag inte alls med om. Nog skulle jag bli lyckligare i ett fantastiskt hus vid havet. Mina tankar driver omkring den sista kvällen på stranden där jag andas in atmosfären och njuter av den varma kvällssolen mot min nu ganska bruna hud. Jag blir kvar till sent på kvällen, insvept i de varma vindarna, suger i mig vågornas lugnande brus så att det ska räcka hela vägen hem.

***

På hemvägen är det mellanlandning i Tyskland. Jag har några timmar att fördriva, inte tillräckligt för att hinna lämna flygplatsen men länge nog för att bli uttråkad. Semesterkänslan sitter kvar i kroppen och jag styr mot en bar där jag sjunker ned i en nedsutten skinnfåtölj med en kopp kaffe och en nyinköpt bok.

"Alice?" När jag tittar upp står Anna och Charlotte där, två tidigare kollegor från en annan reklambyrå. Vi jobbade länge tätt tillsammans men gick skilda vägar när byrån köptes upp av ett stort amerikanskt bolag och tappade kontakten, så där som man gör även om man säger att man måste fortsätta ses. De ser lika framgångsrika och energiska ut som jag minns dem. Stora leenden, snygga kostymer, höga klackar och dyra väskor.

"Av alla ställen att stöta ihop på", säger Anna och skrattar. "Hur är det med dig? Får vi slå oss ned?

"Självklart, vad roligt att se er", säger jag och inser att jag faktiskt menar det. "Vart är ni på väg?"

"Vi ska på minikonferens i Madrid", säger Charlotte när de sätter sig i soffan mittemot och ställer sina glas på bordet mellan oss.

"Vi håller på och starta eget, bara vi två", fyller Anna i. "Det är precis i startgroparna."

De behöver ingen övertalning för att berätta om sina planer på att starta en senior konsultverksamhet med fokus på rådgivning och strategi. Jag skrattar åt deras bubblande entusiasm. Det är så tydligt att de vet vad de vill och vart de är på väg. De har alltid varit mer målfokuserade än jag, mer säljartyper med en stor portion jävlar anamma som deras främsta bränsle. Det förvånar mig inte alls att de nu ska bygga upp en egen verksamhet. Jag motar bort den fula avundsjukan som kikar fram.

"Men du då, Alice, vad händer i ditt liv? Jag hörde att ni fått Tom Ahdel som vd, hu. Förlåt att jag säger det men han är ingen trevlig människa." Anna ser nyfiket på mig. Hon undrar förstås hur den kommentaren landar.

"Det kan jag bara hålla med om." Jag sippar på mitt kaffe för att vinna tid. Ska jag säga som det är eller låtsas som ingenting? Jag väljer det första alternativet, jag känner de här kvinnorna och vet att vi står för samma värderingar. "Faktum är att jag har sagt upp mig, det blev ohållbart att jobba för honom."

Båda två tar upp en spontan liten applåd som får några av de andra gästerna att vrida på huvudet åt vårt håll men de tappar snabbt intresset när det inte händer så mycket mer.

"Bra där, Alice", säger Charlotte. Hon och Anna utväxlar ett snabbt ögonkast, en ordlös kommunikation av det där slaget som man har när man är väl sammansvetsade efter många med- och motgångar tillsammans. Jag tycker mig se en nästan omärklig nick från Anna innan Charlotte tar till orda igen.

"Och vad ska du göra nu? Har du något nytt på gång?"

Jag skakar på huvudet samtidigt som en liten gnista vaknar någonstans i solar plexusområdet.

"Nej, ingenting. Jag har tagit en timeout för att fundera över nästa steg."

De behöver inte veta att jag funderar över hela livet, det är inte ett ämne att avhandla på en flygplatsbar i Tyskland.

"Ska vi ta en lunch och prata om möjligheter när vi kommer hem?" säger Anna. "Tänk om du skulle hänga på oss, vi har pratat om att ta in ytterligare en senior konsult."

Hennes ord överrumplar mig fullständigt. Det blir ett oväntat steg från att snurra runt i mina egna tankar som inte leder någon vart till att plötsligt ställas inför en möjlighet, eller i alla fall ett embryo till en möjlighet. En stark pust av rosendoft kickar till mig och jag hör mig själv säga att det låter spännande, klart vi ska prata mer om det. Allas mobiler åker fram och innan jag vet ordet av har vi bokat in ett möte om några veckor, när vi alla har landat på hemmaplan igen.

***

Jag har rest i över tjugofem timmar och de sista femton minuterna på tunnelbanan hem känns oändliga. Jag hamnar naturligtvis i eftermiddagsrusningen och blir inpackad bland påpälsade vintertrötta människor med tomma ansikten och blickarna fastklistrade i sina mobiler. Där står jag med min solbränna och enorma väska, antingen som ett hånskratt eller en inspiration för dem som inget hellre vill än komma bort från vardagen.

En dämpad ringsignal hörs svagt från djupet av min handväska men jag låter den vara, jag är snart hemma och avskyr ändå att prata i telefon på tunnelbanan. Det välbekanta pipet från mobilsvaret låter mig veta att någon har envisats med att tala in ett meddelande i stället för att skicka sms. Att folk inte kan sluta med det.

Väl hemma, efter att ha släpat väskan uppför de tre trapporna utan hiss, dunsar jag ned i soffan och sluter ögonen en stund. Jag har inte sovit på ett dygn, förutom någon enstaka timme på flyget och är helt slut. Jag rotar i blindo runt i väskan efter mobilen för att kolla vem det var som ringde. Det visar sig vara från pappas äldreboende, som ber mig ringa upp. Det får bli senare, nu behöver jag sova.

Men det blir inte många minuters sömn innan det ringer igen och väcker mig ur min post semestersömn. Ett trött ögonkast på mobilen visar att det är pappas boende som ringer än en gång. Jag får föreståndaren Lars vänliga röst i örat, han talar lugnt och långsamt, som om jag också är lite bortkommen i tillvaron. Och det har han inte helt fel i. Men det han berättar nu rycker mig snabbt tillbaka till verkligheten.

Pappa är borta. Han har somnat in, stilla och utan ens vakna från eftermiddagens tupplur. Hans liv tog slut medan jag funderade på hur jag ska fortsätta med mitt, utan att någon av oss ägnade varandra en tanke. Jag lyssnar på Lars vänliga röst och lugna påpekanden att det blir en del att ta tag i som faller på mig, att det inte är någon brådska just idag, det kan vänta några dagar. Han frågar om jag vill komma dit och ta farväl av pappa. Det vill jag inte, jag vill inte säga adjö till den sista jag har kvar. Ändå säger jag ja och snart sitter jag i en taxi som kör mig genom de iskalla vintervindarna. Det är lika mörkt utanför som inuti mig. Stadens ljus flimrar förbi medan jag stirrar ut genom bilrutan och försöker hitta någon känsla någonstans inom mig, någon reaktion. Allt jag finner är ett ekande tomrum där dammråttorna sedan länge ligger glömda i hörnen.

***

De är förstås vana vid avsked på boendet. Lars är där och tar emot mig med lugn och värme, en hand på min axel, låg och lugnande röst medan han varsamt slussar mig förbi de övriga gamlingarna till pappas rum. Han går före och öppnar dörren innan han tar ett steg åt sidan och tyst låter mig gå förbi in i halvdunklet. Mitt hjärta klappar våldsamt, som om jag sprungit hela vägen hit.

Rummet är märkligt tyst och jag ser pappa direkt där han ligger i sin säng i halvdunklet. Någon har lagt en svart virkad schalliknande pläd över täcket, en ganska anskrämlig historia som inte alls passar ihop med pappa. Ett ensamt stearinljus sprider ett stilla sken, en illusion av värme till det livlösa rummet.

"Säg till om du behöver något." Lars drar fram en stol till mig innan han lämnar oss ensamma. Jag skulle kunna ge honom en lång lista på sådant jag behöver, men inget av det kan han ge mig. En mjuk doft av rosor i rummet berättar för mig att Rain är här även om jag inte ser henne. Den hårda trästolen gnager mot baksidan av låren, sömnlösheten ligger tung i kroppen. Vad är det meningen att jag ska känna nu? Sorg över en pappa jag aldrig riktigt haft och egentligen förlorat för länge sedan? Det finns inga kramar att sakna, inga förtroliga samtal som inte längre kommer att ske, inga äventyr kvar att uppleva tillsammans. Något sådant hade inte vi, inget av det

Ska jag känna lättnad över att hans lidande är över? Vad jag vet led han inte den sista tiden, det verkade inte så i alla fall. Han var alltid lugn och stillsam, inte ångestriden som några av de andra här är. Inga plågade skrik, inga förvirrade gråtattacker. Tack och lov för det. Jag sträcker försiktigt ut min hand och rör vid hans kind, för första gången i mitt liv. Huden är kall och sträv av skäggstubb under mina fingertoppar. Det är som att röra vid en docka, livlös och så tydligt bara ett tomt skal nu. Där finns ingen kvar längre. Han är någon annanstans eller så är han bara borta. Vad vet man?

En annan slags sorg kommer över mig, en ömsint sorg och medkänsla över pappas totala oförmåga att visa värme och kärlek. Jag vet vilken ensamhet det skapade hos mig. Kanske var ensamheten inom honom oändligt mycket större? För mitt inre ser jag hur en spänd sträng mjuknar och ger efter, ger upp, bleknar bort. Det är över nu. Ett lugn av ett nytt slag sänker sig över mig, lugnet som finns i kraften att förlåta, både mig själv och honom för att vi inte räckte till mer än vi gjorde.

Jag har ingen aning om hur länge jag blir sittande. Det tar emot att resa mig, gå därifrån, att släppa taget om det sista av min familj. Nu är det bara jag kvar, nu är jag verkligen ensam. En svag rörelse i ögonvrån tar sig förbi mina tunga tankar och får mig att lyfta blicken. Vid sängens fotända skymtar Rain som en skimrande dimma, knappt synlig men ändå tydlig med sitt budskap.

Ensam är jag inte.

33

Januari kastar oss alla mellan hopp och förtvivlan, som alltid. Ena dagen värmer solen och snödropparna sticker kaxigt upp orädda små huvuden ur gräsmattorna och kikar nyfiket på världen omkring sig. Nästa dag kommer två decimeter snö som snabbt förvandlas till ett tjockt lager is och det blir livsfarligt att förflytta sig. Jag behöver inte ta mig hemifrån särskilt ofta som tur är. Förutom förstås till pappas begravning. Den lilla kyrkan utanför stan som jag valt skulle ha legat i en grönskande omgivning om det varit sommar. Nu stod träden kala och svarta runt den vitputsade byggnaden, som i givakt, tysta och högtidliga. Lite strama och stela. Ganska passande.

Kyrkan var liten, ändå var det glest med gäster under ceremonin. Jag satt ensam på bänken längst fram, den sista spillran av släkten. Sluta tänka på dig själv på det där negativa sättet, sa Rain till mig några kvällar tidigare. Du är ingen spillra, eller någon överbliven rest, du är en fullkomlig person av egen kraft. Jag blev så paff av uppsträckningen att jag bara nickade och höll med. Nu påminde jag mig själv om hennes ord medan jag diskret såg mig omkring. De övriga gästerna i kyrkan var troligen hans bekanta från olika jobbsammanhang, det fanns ingen jag kände igen. De gav mig tysta nickar och vänliga blickar, de gissade sig väl till vem jag var. Den kvinnliga prästen var sträv och stram på gränsen till sträng. Det skulle pappa ha uppskattat. Inget gullegull och inget tjafs, skulle han ha sagt om han hade haft några synpunkter på sin begravning. Men det hade han inte. I alla fall inga som jag kände till.

Jag lät prästen bestämma vilka psalmer som skulle spelas och det blev både värdigt och högtidligt, kanske en aning opersonligt på köpet. Men på det sättet slapp jag avslöja att jag inte kände min pappa särskilt väl. Framför allt visste jag inte vad han skulle fördragit för musik. Tack vare hennes hjälp blev det en stilfull och osentimental stund och jag grät bara lite grann, tillräckligt mycket för att inte verka känslokall men inte så mycket att det blev besvärande för omgivningen.

Förutom i den stund jag lade min blomma på hans kista. Då steg en djup och svallande sorg upp någonstans långt inifrån, en sorg över en på så många sätt förlorad far och tårarna sköljde över mina kinder. När jag lade ned blomman på kistlocket, en enda vit ros, kändes det som ett tydligt avslut. Nu fanns det verkligen ingenting mer att göra, säga eller hoppas på. Den enda vägen härifrån är framåt och att fortsätta med mitt liv.

***

Min sista tid på jobbet går åt till att trimma in Adam i rollen som kreativ chef, något som visar sig bli oväntat underhållande. Nu när han släppt sin arroganta attityd är han faktiskt riktigt trevlig och dessutom ganska rolig. Vi har samma slags humor och kan skratta rejält rått åt våra egna skämt när vi sitter tillsammans och försöker komma på olika strålande idéer till våra kunder eller reda ut administrativt trassel. Framför allt driver jag rätt hårt med honom och hans nyvunna chefsroll, en kostym som han själv nu inser är ett par nummer för stor.

"Be careful what you wish for", säger jag triumferande
när vi sitter med personalfrågor och går igenom allt från löner,
utvecklingsplaner och andra utmaningar som hör till hans nya
roll. Adam stönar när han inser hur mycket administration
som hänger ihop med chefstiteln.

"Vad hände med det roliga kreativa jobbet? Det här är ju
en massa trist tjafs i stället", klagar han. "Folk som säger upp
sig, missnöjda med lönen, inte levererar, kommer för sent varje
dag. Vad är det för gäng du anställt egentligen?"

Jag ignorerar den passningen och ler brett.

"Bara att kavla upp armarna, unge man. Och du har
förstås din vapendragare Tom till hjälp." Det undgår mig inte
att Adam gör en liten grimas när jag nämner Tom. Minsann.
Trubbel i paradiset redan? Min kommentar får passera och vi
låtsas som ingenting i ett tyst samförstånd.

Tom har helt tappat intresset för att terrorisera mig så den
sista tiden på jobbet blir oväntat behaglig. Det känns roligt igen
och i korta stunder ångrar jag nästan att jag sa upp mig. Men
det roliga är bara på ytan och i långa loppet är jag färdig med
det här företaget. Linnea hänger med mig och Adam så gott
som hela tiden och nu försöker ingen av dem låtsas något
annat än att de är ett par.

Adam ser på henne som om hon vore gjord av guld och
missar inte ett tillfälle att stryka henne över handen eller håret
och Linnea tar emot hans beundran med sina varma blickar
och leenden. De går omkring som i en egen skimrande bubbla
och sprider skön energi omkring sig som smittar av sig på alla
andra. Deras glädje färgar av sig och det är fler leenden och
mer skratt på kontoret än på länge. Framför allt nu när alla vet
att de får behålla sina jobb ett tag till. Så synd att Jens inte fick
vara med om detta.

Linnea har fått jobb på en annan byrå och ska börja där om ett par veckor. Hon berättar det för mig under en av de få stunder vi inte har Adam hängande i hasorna.

"Det är jätteroligt och jättehemskt på samma gång. Jag vill helst vara kvar här", säger hon med ett tonfall som lyckas landa mitt emellan klagande och glädje.

"Dumheter", svarar jag. "Klart du ska jobba någon annanstans, det är inte bra för någon att ni är ett par här i långa loppet. Framför allt inte som Adam skulle bli din chef."

"Det är sant, klart att du har rätt i det." Hon trutar som en liten flicka med sina fulländade läppar. "Vi kommer att ses i alla fall. En hel del. Vi har pratat om att flytta ihop."

"Redan? Ni har bara känt varandra i några veckor?" Jag höjer mina ögonbryn för att markera vad jag tycker om den idén. "Är det så klokt?"

"Jag vet. Men det känns rätt." Hon fyrar av ett strålande leende av en kaliber som skulle kunna smälta ett isberg. Och vem är jag att ha några åsikter om hennes livsval. Jag är inte hennes mamma. Inte hans heller.

***

Semestern och dagarna med Adam har fyllt på ny energi som jag tar med mig till mötet med Anna och Charlotta. Rain har surrat omkring mig hela förmiddagen, full av förtjusning över denna möjlighet som uppenbarat sig.

"Jag kunde inte tänkt ut det bättre själv", säger hon, för dagen klädd i någon slags variant av kostym, kanske i ett försök att inspirera mitt klädval. "Det är perfekt för dig, seniora kvinnor i stället för en massa osnutna småpojkar, det är ju strålande!" Hon sveper ut med händerna och trollar fram en bild av något som ser ut som en scen, med några talare som bugar åt höger och vänster till ljudet av applåder och busvisslingar från en stor publik. En av talarna är misstänkt lik mig.

"Nu tar du väl i ändå", säger jag medan jag försöker få ordning på håret. Det är som vanligt slöseri med tid.

"Varför då", svarar Rain. "Sikta högt, vem säger att du inte kan stå på en scen? Jag kan ge henne hur många argument som helst till att det inte är en bra idé. Att jag är en usel talare är bara ett av dem, men den diskussionen kommer jag ändå inte att vinna. Det är trevligt att hon har sådan tilltro till min förmåga. Men att få upp mig på en scen är gränsen för vad hon kan åstadkomma.

Anna och Charlotta tar emot mig med öppna armar när vi träffas i deras nya lokal i city. De har precis målat om och lukten av färg hänger kvar i luften bland flyttkartongerna och den färgfläckade pappen på golvet. Deras glada leenden lyser upp det luftiga, ljusa rummet där ljuset flödar in från stora nyputsade fönster.

"Vi är verkligen precis i startgroparna som du ser", säger Anna. "Men en kaffemaskin har vi, det är det viktigaste." De har dragit fram några fällstolar i plast som vi sätter oss på med en flyttkartong som ett något instabilt bord till våra kaffekoppar.

"Jaha, berätta mer", säger jag och ser på mina tidigare kollegor. De var ett radarpar redan på den tiden och jag förstår att de valt att bygga något tillsammans. "Hur ser er vision ut med den här verksamheten?"

Med den tryckningen på startknappen kommer de i gång att berätta om sina planer. De är så ivriga att de påminner om Piff och Puff och det är lätt att ryckas med av deras smittande entusiasm när de likt en ping-pongmatch bollar replikerna emellan sig och fyller i varandras meningar. Anna gestikulerar mycket, skrattar ofta och pratar högt medan Charlotta balanserar det med att vara mer lågmäld, lugn och som ett ankare åt Annas högtflygande planer. Att de båda vill detta och har bestämt sig för att lyckas, det är det inget tvivel om.

"Vad tycker du, Alice? Är det här en resa du kan tänka dig att kliva på?"

Anna ser nyfiket på mig och ger mig plats att komma till tals. Men jag vet inte vad jag vill. På ytan är det lätt att vilja vara med i leken, att sätta sig på kälken högst upp i pulkabacken och tjoande kasta sig utför, se upp i backen, tusen hål i nacken, här kommer vi! Men därunder bråkar tveksamheten och lägger hinder i vägen som får mig att stanna upp.

Jag lockas av det välbekanta och insikten att jag skulle göra ett bra jobb och den frestande tanken att jobba tillsammans med två kvinnor jag trivs väldigt bra med. Men jag hittar inte riktigt drivet inom mig, just det välbekanta är det jag värjer mig för. Vill jag inte egentligen göra något helt annat? Charlotta ser min tvekan och lägger en hand på min arm.

"Det är mycket på en gång och allt är inte på plats ännu. Fundera på det, Alice. "

Jag ler tacksamt. Vi kommer överens om att höras igen om ett par veckor.

<h1 style="text-align:center">34</h1>

Evas 50-årsfest kommer lägligt. Vintern har växlat mellan slask och is i flera veckor som om det aldrig mer kommer att bli sommar. En fest kan sätta lite glans på tillvaron, det tycker till och med jag. Av inbjudningskortet förstod jag att det blir en större tillställning, eftersom hon hyrt en festlokal. Praktiskt nog i mina trakter så jag har gångavstånd hem. Även om jag vanligtvis inte är någon större vän av fester, så trivs jag med Eva och hennes familj och kan nog klara en kväll i större skala. Och klänningen från Aruba kan komma till användning igen, med en skinnjacka eller kavaj över så att jag inte fryser ihjäl.

Hon har avböjt presenter men det örat lyssnade jag inte på utan har skaffat henne ett presentkort till ett spa som jag hört ska vara väldigt vilsamt. Det är inte särskilt originellt men hon kan behöva en minisemester. Det är väl allmänt känt att alla föräldrar behöver egentid, inte minst hon med sin stora familj. Hon kommer inte att få möjlighet att säga nej, jag tänker smyga ned presentkortet i hennes väska när hon inte ser.

Det blåser ishavsvindar när jag sladdar längs den isfläckade trottoaren på väg till festen. Blåsten får tårarna att rinna och mascaran med den. Jag svär en lång och innerlig ramsa över allt vad vinter heter, denna avskyvärda årstid. Humöret sjunker till samma låga nivå som temperaturen och jag vill bara vända och gå hem igen.

Men väl framme i värmen känns det lite bättre och jag smiter in på toaletten innan någon hinner se mig för att sätta på mig ansiktet igen, duttar bort mascarafläckarna under ögonen, bättrar på läppglansen. Sorlet från gästerna når mig genom den stängda dörren. Det knyter sig i magen vid tanken på att gå ut i mängden av människor som jag inte känner och prata om ingenting. Eva verkar ha bjudit halva stan och det är ett myller av festklädda människor, höga skratt, glittrande örhängen och förföriska parfymer som möter mig när jag går ut i lokalen med ett påklistrat leende.

Eva klämmer sig mellan alla kroppar och kommer mot mig med ett lyckligt leende som om jag är hennes mest efterlängtade gäst. Hennes glädje att se mig tinar upp den sista mentala istappen, hon har en härlig förmåga att få allt att kännas lite bättre. En kram och grattis innan hon dras i väg av andra gäster och försvinner bort bland ballonger och girlanger. Jag står vilsen kvar och velar åt vilket håll jag ska gå när Linnea dyker upp från ingenstans med Adam i släptåg. De räddar mig från att stå som ett borttappat fån utan någon att prata med.

Adam verkar lite frånvarande. Han ser både trött och bekymrad ut, jag hoppas att det inte är något problem mellan honom och Linnea. Vi plogar oss genom väggen av gäster fram till baren, där människor skriker i öronen på varandra medan de förser sig av plockmaten. Jag skruvar upp mungiporna i en imitation av ett leende samtidigt som energin snabbt rinner ur mig. Det här är inte min bästa gren. Musiken är så hög att jag har svårt att höra vad som sägs så jag nickar bara i takt med rösterna och hoppas att det träffar någorlunda rätt. Adam har sin arm runt Linneas midja och hon lutar sitt huvud lätt mot honom och plockar lite osynligt damm från hans skjorta. Det ser ut att vara helt okej mellan dem. Vad det än är som oroar Adam verkar det inte ha med deras relation att göra.

"Ni behöver inte underhålla mig", skriker jag efter ett tag nära Linneas öra. "Stick och dansa, ungdomar." De skrattar vänligt åt mig men det dröjer inte många sekunder förrän de försvinner bort mot dansgolvet, och jag ser deras huvuden studsa i takt till musiken. Plötsligt lägger någon en hand på min arm och en röst säger hej nära örat. Där står en man som jag först inte kan placera även om han ser bekant ut. Han fångar upp min förundrade min och skrattar lite.

"Är du nöjd med kristallkronan?" Polletten trillar ned och jag ler mot Andreas från antikvitetsaffären.

"Absolut, den lyfter hela lägenheten. Mitt bästa köp någonsin." Jag ger honom en frågande blick. "Hur känner du Eva?"

"Det gör jag inte", svarar han. "Jag har en vän som känner henne och han bjöd med mig. Förargligt nog blev han tvungen att åka härifrån helt oväntat. Så jag bestämde mig för att stanna kvar. Låter det konstigt?"

"Gå själv på en fest hos någon du inte känner?" skrattar jag. "Ja, det låter lite märkligt."

"Som du säkert redan gissat drar jag mig inte för att tränga mig på i alla möjliga sammanhang." Han flinar menande och jag kan inte låta bli att le tillbaka.

"Man får tydligen passa sig så man inte får dig på halsen", drar jag till med och ångrar mig i samma sekund som orden slinker ur mig. Så dumt sagt! Men Andreas skrattar bara.

"Precis. Se upp, jag kan dyka upp bakom vilket hörn som helst. Och jag vet ju var du bor."

Hans kommentar hade i vanliga fall fått mig att dra öronen åt mig. Men han verkar harmlös och dessutom är han den enda jag är bekant med inom räckhåll. Det är skönt att få sällskap av någon som verkar nöjd med att stå på samma fläck och prata hellre än att flänga runt. Vi blir kvar i baren och kvällen flyter på mellan talen, skålarna och skrattsalvorna. Andreas försöker få upp mig på dansgolvet utan att lyckas men blir själv ivägsläpad av en framfusig kvinna med vinblanka ögon och rosiga kinder som tränger sig fram och bjuder upp. Han ger mig ett skrämt leende när hon drar i väg med honom i ett stadigt grepp men dyker snart upp igen.

"Jag lyckades ta mig loss", säger han med en min av låtsad förfäran som knappt kan dölja hans nöjda flin.

Andreas finns i min närhet största delen av kvällen. Det är skönt att ha någon att prata med och slippa mingla runt som ett vilsekommet får. Han är bra på att munhuggas och får mig att skratta, det är rätt ingredienser för att jag ska ha en trevlig kväll. Trots att några av våra skämt balanserar på kanten till tvetydighet finns det ingen riktigt gnista mellan oss, det känns mer som att vi är gamla bekanta som båda har klivit in på fel fest och nu håller varandra i handen tills det är dags att gå hem.

Efter en stund blir jag medveten om att sorlet har dämpats och musiken är lugnare. Folk har börjat troppa av och snart är vi bara ett tiotal personer kvar. Andreas säger att det är dags för honom också att dra sig tillbaka och vi säger hej då. Ingen antydan till att fråga om kvällen ska fortsätta och ingen av oss säger något om att ses igen.

***

"Min innersta krets", utropar Eva och föser ihop oss mot en soffgrupp i mitten av rummet. "Kom så får vi umgås lite extra!" Evas man hämtar nya glas och ett par vinflaskor bakom baren. Linnea och Adam sätter sig i soffan med mig och jag noterar att Adam ser ännu mer slirig ut, minst sagt. Det ska han få höra, tänker jag belåtet. Kanske blev det lite för mycket av både det ena och det andra, han såg ju dessutom sliten ut redan när de kom.

"Vilken underbar kväll", säger en kvinna som visar sig vara en av Evas alla kusiner.

"Och vilken underbar familj du har", säger någon annan.

"Inte så konstigt, med tanke på hur underbar du är", hänger Evas man på och adderar ett tredje underbart till listan. "Världens bästa fru och mamma." Han ger henne en stor puss på kinden och drar henne intill sig.

"Underbart", mumlar jag sarkastiskt för mig själv.

"En sådan mamma skulle man haft", säger Adam plötsligt intill mig. Eller sluddrar snarare, han ser trött ut och halvligger i soffan, lutad mot Linnea med mig som stöttepelare på sin andra sida. Hans vanligtvis välfriserade uppenbarelse är en aning tilltufsad och ögonlocken hänger tunga över hans ofokuserade blick. Linnea himlar med ögonen mot mig och ser besvärad ut. Den ilskna blick jag ger honom misstolkar han som intresse för vad han har att berätta och lutar sig konspiratoriskt och en aning vingligt närmare mig.

"Min morsa stack när jag föddes."

Hans avsikt är säkert att viska fast det blir mer som ett morrande rakt in i mitt öra. Åh herregud, säg inte att han ska dra någon snyfthistoria nu om sin trasiga uppväxt. Linnea puttar till hans axel i ett försök att få tyst på honom men han är för rusig för att fånga piken. Alla andra är upptagna med sina samtal och skratten avlöser varandra. Ingen annan än jag verkar lägga märke till Adams något yviga uppenbarelse. Det är tydligt att han är på väg till sin egen lilla jämmerdal med så många som möjligt som åhörare. Det avslutet vill vi inte ha på Evas fina kväll, så jag gör tecken åt Linnea att ta honom med sig och följa efter mig. Hon lyckas få honom på fötter och vi forslar honom med gemensamma krafter till ett par stadiga fåtöljer i ett hörn utom hör- och synhåll från de andra.

"Gå tillbaka till din mamma", säger jag. "Jag håller koll på Adam, jag är ändå hans chef några dagar till."

"Jag sa till honom att inte dricka så mycket. Han har knappt sovit på hela veckan för hans farfar är på sjukhus och han är så orolig för honom!" Hon stampar med foten i golvet som ett litet ilsket barn.

"Det kan hända den bäste", slätar jag över. "Gå tillbaka till födelsedagsfirarna så försöker jag få i honom lite vatten eller kaffe i bästa fall." Adam försöker fästa blicken på mig med klent resultat. Jag ställer ett vattenglas på bordet framför oss och tittar strängt på honom. Han verkar än en gång tolka min uppmärksamhet som ett tecken på att jag är synnerligen intresserad av hans historia.

"Har aldrig träffat henne, hon försvann när jag föddes." Han tar ännu en klunk vin ur glaset han lyckades få med sig. Jag antar att han fortfarande pratar om sin försvunna mamma.

"Adam, drick vatten i stället, du behöver nyktra till lite", försöker jag men han lyssnar förstås inte.

"Jag fick växa upp hos farmor och farfar, pappa…" Här avbryts sluddret av en rejäl hickning som närapå får honom att trilla ur fåtöljen. "Pappa var bara sexton år." En ny hickning, ännu högre. "Kunde inte ta hand om en unge själv." Han tar en till klunk vin. "Mamma bara stack. Och nu håller farfar på att dö."

Jag stirrar på honom. Något börjar dunka i mitt bakhuvud. Pulserande, ödesmättade dunkningar. Olycksbådande steg som kommer närmare. Steg från någon som stått i kulisserna och väntat på att göra entré, den mystiska gästen i en pjäs jag inte ens visste att jag tittade på. Utan förvarning ekar Linneas kommentar hur lika vi såg ut i mitt huvud. Plötsligt hör jag ingenting annat, det är som om en ljudisolerad bubbla omkring oss stänger ute alla ljud. Musiken och de andras prat och skratt är borta. Allt är tyst utom vi. Adam ställer ned det tomma glaset med en smäll som får luften att vibrera. Jag sitter blickstilla. Det känns som om världen ska rämna om jag gör den minsta rörelse. Jag håller andan och ändå känner tränger en intensiv doft av rosor igenom allting.

"Finns det nåt mer vin eller, Alice, kan du fixa…" Han ser bedjande på mig med glansiga rödsprängda ögon, det ser ut som om han gråtit. Jag skakar på huvudet.

"Du ska inte ha mer vin. Adam, lyssna på mig. Var växte du upp någonstans? Jag nyper tag i hans underarm för att få hans fokus. Och jag nyper hårt.

"Aj, vad fan, Alice. Sluta nypas."

"Var. Växte. Du. Upp." Jag trycker in varje ord i huvudet på honom för att tränga igenom alkoholdimmorna. Han försöker blänga på mig men ser inte särskilt skrämmande ut. Jag nyper till än en gång.

När han säger namnet på orten där jag bodde som tonåring tänds tusen tomtebloss i min hjärna. Det sprakar och gnistrar i mitt huvud och framför mina ögon, hela mitt synfält flimrar. Tungan blir till en förstenad klump, hjärtat rusar så fort att jag inte får fatt i mina andetag, de blir så ytliga att jag inte får luft.

Något vaknar till liv utan att jag kan stoppa det, ett gammalt troll som sovit under en sten i hundratals år, som nu börjar röra på sig, skakar av sig mossan och reser sig med ett dovt mullrande. Med mina händer på Adams knän för att få stöd ställer jag frågan jag redan vet svaret på medan rosendoften nästan bedövar mig.

"Adam, vad heter din pappa?"

35

Jag lämnar festen och Adam med en torftig ursäkt att jag plötsligt inte mår riktigt bra och skyller på för lite sömn och för mycket vin. Det är en lögn, jag är fullständigt kristallklar och samtidigt står det helt still i huvudet. Någon har plockat ur min hjärna och ersatt den med klistrig sockervadd där alla försök till vettiga tankar fastnar i kletet. Ljudet från mina obekväma klackskor ekar längs den folktomma trottoaren där jag går som en enmansarmé med taktfasta steg. Hem. Jag vill bara hem. Rain möter mig redan utanför porten, jag ser hennes självlysande gestalt på avstånd, hon står i sin tunna klänning och barfota mitt i vinternatten. Det har aldrig hänt förut att hon visat sig utomhus. Gissningsvis är det som hänt ikväll överkurs till och med för henne.

"Åh Alice, jag är så ledsen, det var inte meningen att det skulle gå till på det här sättet." Hon ser bekymrad ut och cirklar runt mig uppför trappan och in i lägenheten. Som en osalig ande, skulle man kunna säga. "Det måste kännas förfärligt att få veta på det här sättet." Nu förstår jag att Rain naturligtvis har vetat om vem Adam är hela tiden. Även om jag i min avtrubbade tankeverksamhet inser att det här hände utanför hennes kontroll är jag alldeles för upprörd för att förhålla mig till något annat än mig själv just nu. Jag ignorerar henne medan jag sammanbitet går igenom min kvällsrutin. Av med sminket, serumdroppar och fuktighetskräm, en annan kräm runt ögonen, tandtråd, fluor och eltandborsten, varje moment utförs minutiöst med en robotlik precision. Ansiktet som möter mig i spegeln är slitet och uttryckslöst, huvudet går fortfarande på tomgång och maggropen är krampaktig och sammansnörd. Rain vankar fram och tillbaka utanför badrummet. Hon hinner inte undan när jag går rakt igenom henne till sovrummet. Utan ett ord stänger jag dörren mitt framför hennes näsa. Inte för att det kan hålla henne borta men hon förstår budskapet och lämnar mig ifred. Jag vill inte höra ett ord till ikväll och tack och lov överfaller mig sömnen innan jag ens hunnit blunda.

Drömmarna som driver mig genom natten är helt annorlunda än min sinnesstämning. De är vilda och vackra och sprakar av färg och energi som ett fyrverkeri i kubik. Återigen flyger jag, nu full av kraft, med ett jubelskri rakt upp i luften, glidflyger genom molnen och i stora svepande svängar över marken nedan. Ett hisnande störtdyk och en tvärvändning upp igen, jag har full kontroll och smälter ihop med luften och vinden. Nu vet jag vart jag ska där jag svävar över skimrande blå oceaner och guldgula stränder i stora svepande cirklar genom den varma vinden. Glädjefyllda röster når mig någonstans ifrån. "Kom hit, kom till oss, du hör ihop med oss", ropar några vinkande gestalter på stranden nedanför. "Kom, Alice!" "Kom hit, skynda dig!" Jag samlar mig i en jublande uppåtstigande spiral, med samma kraft som en rymdraket rakt upp mot himlen och den bländande solen. Högst upp i luften exploderar jag i ett lycksaligt regn av gnistor som faller över och sugs in i blodomloppet på människorna som väntar på mig nedanför samtidigt som deras ord slår igenom allting annat. "Du hör ihop med oss."

****

På söndagsmorgonen känner jag mig som en helt ny människa. Inte bara utsövd utan fylld av en helt ny känsla. Min hjärna känns blänkande ren och fräsch, som om den är genomspolad med porlande kristallklart vatten från en fjällbäck, gnistrande kall och klar. Det trötta, tunga motståndet mot att ta mig an en ny dag som så länge varit en ständig följeslagare har ersatts av en helt annan energi. Jag ska inte påstå att jag studsar upp ur sängen eller att jag är fylld av framtidstro. Det kommer nog aldrig att hända. Men mina steg är fjäderlätta när jag går ut i vardagsrummet på ett fullständigt strålande humör.

"God morgon." Som en repris på vårt första möte sitter Rain på samma plats i soffan som då, i samma klänning dessutom. En blek vintersol lyser på hennes gestalt och sveper in henne i en gyllene nyans. Hon ser ut som en ängel. Vilket hon faktiskt också är, på sätt och vis. Tror jag, i alla fall.

"Hej Rain. Förlåt att jag var otrevlig mot dig igår." Jag sätter mig bredvid henne i soffan och försöker klappa henne på handen fast jag vet att det inte går. Min hand klappar lite tafatt på soffytget i stället.

"Tänk inte på det, det gör ingenting alls. Jag förstår att du var upprörd." Hennes röst klingar som toner från en harpa och luften runt henne glittrar i solljuset. Jag andas in lugnet hon utstrålar och sluter ögonen en stund. "Nu har vi en hel del att prata om. Hur mår du?"

Hur mår jag? Jag behöver verkligen tänka efter så jag går ut i köket för att fixa dagens första kopp kaffe. Mjölkskummarens välbekanta surrande lägger sig som en mjuk påminnelse om verkligheten och blir något för de röriga tankarna att hålla sig till medan de far hit och dit. Att känna mig som en ny människa är en sak, men hur känns det egentligen? Är det bara någon slags speedat tillstånd där allting slagit över eller är jag glad på riktigt? Och framför allt, hur känns det att Adam är min son?

"Jag mår bra, det känns fantastiskt." Det är mitt första svar även om det inte är hela sanningen. "Självklart är det helt otroligt att Adam är min son. Och komplicerat. Just nu vet jag inte ens hur jag ska börja tänka, vilken tråd jag ska rycka i först. Men det känns bra ändå."

Rain nickar och ser mycket nöjd ut.

"Det var mycket insiktsfull av dig, Alice." Hon tystnar och verkar vänta på att jag ska säga något mer. Så jag tar till orda igen.

"Vad ska Adam tycka? Vi har precis börjat fungera ihop från att ha varit fiender. Har han letat efter sin mamma, frågat efter henne? Eller bara struntat i det? Hur ska jag närma mig honom? Att han inte är helt nöjd med att hon försvann, det framgick ju igår." Det är bara början på alla frågor som lastas på varandra ju mer jag tänker. Det är omöjligt att se vilken jag ska ta tag i först. Som ett Jengaspel fast med livet som insats. Tar jag fel kloss faller tillvaron samman med dunder och brak. Och inte bara min tillvaro. Vi är fler i den här röran.

"Du ska inte säga något alls till honom nu", säger Rain och låter ovanligt bestämd. "Har du, och han också för den delen, väntat så här länge behöver detta inte lösas från en dag till en annan. Ha tillit, Alice, du kommer att se hur du ska göra."

Det är tur att vi har en så stabil plattform av förtroende mellan oss att jag inte ifrågasätter Rains råd, hur gärna jag än vill. Vanligtvis föredrar jag att skynda mycket långsamt men det här är något så livsomvälvande att mina vanliga cirklar är rubbade. Nu vill jag rusa framåt, rakt in i den härliga känslan att det kommer att bli något väldigt bra av detta. Men tänk om jag har fel. Det kanske inte blir ett dugg härligt. Det kan blir det rakt motsatta, ett avslöjande som kastar omkull tillvaron på sätt som ingen frågat efter eller önskat sig. Tänk om jag blir både avvisad och avskydd. Att vänta är nog det bästa jag kan göra nu.

***

Ingen förväntar sig att jag ska komma in till kontoret efter helgen men inte ens en hel hjord vilda hästar kan hålla mig borta. Det är min sista vecka och jag vill inte missa en minut av möjligheten att träffa Adam. Vem vet hur det blir med det framöver? Rain höll ett långt förmaningstal för mig på morgonen och hotade att låsa in mig i badrummet om jag så mycket som tänkte på att andas en enda stavelse till Adam. Hon får mitt allra heligaste löfte att jag ska hålla tyst och jag ger mig i väg till jobbet.

Jag studsar längs gatorna och far in på kontoret som en levande discokula och hälsar glatt till höger och vänster. Maja stirrar på mig som om jag blivit galen. Hon måste tro att jag är överlycklig över att lämna den här arbetsplatsen och det får jag bjuda på. Det är inte helt fel heller. Adam sitter längre bort i lokalen vid ett av skrivborden, hängande med huvudet som en halvvissen tulpan. Mina fötter går dit utan att fråga mig vad jag vill.

"Hej Adam, hur är läget?" Jag klappar mig själv på axeln för mina utmärkta skådespelartalanger, min röst låter precis som vanligt. Adam tittar upp helt hastigt och släpper ifrån sig en suck full av vånda. Han ser luggsliten ut, de mörka skuggorna under ögonen skvallrar om att han fortfarande inte sovit ordentligt.

"Alltså, fan förlåt Alice, jag bar mig åt som en idiot i lördags. Tack för att du satte stopp för mig."

Jag ler så strålande att det förvånar mig att han inte tar på sig ett par solglasögon. Men han ser verkligen ser ledsen ut så jag tonar ned min glädjefyllda framtoning lite grann.

"Ingen fara, Adam. Vi har alla gjort bort oss emellanåt. Men du ser lite låg ut, har det hänt något mer?"

"Jag berättade att farfar är sjuk, eller hur? Det ser riktigt illa ut nu, jag ska till sjukhuset, jag måste sticka på en gång." Han stänger av datorn medan han pratar, lägger ned den i väskan och går snabbt mot receptionen. Jag får småspringa för att hinna med.

"Självklart, ta den tid du behöver. Vill du att jag ska följa med?" Det slinker ur mig innan jag hinner tänka mig för. Om Rain vore här skulle hon sparka mig på smalbenen. Adam ser förvånat på mig.

"Det är lugnt, tack. Pappa är här så vi gör sällskap dit." I samma sekund rundar vi hörnet till receptionen. Där står Björn.

***

Skulle vi känt igen varandra om vi mötts på gatan? Kanske, kanske inte. Det har ändå gått över trettio år sedan vi sågs senast och mycket vatten har flutit under broarna efter det. Hans ljusa lockar har ersatts av en kal blänkande skalle och hårbortfallet kompenseras av ett välansat skägg. Jag minns svagt hans ögon som snälla och det är de fortfarande. Snälla och lite sorgsna, just idag i alla fall. Han har vuxit till sig, blivit längre än jag minns, mer bredaxlad och betydligt mer välklädd. Med välputsade skor trots snöslask på gatorna. Vad han tänker när han ser mig har jag ingen aning om. Adam presenterar oss i förbifarten medan han sträcker sig efter sin rock. Numer utan kaffefläckar.

"Pappa, det här är Alice, min chef. Alice, min pappa Björn." Han rabblar snabbt våra namn och kränger på sig rocken så fort att kragen viks inåt utan att han märker det. Jag motstår impulsen att sträcka ut min hand i en omtänksam gest och rätta till det åt honom. I stället sträcker jag handen till Björn och vi stirrar på varandra. Det är en nästan utomkroppslig upplevelse av att stå vid sidan av mig själv och titta på, tiden går i slowmotion och rusar fram på en och samma gång. Björns ögon smalnar en aning när han tar min hand och hälsar, han ser forskande på mig. Anar han något? Letar han efter minnesbilder av en femtonårig flicka som han kände en gång för länge sedan? Kommer han ihåg en fest med katastrofala konsekvenser?

Adam är otålig att komma i väg till sin farfar och puttar till Björn med armbågen. Jag vet inte om han ens noterar vad som händer mellan oss, det verkar inte fånga hans intresse. Min blick ligger klistrad mot deras ryggtavlor och dras ut som ett gummiband när de hastar nedför trappen. Just innan de försvinner utom synhåll ser sig Björn ännu en gång över axeln och ett frågetecken blir hängande i luften mellan oss.

Kvar står jag och stirrar efter dessa två män som oväntat brakat rakt in i mitt liv. Två män som jag hör ihop med och ändå inte. En enda sak vet jag. Vad som än händer härnäst blir ingenting sig likt igen.

36

När jag ringer Eva och frågar om jag får hänga med på hennes dagliga hundpromenad har jag inga andra avsikter än att komma bort från stan och ut i friska luften. Solen strålar när vi lastar in hela högen med hundar i hennes rymliga bil och kör ut mot skogarna. Vägen blir allt smalare och slingrigare, på sina ställen går det knappt att mötas om det kommer en annan bil. Och det gör det förstås, Eva blir tvungen att köra med däcken balanserande på dikeskanten och jag håller mig krampaktigt i instrumentbrädan, livrädd att vi ska välta och tumla ned i diket med människor och hundar i en enda röra. Men vi klarar oss och är snart framme vid målet, en lerig parkeringsplats i ingenstans, där olika stigar leder in i skogen. Jag har mina mest oömma skor men upptäcker snabbt att inte ens de är direkt lämpade att klafsa runt i leran med.

På Evas uppmaning har jag har letat fram en gammal termos och fyllt med kaffe, hon har med sig nybakade bullar som hon utlovade. När bakar människan, mitt i natten? Det är tveksamt om det är så njutbart att sitta utomhus, vinden är kylig trots solskenet. Jag drar upp blixtlåset i jackan ända upp under hakan så att snålblåsten inte når in. Med överlyckliga hundar i alla färger och storlekar störtande före oss tar vi oss fram längs en slinga i skogen, hundarna far åt alla håll och kanter, inte minst lilla Trollet som viftade extra glatt på svansen när han fick syn på mig. Kanske mindes han mina trosor med glädje, den lilla odågan. Jag försöker hålla jämna steg med Eva som är mer terränggående och inte snubblar över rötter och halkar på halvmultnade löv lika mycket som jag gör.

Efter några kilometer som får fart på både puls och andning kommer vi fram till en glänta nere vid vattnet. Här finns både bänkar och vindskydd och solen ligger på. Vi slår oss ned och får en rejäl försmak av våren med solen som värmer kinderna och fågelkvittret från alla håll. Jag kan till och med dra ned blixtlåset och släppa ut lite överskottsvärme. Doften från kaffe och kanelbullar fyller näsborrarna och jag låter bli att tänka på att det är lika långt att gå tillbaka.

"Underbart, eller hur" säger Eva med en njutningsfull suck. Hon lossar solglasögonen från håret och svär över en hårslinga som trasslat fast innan hon sträcker ut benen och vänder ansiktet mot solen. "Hur har du haft det?"

Det var ett tag sedan vi pratade i lugn och ro, så jag berättar om semestern men nämner inte den mystiska Steve. Honom vill jag hålla för mig själv. Däremot berättar jag om mötet med Anna och Charlotta och deras erbjudande om att hänga på deras nystartade verksamhet.

"Det låter spännande", säger Eva. "Vad tänker du om det?"

"Jag är kluven", svarar jag. "Det är lockande att jobba med dem, det är en roll jag kan och vet att jag är bra på. Och ett seniort sammanhang, inte minst. Jag skulle slippa alla snorungar." Det skrattar vi åt innan jag fortsätter.

"Samtidigt är det just det, att det är samma sak. Egentligen vill jag göra något nytt men jag vet inte vad."

"Det är knepigt när man inte vet vad man vill", säger Eva krasst. "Vad tror du om att jobba med dem ett tag och fundera vidare på vad du ska göra när du blir stor? Du behöver väl en inkomst, antar jag." Det har hon rätt i, även om mitt blygsamma sparkapital köper mig tid att fundera ett tag till. Men jag nickar och håller med.

"Det är sant. Och det behöver inte vara för alltid heller." Som så ofta när jag pratar med Eva löser tanketrassel upp sig och lösningarna syns tydligare än de gör när jag funderar på egen hand. Hennes "hur svårt kan det vara-synsätt" smittar av sig. Världen ser enklare ut genom hennes ögon.

"Du är senior, klart du ska kliva fram och ta plats. Inte krusa sådana som Tom och Adam längre."

"Nej precis. Det skulle kännas bra." Jag tuggar i mig det sista av kanelbullen utan att låtsas om de bedjande hundögonen som omringar oss. En rejäl klunk av kaffet som nu är ljummet sköljer ned smulorna. Jag tar ett kort andetag, tar sats, hinner inte hejda mig.

"Förresten. Adam är min son."

Jag vet inte hur det slinker ur mig, det bara händer. Först säger ingen av oss någonting. Jag sneglar på Eva som sitter och blundar mot solen, lutad mot vindskyddets vägg. Efter någon sekund dyker en frågande rynka upp mellan hennes ögonbryn och hon skjuter upp solglasögonen i pannan igen.

"Vaaa?"

Hon drar ut på det lite grann, som om hon inte riktigt hört mig. Jag är förstummad, tungan har låst sig och läpparna känns hoplimmade.

"Jag förstår inte, vad menar du?" Hon ser med rätta mycket förbryllad ut. "Han kommer att klara sig utmärkt, även om han får svettas lite i sin nya roll, ifall det är det du oroar dig för?" Nu vänder hon huvudet mot mig, lite på sned medan hon väntar på mitt svar. Jag sväljer hårt, som om jag kunde ta tillbaka det jag sa, trycka tillbaka orden i halsen, göra så att de aldrig blivit sagda. Men det är för sent. Jag tycker mig se Rain himla med ögonen men hon är inte här och jag får klara mig själv.

"Nej, jag menar det jag sa. Han är min son."

Eva sätter sig upp, rätar på ryggen och vänder sig helt mot mig. Hon har skrynklat ihop ansiktet och ser riktigt bekymrad ut. Hennes blick skannar mitt ansikte, kanske letar hon efter tecken på en stroke? Eller allmän sinnesförvirring?

"Vad i hela friden är det du säger, Alice? Nu hänger jag inte med alls?"

Solen börjar blekna och det blir riktigt kyligt innan jag är klar med min berättelse. Vissa saker får jag ta om mer än en gång, jag snörvlar och gråter flera gånger och gör slut på alla Evas pappersnäsdukar medan jag trasslar mig igenom hela den eländiga historien. Hon avbryter mig inte, ställer bara någon enstaka fråga när hon inte hör vad jag säger genom hulkningarna. Hennes ögon fylls av medlidande när hon hör hur mina föräldrar hanterade situationen och hur de förhöll sig till mig. Men hon säger ingenting och det är jag tacksam för. Hundarna gnäller av uttråkning men hon hyssjar dem och låser hela sin uppmärksamhet till mig. Jag avrundar alltihop med att Björn dök upp på kontoret och att Adam förstås inte vet någonting och så är vi framme i nuet.

"Det är nog det mest sanslösa jag någonsin hört, Alice." Eva tittar på mig och bara gapar. "Jag vet inte vad jag ska säga!"

Hon ser på mig med uppspärrade ögon och skakar på huvudet. Så flyger hon upp från bänken med sådan fart att hundarna börjar skälla som tokar och fåglarna flyr i panik från träden omkring oss.

"Det är fantastiskt!!! Nu blir vi en familj på riktigt!" Så typiskt Eva. Inget dömande, inget anklagande. Bara en enda stor välkomnande välvilja. Jag blir så lättad att jag börjar gråta igen.

Medan jag är helt slut har min storslagna nyhet gett Eva massor med ny energi. Hon studsar över stock och sten tillbaka mot bilen och det är nästan så att inte ens hundarna hänger med. Mig ska vi inte tala om. Jag får be henne vänta flera gånger där jag stapplar efter som en gammal tant. Det hinner bli mörkt innan vi kommer fram till bilen och jag är i tysthet tacksam att vi inte går vilse och behöver övernatta i den kalla skogen. Eva verkar ha knycklat till sina känslospröt som annars är så lyhörda för känslostämningar. Hennes entusiasm svämmar över när hon målar upp det ena härliga scenariot efter det andra för vår nya storfamilj. Min brist på respons verkar gå henne förbi.

Jag vänder bort huvudet och ser genom fönstret hur vi närmar oss civilisationen, den täta mörka barrskogen glesas ut och ersätts av lyktstolpar, busshållplatser och hus som ligger utspridda intill åkrarna. Här och där finns andra levande varelser inom synhåll, någon väntar på en buss, en ensam häst i en hage.

"Ta det lite lugnt är du snäll." Jag lägger min hand lätt på hennes arm för att bromsa hennes ordflöde och entusiastiska uppmålande av våra storslagna framtida familjemiddagar. "Du glömmer bort en sak. Adam vet ingenting om detta än. Och inte Björn heller." Mellangärdet vrider sig flera varv vid tanken på vad som ligger framför mig. "Det är inte säkert att mitt uppdykande är en glad överraskning."

"Du har rätt, förlåt, jag går alldeles för fort fram." Vi passerar hennes avfart och hon svänger i stället den stora bilen in mot city. "Jag skjutsar dig hem, jag tror vi behöver prata lite till." Vi använder de sista minuterna av resan till att spekulera i hur Adam kommer att ta emot budskapet att han äntligen fått en mamma vid trettiotre års ålder. Som dessutom råkar vara hans chef, åtminstone några dagar till.

"Men hur känner du i allt detta?" Evas vanliga lyhördhet är tillbaka och hon slänger en snabb blick på mig, någon sekund för länge i mitt tycke. Jag föredrar att hon håller koll på trafiken. "Du har mycket på tallriken nu, både detta och jobbet."

"Det är svårt att svara på, jag ser bara frågetecken vart jag än tittar." Adam är inget barn och jag har ingen aning hur han kommer att reagera, om och när han får veta att jag är hans mamma. Jag har ingen aning om hur jag ska lägga upp detta, det är ingenting man bara klämmer ur sig i förbifarten. Kanske hinner han inte tillbaka till kontoret innan jag slutar, det är bara några dagar kvar nu. En diffus aning säger att han inte kommer att ge mig en positiv reaktion. Efter att ha fastnat vid varje rödljus och segat oss fram i eftermiddagstrafiken är vi framme på min gata. Eva svänger in i en lucka nära min port men låter motorn vara på, ett tecken på att vi inte ska bli sittande särskilt länge. Det förstår jag, hon har nog lagt mer än dubbelt så mycket tid på mig denna eftermiddag än hon tänkt göra. Hon lägger sin hand över min och kramar den lätt. Hennes ögon är fulla av omtanke.

"Oavsett hur det går och vad han än säger finns jag här som din vän. Det här ändrar ingenting. Och jag säger ingenting till någon."

Hon drar med fingrarna över munnen i en gest som jag tolkar som att hennes läppar är förseglade. Jag kramar hennes hand tillbaka med ett halvkvävt tack samtidigt som jag trycker upp den tunga bildörren. Nu hoppas jag innerligt att Rain är hemma, här behövs goda råd.

37

De sista dagarna på byrån har jag visserligen saker att göra men långt ifrån lika fullt upp som vanligt. Det har funnits tid att vanka av och an på kontoret och vara i vägen för folk som har jobb att sköta och ingen tid att underhålla mig. Tom missade förstås inte tillfället att ge mig en spydig kommentar. Kunde jag inte hitta något att sysselsätta mig med var det fritt fram att gå hem. "Du är i princip inte anställd här längre", som han felaktigt påpekade eftersom det är några dagar kvar tills jag slutar. Den mannen har verkligen gjort det till sin livsuppgift att hugga folk i ryggen.

Efter att jag sa upp mig har han annars knappt tittat åt mitt håll och förskonat mig från sin uppmärksamhet, som en bortskämd unge som tröttnat på sin favoritleksak. Jag är inte längre en spelpjäs i hans planer, han kan inte använda mig till någonting och det är väl inte ens roligt att sparka på mig längre. Vad han gör i stället eller vem han utsett till sitt nästa offer har jag ingen aning om och jag bryr mig inte heller. Bara han inte ger sig på Adam.

Adam. Min son Adam. Jag smakar på orden. De känns lika välbekanta och bekväma i munnen som en näve grus. Adam som kallade mig surkärring där på gatan vid vår första sammanstötning. Med viss rätta kan jag tycka nu från mitt mer förlåtande perspektiv. Adam som helt kaxigt sa att han skulle ta mitt jobb. Det var inte en person eller attityd som jag uppskattade då, snarare tvärtom. Det är inte så länge sedan med ett livs mått mätt men det känns som en evighet passerat mellan vår första kollision på gatan och den konfrontation som troligtvis väntar oss inom kort. Nu ser jag honom med helt andra ögon och i tankarna skalar jag av den unga arroganta projektledaren lager för lager för att se vem mannen under ytan är. En man som vuxit upp utan sin mamma, i tron att hon valde att överge honom. Uppfostrad av sina farföräldrar. Vilka spår sätter det hos en liten pojke? Ingenting positivt i alla fall, det är jag ganska säker på.

Vårt samtal på festen ekar återigen i mitt huvud, den djupa besvikelsen som färgade hans röst när han berättade att hans mamma bara stack. Visserligen var han rätt berusad där vi satt i hörnet, tryggt utom hörhåll för alla andra men det gick inte att ta miste på att det fanns äkta smärta bakom orden. Kanske är det också det som genom åren varit byggstenarna i hans arroganta attityd, som ett sätt att skydda sig? Jag är verkligen ingen psykolog men det är lätt tänka att den som blivit sviken skyddar sig genom ett hårt skal att gömma sig bakom. Av egen erfarenhet vet jag att den metoden fungerar, i alla fall en tid tills något omvälvande händer. Som att det dyker upp en skyddsängel i ens vardagsrum till exempel. Eller att man får veta att en kollega i själva verket är ens son. Eller något annat i ungefär samma stil, tänker jag torrt för mig själv, lätt förvånad över allt häpnadsväckande som hänt mig på senare tid. Var tog min lugna förutsägbara tillvaro vägen?

Linneas kommentar att Adam och jag har samma ansiktsuttryck kommer tillbaka till mig. Det gör mig både stolt och oväntat varm om hjärtat att det finns en likhet mellan oss som andra kan se. Kanske är det den enda likheten, men den finns där. Vad det nu var, ett sätt att rynka pannan eller något man gör med munnen när man funderar, jag kommer inte ihåg vad hon såg men jag är glad att hon sa det. Nu har det fått en helt annan betydelse. Den Adam jag sett på senare tid, när han kan slappna av i vetskapen om att han inte behöver hävda sig längre, är en Adam som det är lättare att tycka om. En kompetent, trevlig ung man som inte drar sig för att be om hjälp.

Det förvånade mig när han gjorde det första gången men av två onda ting, att antingen tappa ansiktet eller klanta till något, var det nog ett lätt val att komma till mig. Och när väl det första hindret var avklarat visade det sig att vi jobbar bra ihop. Det är för att vi kunnat släppa på spänningen mellan oss som det fungerar. Något annat ska jag inte inbilla mig, påminner jag mig själv om. Att vi står på en helt annan plattform nu är det bara jag som vet om.

Adam har inte hörts av sedan han åkte till sjukhuset så jag vet inte när han kommer tillbaka, det verkar rimligt att han blir borta veckan ut. Det köper mig lite mer tid att tänka, att försöka hitta ett sätt, en väg att nå fram till honom. Jag kan inte ens föreställa mig samtalet med Adam. Hur i hela världen ska det gå till?

Mina funderingar avbryts av att Maja dyker upp, som alltid precis lagom välparfymerad. För dagen i en doft som jag inte känner igen och jag sniffar tydligt i luften och ler.

"Härlig parfym, Maja." Jag frågar inte vilken sort det är och hon erbjuder mig inte den informationen heller utan ler bara som tack.

"Jag vill bara kolla att du är här på fredag vid fyratiden, för din hemliga avskedsafterwork." Hon gör små luftkrokar med fingrarna kring ordet hemligt och jag nickar med ett leende.

"Absolut, jag vill inte missa de sista timmarna här ifall någon skulle få för sig att fira av mig." Vi skrattar lamt åt mitt platta skämt. Det är standard att fira av folk som slutar och likaså att låtsas att det kommer som en överraskning.

"Synd att Adam missar det men det kan inte hjälpas", säger jag.

"Han missar inget, han kommer tillbaka på fredag." Maja gör tummen upp och går tillbaka till sin plats. Jag tittar förvånat efter henne. Han har alltså hört av sig till henne men inte till mig som sitter här med alla hans jobbfrågor? Det var märkligt. En svag skugga sveper spöklikt genom mitt medvetande, en mörk, dov och oroande underton i fjärran.

Jag ryser till.

***

Jag vet inte hur många gånger jag letar fram Björns nummer som jag hittat i personalfilen som Adams ICE-person, stirrar på det och trycker bort det igen. Jag kan naturligtvis inte ringa, vad ska jag säga till honom? Hans ansikte från förr kommer tillbaka genom alla gamla minnen. Han har precis hört mig stamma fram att jag är med barn, vi står och stirrar på varandra i hans pojkrum, två snorungar som knappt är torra bakom öronen. Han ser skräckslagen ut. Det gör säkert jag med. Det är vi. Vi fortsatte träffas ett tag, mest för att det kändes som att vi borde, mer än att vi ville. Relationen var på upphällningen och väntade bara på att någon av oss skulle ta mod till sig och göra slut. Men det löste sig av sig själv, när mina föräldrar skickade ut mig på landet och vi träffades aldrig igen. Tills nu.

Och nu står jag mitt i detta trassel, där jag är den enda som vet hur allting hänger ihop. Det vore underbart att bara lägga på locket igen, stänga lådan, sopa allting under mattan. Eller vad som nu krävs för att komma tillbaka till det enkla livet jag hade nyss. Innan allt detta. Mobilen ligger i min hand, en skarpladdad bomb som med några knapptryckningar kan skapa stor förödelse. Nej. Jag ska inte ringa Björn. Den åker ned i väskan och jag släpper tanken på att ringa, jag har ingen aning om vad jag ska säga eller ens vad jag vill uppnå med samtalet. Det skulle kunna vara en riktigt dålig idé. Det beslutet får vänta helt enkelt, precis som Rain sa till mig att göra.

***

Min sista dag på byrån närmar sig med stormsteg och självklart kör allting ihop sig. Både på grund av krånglande kunder och för att vi står utan våra bästa förmågor, Nike och Jens. Jag lyckas styra det mesta i mål även om jag stundtals balanserar på slak lina och försöker jonglera samtidigt, en och annan boll rullar ur mina händer innan jag hinner fånga den. Tom kommer säkert att ge mig en sista snyting för det på avtackningen. Mina tankar är lika stringenta som kokt spagetti och det är bara med ett antal nödrop som det mesta löser sig. Jag saknar Jens, hans jordnära och trygga närvaro var ett sådant fint stöd när det stormade. Tänk om han varit här nu, vad hade han tänkt om allting? Jag kan höra honom skratta åt hela röran, på sitt varma trygga sätt.

Fredagen till ära anstränger jag mig lite extra med både makeup och frisyr och tar på mig de vassaste klackar jag har. Jag vill se stark ut, som om jag är full av nyvunnet självförtroende, på väg med stolta steg till mitt nya liv. Rain har snurrat runt mig hela morgonen, på gränsen till irriterande hurtig, omväxlande mycket peppande och stundtals oväntat hönsmammig. Jag råkar snäsa av henne när hon för tredje gången kommer med förslag på vad jag ska ha på mig men ber genast om ursäkt när jag ser hennes sårade min. Det blir min chefs-Alice look, med midnattsblå kostym och svarta, sylvassa klackar. Flaggan i topp in i det sista.

Det kniper i magen inför vad som väntar. Jag har så svårt för avsked, lyckas aldrig hejda tårarna även om jag sällan själv har någon att ta avsked av. Mina tårar rinner när jag ser andra skiljas åt, om det så bara är en mamma som lämnar ett barn på förskolan eller någon som säger hej då till en vän på gatan. Räkna med att jag står där med tårarna brännande i ögonen och halsen så hopsnörd att det är svårt att andas. Gråter över människor jag inte ens känner för att maskera min egen sorg.

Maja föser in mig i konferensrummet när jag kommer till kontoret och säger åt mig att hålla mig därinne tills kusten är klar. Hon ger mig en snabb blinkning, väl medveten om att jag vet att hon håller på och dukar upp den traditionella avtackningsbufén. Bullar, blommor och bubbel. Förmodligen blir det Tom som ska hålla avtackningstalet, det blir säkert intressant att lyssna på. Vad kan han rimligtvis ha för gott att säga om mig?

Jag slår upp datorn och kollar av de sista mejlen, ställer om min autosignatur och hänvisar vidare till Adam. Det svider redan i ögonen och jag märker av en svag kramp i halsen. Herregud, jag kan inte börja gråta redan nu och komma randig i ansiktet av rinnande mascara till min stora stund. Som tur är har jag förberett mig med näsdukar och jag duttar försiktig runt ögonen för att inte förstöra makeupen.

"Alice."

Det är mer ett lågt rytande än en röst, så intensivt att luften kommer i dallring. Jag tappar näsduken. Adam står plötsligt framför mig. Han tornar upp sig, ögonen smala under de ihopdragna ögonbrynen. Hela han vibrerar av återhållen ilska, musklerna är spända som laddade inför ett språng. Linnea är strax bakom, hon har lagt en hand på hans arm som om hon försöker stoppa honom. Hennes annars babysläta panna krusas av bekymrade rynkor och hon ser ängslig ut. Det gör inte Adam däremot. Hans ögon är som glödande svarta kolbitar. Blicken bränner nästan hål i mina näthinnor. I handen håller han ett kuvert, jag hinner se att det är gjort av tjockt, dyrt linnepressat papper innan han slänger det på bordet med framsidan upp.

Mitt på kuvertet står fyra handskrivna ord, Fyra enkla ord som lika gärna skulle kunna stå på en julklapp eller födelsedagspresent.

Till Adam från Farfar

Jag behöver inte öppna kuvertet för att förstå vad som finns i det. Varför Adam står framför mig med svarta ögon och händerna så hårt knutna att knogarna vitnar.

38

Adam och Linnea stannade inte kvar på min avtackning. Och tur var nog det. Linnea försökte medla, stilla hans ilska och ge plats åt mig att säga något men det fungerade inte särskilt väl. Adam slet åt sig kuvertet igen innan jag hann säga något och fortsatte med samma morrande röst, så överflödad av trettiotre års ilska att den stockade sig och orden snubblade fram. Jag var tacksam att Linnea följt med honom som en mjuk buffert mellan oss. Hon höll kvar sin hand på hans axel, som en lugnande påminnelse och lyckades hindra honom från att fullständigt tappa behärskningen.

"Är du min jävla morsa, Alice?" Han lutade sig framåt, slet axeln ur Linneas grepp och smällde ned handflatorna på bordet med sitt ansikte bara centimetrar från mitt. Jag blundade. "Det står i det här brevet. Från min farfar. Den ende som vågade berätta sanningen till slut." Adam uttalade varje stavelse så att orden föll som tunga, vassa stenar mellan oss. Han viftade med kuvertet framför mitt ansikte igen, jag blev tvungen att rygga tillbaka för att inte få en skarp kant i ögonen. "Här står allting. Du är min mamma."

"Herregud, Adam", fick jag ur mig och försökte avvärja hans ilskna viftande med mina händer som skydd. "Jag visste det inte själv förrän helt nyligen. På Evas fest."

Men han hörde inte vad jag sa, hans ilska tog all plats så mina ord gick inte in. Jag kunde nästan höra hur hans hjärta slog som en stånghammare. Linnea såg på mig över hans axel och skakade på huvudet som för att be mig att inte säga något mer men Adam hann före.

"Hur kan man överge sitt barn? Bara dra? Vad är du för slags människa?"

"Adam, försök förstå, jag var bara femton år, bara ett barn själv." Jag ville fortsätta berätta, förklara hur det gick till, att det inte var mitt fel, men Linnea tog över.

"Adam", sa hon med en lugn och låg röst som verkade nå fram till honom genom vågorna av adrenalin. "Det här blir inte bra, ni får prata en annan gång." På något sätt lyckades hon få honom att backa och ta ett steg tillbaka. Han stirrade fortfarande olycksbådande på mig medan han långsamt stoppade kuvertet i bakfickan. Linnea tog hans arm och fick honom att vända sig om samtidigt som jag tyckte mig höra honom snyfta. Instinktivt reste jag mig till hälften och sträckte ut min hand men Linnea skakade avvärjande på huvudet och mimade ett nej, låt bli. Hon föste ut honom ur rummet och de försvann lika snabbt som de kom, ackompanjerade av Majas förvånade min.

"Stannar de inte på avtackningen?"

Jag skakade på huvudet. Först nu blev jag medveten om att mitt hjärta rusade och att jag var alldeles svettig. Mina händer darrade så okontrollerat att jag måste lägga dem på bordet så att de kunde stillna. Jaha. Då behöver jag inte fundera mer på hur jag ska leverera det glada beskedet till Adam. Jag förstod att det inte tagit honom många minuter att leta rätt på mig, med mitt ovanliga efternamn och lite googlande var det snabbt gjort. Vilken chock det måste varit för honom.

Nu får jag i stället fundera på hur mycket damage control jag kan få till. Men först ska jag alltså bli avtackad. Jag blundar och tar några djupa andetag, hjärtat hittar tillbaka till sin vanliga takt och krampen i magen släpper tillräcklig mycket för att jag ska orka gå bort till caféet på darriga ben.

***

Det är ingen överdrift att säga att min avtackning är en något haltande tillställning. Min omsorgsfulla makeup är ett minne blott och håret krusigt av svett. Det är ett under att jag inte kommer till den uppdukade buffén med en präktig blåtira dessutom. Jag är så omskakad av konfrontationen med Adam att jag egentligen helst bara vill springa därifrån, bort från allt vad social samvaro heter, men jag samlar ihop mig så gott jag kan och går för att möta mina snart före detta kollegor.

Det undgår nog ingen av dem där de står runt bardisken att jag är uppriven. Deras ansikten är både undrande och roade, de tror säkert att jag har gråtit över att detta är min sista dag här. Det får jag bjuda på. Efter dramat som nyss utspelade sig i konferensrummet är det oväsentligt vad de tror eller tycker. De kan ändå inte komma i närheten av sanningen.

Maja häller upp bubbel i höga glas, de små bubblorna hoppar ystert ovanför glaskanten. Hon sträcker det första glaset till mig med ett tveksamt leende som om hon inte vet om jag kommer att skratta eller gråta. Det vet inte jag heller. Hur mycket hon hann höra av Adams gormande i konferensrummet? I bästa fall hörde hon honom inte fråga om jag är hans jävla morsa. Alla förser sig med glas, någon tar en klunk utan att vänta på den första skålen, någon annan nyper åt sig ett par jordgubbar från skålarna som står uppdukade i väntan på att vi ska bli klara med snacket och hugga in på läckerheterna. Deras röster är lågmälda, blickarna är vänliga men ointresserade och ingen pratar med mig. Var jag en outsider förut är jag det ännu mer nu. Jag står utanför gruppen, jag är den som ska lämna och som inte längre hör hit. Min blick glider över deras ansikten, de jag känner väl och dem jag har haft mindre att göra med. Nike har kommit för att säga hejdå, även om hon själv redan lämnat och börjat sitt nya jobb. Det ansikte jag hade haft svårast att säga hej då till, är inte här.

Jag undrar vad Jens tyckt om allting som händer, vad skulle han sagt? Skulle jag ens ha sagt upp mig om han fortfarande varit här? Kanske hade vi kämpat tillsammans, Jens och jag. Nu väller tårarna upp i ögonen och Nike lägger handen på min arm och kramar den lätt.

"Det är ingen fara", mumlar jag. "Jag tänkte på Jens." Nikes ögon blir blanka och hon ger min arm en liten tryckning. Hon och Jens var ett radarpar och självklart saknar hon honom minst lika mycket. Precis då kommer Tom med självsäkra steg och sitt strålkastarleende påslaget. Solbrännan är på plats och det mörka håret precis lagom stökigt för att se nonchalant ut. Det har säkert tagit en stund att få till det rätta stuket. Nike lyser upp och hennes kinder färgas rosa när Tom stannar upp framför henne och fångar hennes uppmärksamhet med en sängkammarblick från sina mörka ögon.

"Nike, kul att se dig, allt väl?" Han rör helt lätt vid hennes axel, hennes ögon fylls av glitter. Han får mig att tänka på Tom Cruise, samma starka utstrålning och samma underliggande ton av något betydligt mer obehagligt. Som om han när som helst kan slita av sig masken och visa sig vara djävulen själv. Tack och lov att han inte satte klorna i Nike, hon kom undan. Hoppas jag i alla fall. Det där glittret i ögonen är illavarslande.

"Alice." Han nickar kort åt mig med ett leende utan värme innan han fortsätter till bardisken för att förse sig med ett glas. Så slår han lätt med en gaffel mot glaset. Klingandet får mig att rycka till och jag stålsätter mig mot vad som ska komma nu. Toms tal. Det känns som jag står inför en offentlig avrättning snarare än en välförtjänt avtackning.

Men Tom slår mig med häpnad. Hans tal är varmt och vänligt och han prisar min kompetens, person och ojämförliga erfarenhet. Vi får veta vilket oerhört värde jag tillfört och vilket tomrum jag kommer att lämna efter mig, en uppskattad chef, medarbetare och människa. Inte ett ord om min ålder som jag var säker på att han skulle skämta om. Han säger några fina ord om Jens som lockar fram tårar i fler ögon än mina och ger även en eloge till hur väl jag tagit emot Adam. Han skulle bara veta.

Jag lyckas faktiskt hålla tårarna under kontroll under mesta delen av talet och ger honom ett lättat leende som tack när han utbringar en skål och önskar mig lycka till. Även det utan tjuvnyp. Kanske Tom har ett hjärta någonstans där långt inne i alla fall.

Vi går lös på buffén, som alltid generös och välsmakande. Maja har sett till att det finns små snittar med forellrom som hon vet att jag älskar. De salta kornen poppar mot gommen och den ljuvliga smaken gör mig girig efter mer. Jag äter så många jag kan utan att skämmas och småpratar lättat till höger och vänster. Stämningen stiger ju mer bubbel som går åt och det bildas små grupper som dras till varandra, skrattar åt samma saker, slänger med långa hår och byter blickar under onaturligt långa och täta ögonfransar medan planerna för kvällen smids.

Nu hör jag inte dit längre och det gör mig ingenting. Jag ska vidare, hitta mitt eget sammanhang. Tom aviserar att han är på väg därifrån och efter att ha bytt några ord här och där och växlat ett sista flirtigt ögonkast med Nike kommer han fram till mig.

"Tack för det fina talet, Tom. Det värmde verkligen." Jag ler mot honom, beredd att gräva ned stridsyxan och skiljas som vänner. Han ser på mig och ler tillbaka, men hans ögon är kalla som stål och leendet är bara en muskelrörelse, inget mer.

"Kul att du gillade det. Jag lät Chat GPT skriva det."

Jag hinner inte hejda en förvånad blinkning, kanske flimrar det till av besvikelse i mitt ansikte över att han använt en AI-robot för att skriva talet till min avtackning. Så spottar jag upp mig.

"Det var klokt av dig. Uppenbarligen har en robot mer hjärta än du." Hans ögon smalnar och jag förstår att mina ord nyper till. Så förargligt, har jag berövat honom nöjet att såra mig en sista gång? Han säger inget mer utan vänder mig ryggen och går därifrån. Må våra vägar aldrig mötas igen tänker jag och låter samtidigt de sista resterna av vemod över att lämna min arbetsplats falla av mig.

Här vill jag inte stanna kvar en sekund till.

39

Det är omöjligt att värja sig för alla funderingar som väller fram i samma stund jag vaknar nästa morgon. Innan jag ens hunnit gnida sömnen ur ögonen är jag tillbaka till den oerhörda vändningen av mitt liv när jag förstod vem Adam är. Från noll till hundra på en kväll, från svart till vitt, från att bara vara Alice till att i nästa stund kunna kalla mig mamma. Eller kan jag det egentligen? Hur kompenserar man för trettiotre års frånvaro? Mycket till mamma har jag sannerligen inte varit.

Jag undrar vad Adams familj sagt om mig genom åren, om de talat om mig alls. Vilken förklaring har han fått till att hans mamma försvann? Hur illa sårad är han? Ett sådant oerhört svek det måste vara för ett barn, en mamma som inte vill stanna, som lämnar, försvinner. Har han försökt hitta mig genom åren? Plötsligt dyker Rain upp från ingenstans och mina tankebanor blir avbrutna.

"Du börjar i fel ände. Tänk inte så mycket på Adam nu, tänk på dig själv."

Jag ser på henne, denna märkliga varelse som kommit in i mitt liv, som glider ut och in i min tillvaro som hon vill, skiftar färg och ljus efter humör. Som kan trolla. Och läsa mina tankar.

"Du har skuldkänslor över något som inte var ditt beslut", fortsätter hon och vänder blicken mot fönstret. "Det behöver du sluta med. Du behöver putsa fönstren också förresten." Hennes krassa kommentar rycker mig tillbaka till verkligheten och jag skrattar till.

"Kan inte du putsa dem åt mig, du som kan trolla med det mesta?"

"Kan jag? Ja. Vill jag? Nej." Rain skrattar förtjust åt sin egen kommentar. Hennes skratt är lika livligt som en pärlande vårbäck, ljust och glittrande. Morgonen känns plötsligt ljusare än på länge. Hon borde verkligen skratta oftare, hennes skratt gör allting lite lättare. "Vad vill du, Alice? Vad är viktigt för dig? Börja med det." Rain låter allvarlig igen och tänder sin lysande grå blick som jag inte kan blunda för. "Vill du ha Adam i ditt liv? Vill du att han ska acceptera dig? Förlåta något du inte gjort, ett beslut som inte var ditt? Eller vill du fortsätta som förr? Gå vidare som om inget hänt? Allt är möjligt."

Hennes ord sjunker sakta in och jag ska precis öppna munnen när Rain skakar på huvudet.

"Nej, svara inte nu. Fundera ett tag. Ta en promenad."

Jag hade gärna ventilerat mina tankar med henne idag men tydligen har hon andra planer. Hon har redan börjat skimra på det där sättet som förebådar att hon strax försvinner. Hennes gestalt bleknar och blir en svag aning i luften innan den helt tonar bort. Strax är jag ensam kvar med mina tankar. Jag skruvar tillbaka tiden lite grann och försöker samla ihop bilden av vad som hänt de senaste veckorna. Allt har gått så fort och jag har tappat fotfästet i mina försök att hänga med.

Minnesbilderna blir som ett Memory som jag spelar med mig själv. Jag vänder upp korten ett efter ett, vissa hör ihop och andra inte alls. Nu ser jag hur allt bildar en kedja, ett mönster av händelser som följer varandra nästan för bra. Man skulle nästan kunna tro att någon haft ett finger med i spelet. Vem nu det skulle kunna vara, tänker jag och fnyser till för mig själv. Jag letar efter en ledtråd eller föraning om vad som ska hända härnäst. Men det enda jag ser är ett myller av frågetecken.

"Jag hoppas att jag inte lägger mig i för mycket nu, då får du bara trycka bort mig", säger Eva.

Hennes samtal kommer när jag promenerat i snålblåsten i över en timme utan att bli särskilt mycket klokare. Våren som var här och nosade helt nyss har flytt fältet och nu blåser stickiga ishavsvindar som tusen nålar mot mina kinder. Jag välkomnar hennes röst, den värmer och gör mig lite gladare som alltid.

"Linnea berättade vad som hänt, om Adams brev och er konfrontation."

Jag vet inte riktigt vad jag ska tycka om att de pratat bakom min rygg men å andra sidan är det skönt att Eva redan vet. Då slipper jag dra hela den historien.

"Ja, det blev ganska livat", säger jag torrt. "Han var inte helt nöjd med situationen."

"Det kan man förstå", säger Eva och jag hör att hon ler sitt varma och vänliga leende. "Hur mår du nu?" Hon slösar ingen tid på att förfasa sig över vad som hände på kontoret utan har sitt fokus på mig.

"Mest har jag ont i magen över att jag inte vet hur jag ska gå vidare. Jag vet inte om bollen ligger hos mig. Om det ens finns en boll."

"Jag har ett förslag", säger Eva. "Adam och Linnea kommer hit på lunch i morgon. Vill du också komma?"

Hennes omtanke värmer och för en stund låter jag den bilden få spelrum. Men det jag ser framför mig är inte en ljuv återförening ackompanjerad av leende ansikten och höjda champagneglas. Snarare ett kaos av arga röster och ilskna blickar som skjuts som pilar och de stackars barnen som hukar sig runt bordet. Hundar som flyr fältet åt alla håll och kanter. Smockor som hänger i luften. Igen. Det blir ett nej tack till hennes förslag.

"Tack snälla för omtanken men jag får hitta ett annat sätt."

Jag ångrar mig nästan i samma stund som jag säger nej, det hade förstås varit skönt att ha både henne och Linnea där som barriärer mellan mig och den ilskne Adam. Dock inte den här gången. Vi pratar en stund till och kommer överens om att ses senare i veckan. Vi avslutar samtalet och jag är ensam med mina tankar igen. Tills mobilen ringer bara några minuter senare när jag precis krånglat ned den i den trånga innerfickan. Jag halar irriterat upp den igen och slänger ett snabbt öga på displayen. Magen gör en saltomortal när jag ser vem det är som ringer.

Adam.

***

Rain står som i en ljuspelare i hallen när jag kommer hem, det fullkomligt strålar om henne, så starkt att jag blir bländad. Luften omkring henne är självlysande och glittrar, det ser helt överjordiskt ut. Vilket det förstås också är. Jag har blivit så van vid hennes närvaro att jag inte längre tänker på att hon kommer någon helt annanstans ifrån. Hon sveper ut med armarna som för att ge mig en kram och jag går rakt in i hennes famn utan att tänka. Hon både finns där och inte, hennes gestalt har ingen substans, hennes närvaro är ren och blixtrande energi. Att stå i hennes inre är som att själv förvandlas till en stjärna, jag kan inte beskriva det på något bättre sätt. Rummet omkring oss försvinner och allting blir till ljus, det sprakar och gnistrar i en myriad av strålande färger. Den totala tystnaden dånar. Tiden rusar förbi i ultrarapid, jag förstår allt och ingenting under ett ögonblick som varar i en evighet. Så tar Rain ett steg tillbaka, eller så är det jag som gör det, det går inte att veta. Jag är tillbaka i min hall, kippande efter andan.

"Så modig du är, och så stark. Om jag kunde skulle jag fälla en glädjetår."

Jag är tacksam för hennes skämtsamma ton som får mig tillbaka till verkligheten efter att ha rest igenom universum. Eller var det nu var som hände.

"Nu är det bara det värsta kvar", säger hon glatt och slår ihop händerna i en gest som påminner om barnslig förtjusning. "Reparera relationen med Adam."

40

När Adam ringer på min dörr har jag puls som om jag sprungit Marathon, inte bara ett utan två varv. Jag har dammsugit, torkat golv och dammat hela eftermiddagen. Skurat badrummet och putsat speglar och till och med viftat runt med min hittills oanvända dammvippa i kristallkronan så att den glänser. Doftljus av sandelträ sprider en varm och omfamnande doft i lägenheten. Nykokt kaffe i en termos, vitt vin ligger på kylning, det röda står på bänken och en nybakt paj vilar sig under en kökshandduk för den händelse det skulle bli aktuellt att äta något. Eller med pajkastning. Det senare känns mer troligt.

Rain har hängt mig i hasorna hela eftermiddagen. Inte för att hon varit intresserad av mitt städande av lägenheten, snarare för att hon velat få mig att städa upp bland mina tankar.

"Du har ingenting att be om ursäkt för", har varit hennes återkommande mantra som hon försökt banka in i huvudet på mig medan hon trängt sig mellan mig och dammsugaren för att kunna se mig rakt i ögonen. "Det var inte ditt beslut, inte ditt val."

Det är ett himla tjatande men rent logiskt har hon rätt. Adams ilska över att ha blivit övergiven ska egentligen inte riktas mot mig utan mot de vuxna som fattade beslut över våra huvuden. Men kanske vet han inte det än, det beror på vad som stod i brevet från hans farfar. Nu är han på väg hit och jag kommer att få möjlighet att berätta vad som egentligen hände. Det hoppas jag i alla fall, förutsatt att han inte är lika arg som sist och att jag kan få en syl i vädret. Min blick faller på stället med köksknivar och jag får en sekundsnabb vision av hur Adam sliter åt sig den största kniven och stöter den i mitt hjärta, i vild förtvivlan över mitt stora svek. Jag faller ihop och mörkrött blod sugs in i mitt vitlaserade trägolv medan jag förblöder och han utstöter ett iskallt "Ha!" och går därifrån. Golvet kommer aldrig att bli rent igen. Det är nog säkrast att gömma undan dem.

"Nej nu får du skärpa dig", säger Rain. "Han kommer inte att försöka döda dig."

"Hur kan du vara så säker på det?" Jag mumlar det mest för mig själv medan jag försöker bestämma mig för vad jag ska ha på mig. Det blir ett mellanting mellan varianterna chefs-Alice och hemma-hela-helgen-Alice, avslappnat men ändå med stil. Rain ger mig en tumme upp som jag tacksamt tar emot fast jag anar att hon den här gången inte bryr sig ett dugg om vad jag har på mig.

***

Det gör antagligen inte Adam heller. Han ser allvarlig ut och besvarar inte mitt leende när jag kliver åt sidan för att välkomna honom in. Han kommer ensam, utan Linnea den här gången. Är det ett bra eller dåligt tecken? Hennes roll som krockkudde har varit viktig och säga vad man vill om Rain men just den funktionen tror jag inte riktigt hon kan upprätthålla, med tanke på att hon är gjord av luft. Inte mycket motstånd där. Jag har ställt fram en extra stol i vardagsrummet så att vi inte behöver sitta tillsammans i soffan och Adam slår sig ned. Han sitter rak ryggen med fotsulorna mot golvet, som om han bara är på en kort visit. En ilning av besvikelse skjuter

igenom mig. Jag hoppas att vi hinner räta ut de största fråge-
tecknen i alla fall.

"Vad vill du ha att dricka, Adam? Kaffe, vatten, ett glas
vin?" Jag ger honom tre val i stället för att bara fråga om han
vill ha något att dricka, så att han inte ska tacka nej av bara
farten. Till min stora lättnad tackar han ja till ett glas vin, det
tolkar jag som att han tänker stanna en stund och inte är alltför
rasande. Inte än åtminstone. Han väljer vitt vin och jag är
tacksam att jag slipper oroa mig för röda vinfläckar på min
matta ifall det kommer att gå vilt till. Nu har jag inte fler
ursäkter att fladdra omkring utan måste slå mig ned i soffan.
Jag avstår från att utbringa en skål och tar i stället ett lugnande
andetag. Nu märker jag att rosendoft har övertrumfat
doftljusen. I alla fall för min näsa.

"Adam", börjar jag och blir samtidigt avbruten av honom.

"Tack för att jag fick komma, Alice." Hans röst är långt
ifrån den morrande, rasande rösten sist vi sågs, snarare är den
platt och tonlös, några snäpp ljusare än vanligt. Kanske på
grund av anspänningen. En kattunge i stället för en rasande
tiger. Han utstrålar inte alls samma laddade energi som sist
när smockan hängde i luften och hans ögon var som svarta
spjut. Tvärtom. Detta är en mer stukad Adam, en version av
honom som jag inte sett förut. Inte ens när det varit som mest
motigt på jobbet. Jag föredrar faktiskt den kaxige unge
mannen som jag lärt känna så här långt. Den vet jag åtminstone
hur jag ska hantera till skillnad från den lätt slokande typen
som sitter här nu och ser miserabel ut. Jag försöker få fart på
samtalet.

"Klart vi måste prata", börjar jag försiktigt. Men sen tar
det stopp. Det är som klister i mina tankebanor, jag vet inte
vad jag ska säga. Det blir Adam som först lyckas formulera sig.

"Det är en minst sagt absurd situation."

Han sippar på sitt vin, fortfarande beredd till flykt, med rumpan längst fram på stolkanten. Det ser obekvämt ut. Jag nickar och får samtidigt syn på Rain som plötsligt tar form bakom hans rygg. Hennes halvt genomskinliga gestalt avtecknar sig mellan stolen och fönstret, ljuset utifrån lyser upp hennes form. Hon håller upp händerna i en avvärjande gest som talar om för mig att jag inte ska låtsas om att hon är här. Lättare sagt än gjort. Det är första gången hon gör sig synlig när någon annan finns i närheten. Måtte han inte vända sig om, jag har inte kraft att förklara vem hon är till råga på allt annat vi behöver prata om.

Rain sträcker långsamt på sig med höjda armar, sluter ögonen och som en dirigent börjar hon röra händerna i luften med mjuka svepande rörelser. Än en gång verkar hon trolla med mitt rum. Och med mig. De lugna, harmoniska rörelserna skickar vibrationer genom luften som fortplantar sig in i mitt medvetande. Ljusare och mörkare vibrationer, mina stockade tankebanor kommer i rörelse. Orden lossnar och tar form i takt med hennes dirigerande. Först bara några få, en upptakt, en ansats.

"Det är konstigt för mig också."

En lättnad anas i Adams ansikte. Kan jag få honom att förstå att vi är delar av samma historia? Sakta får min röst kraft att bära orden, tankarna faller på plats som ett pärlband och jag börjar berätta det han behöver höra. Det jag behöver säga. Hur vi rört oss på varsitt spår ända sedan han föddes. Att jag vetat att han fanns men inte var han tog vägen. Rain driver upp tempot lite, hennes rörelser blir snabbare. Hon börjar bygga upp en symfoni som lägger sig som en mjuk matta som stöd under vår historia. Orden fyller på, flödande i en lång rad, ivriga nu att få komma fram. Melodin fångar mig och jag hittar takten, fyller på med allt jag vet och allt jag känt. Allt som Adam inte haft en aning om.

Jag ser att han lyssnar, att mina ord når fram. Han kan höra de mjukare passagerna och ta till sig saknaden som slingrar sig ut mellan orden. Rain både följer och styr melodin som växer till en sång och nu ökar hon takten på sina rörelser, hon kastar med håret och sluter sina ögon, en perfekt imitation av en hängiven dirigent. Och så; samtalet är i gång. Adam faller in och tar sin plats. Tonen i våra röster stiger och faller, ibland mjuk och behaglig, ibland mer snabb och frenetisk.

Vi improviserar en melodi tillsammans, ledda av Rains taktpinne som bara jag ser. Hon för oss framåt med varsam hand, lyhörd för känslorna som svallar och gungar fram och tillbaka, både följer och driver på. Tempot ökar gradvis och blir som intensivast när jag berättar om när han föddes, vad som hände och hur han togs ifrån mig. Mitt i berättelsens högsta topp fångar Rain min uppmärksamhet. Hon lyfter sina händer och formar en stilla paus mellan sina handflator, hennes lysande blick som en stråle rakt in i mina ögon.

Jag blir tyst. Låter insikten om vad jag berättat landa hos Adam. Berättelsen speglas i hans ansikte, ton för ton. Den hårda rynkan mellan hans ögonbryn bleknar bort, en varmare glans i hans ögon. En aning av ett leende, lättnad, ett öppet sår som börjar läka. Jag lämnade honom inte, vi togs ifrån varandra. Kanske kan han också se det nu? Från det dånande crescendo som nyss omslöt oss i sitt grepp övergår tongångarna till en mjuk ballad, med stämmor mer i harmoni. Vi frågar, svarar och berättar, en duett i samklang och stadig rytm. Till slut är allt sagt som behöver sägas den här gången. Symfonin tystnar. Rain tonar bort, det sista jag ser är att hon gör tummen upp, hennes hår står åt alla håll och hon ser ovanligt nog trött ut. Klockan visar att det gått ett par timmar sedan vi satte oss ned. Tiden har både stått stilla och rusat fram. En virvelvind har svept genom mitt vardagsrum. Jag är vimmelkantig och en aning illamående av adrenalinpåslaget. Adam halvligger på stolen, som att han håller på att smälta och rinna ned på golvet. Yrvaket ser han sig omkring som om han undrar var han hamnat någonstans och framför allt varför. Rosendoften fyller hela rummet.

Vi sitter en lång stund i tystnad, var och en försjunken i efterdyningarna av allt vi pratat om. Ett samtal som vände allt till rätta. Så är det emellanåt när Rain har ett finger med i spelet. Eller en hel taktpinne som i det här fallet. Just nu kan jag inte avgöra vilken stämning som råder mellan mig och Adam. Jag vågar inte röra mig av rädsla att något ska brista, det känns skört som en såpbubbla. Mitt ena ben domnar bort och till slut kryper det i hela kroppen som en armé av myror rör sig genom mina blodådror. Jag sträcker på mig, rullar axlarna framåt och bakåt, det knastrar i ryggen efter att ha suttit stilla för länge.

"Är du hungrig?" Jag skickar ut en liten trevare, ungefär som när man doppar en tå för att känna av temperaturen inför sommarens första bad. Hans blick är dimmig men får sakta mer skärpa när han vänder sig mot mig.

"Ja, faktiskt." Han låter förvånad, som om hunger är en obekant känsla för honom. Jag tassar ut i köket och dukar fram allt vi behöver, värmer pajen och putsar ett par varv till på mina silverbestick så att de glänser i skenet från kristallkronan.

Adam kommer efter och slår sig ned vid bordet. Han drar in doften från pajen och jag förstår att han är nära nog utsvulten. Jag fyller på glasen och ber honom ta för sig. Vi äter en stund under ännu mer tystnad. Till slut bestämmer jag att vi behöver ta första steget vidare.

"Hur känns det nu, tycker du?" Han svarar inte direkt utan fortsätter tugga en stund. Så lägger han ned besticken och ser på mig. Kanske inte med nya ögon. Men i alla fall utan fientlighet.

"Jag är inte lika arg på dig längre. Inte alls, faktiskt." Han låter förvånad över att skiljas från en känsla som varit hans följeslagare hela livet. "Men du känns inte som min mamma." Han gör en liten paus och studerar mig, som för att se om jag blir sårad av hans ord. "Inte än. Kanske aldrig. Mer som en möjlig vän."

En stor lättnad fyller mig och mina spända muskler slappnar av. Oron över var vi står släpper och lyfter som en ballong upp bland molnen. Allt kommer att bli bra.

"Det vill jag gärna vara. Din vän." Jag ler brett mot honom. "Låt oss börja där."

Adam lyfter sitt glas och klingar det lätt mot mitt men vi skålar inte för något särskilt. Kanske mest för att ha överlevt så här långt. Han tittar på kristallkronan, studerar den en stund utan att säga något. Jag undrar vad han tänker på.

"Exakt en sådan här kristallkrona hängde hemma hos farfar där jag växte upp." Han sträcker upp en hand och knäpper till en av prismorna så det plingar svagt när den lätta stöten fortplantar sig genom kristallerna. Ljudet slår an en ton i honom, det syns tydligt på hur han lägger huvudet på sned och lyssnar. Jag berättar var jag köpte den och drar mig till minnes vad antikaffären där Andreas jobbar heter. Adams ögonbryn åker upp till hårfästet.

"Du skämtar? Vi lämnade kristallkronan till dem när farfar flyttade in på hemmet. Pappa handlar också med möbler, han känner killen som jobbar där."

Jag minns plötsligt att Andreas sa att den här kristallkronan kom från någons föräldrahem. Det kan inte vara möjligt. Ett sammanträffande till? Vi stirrar på varandra och brister ut i skratt.

För en sekund ser jag Rains leende ansikte speglas i hundratals prismor.

41

Ett år senare.

"Alice, kan du följa med på kundmötet på fredag förmiddag?" Charlottas röst kommer från en obestämd plats i lokalen, någonstans bakom en trave flyttkartonger eller möjligen inifrån det lilla förrådet längst bort. Vi har precis flyttat till större lokaler och är i full färd med att packa upp allting som vi alldeles nyss packade ned. För två år sedan hade jag inte kunnat svara utan att kolla min kalender både en och två gånger. Nu har jag den i huvudet och vet att fredag förmiddag är öppen. Bland annat för att jag bara jobbar halvtid numer.

"Det kan jag", hojtar jag tillbaka. "Mejla mig bara när och var vi ska ses och vem vi ska träffa." Att börja jobba tillsammans med Anna och Charlotta var ett klokt beslut. Det visade sig att det finns gott om kunder som vill ha erfarna bollplank och det är ingen brist på uppdrag, snarare tvärtom. Mina kollegor är snabbfotade och flyger fram mellan kundmöten, seminarier och olika event, ser till att synas och höras. Det slipper jag, äntligen.

Min roll är att vara det tunga artilleriet, specialisten som ger tyngd åt förslagen vi kommer med. Det passar mig utmärkt. Jag får verka på djupet och slipper mingeldöden, att springa omkring med en påklistrad mask och låtsas att det är toppen att träffa en massa människor och prata strunt. Att äntligen vara befriad från detta är som att slippa ut ur ett fängelse. Tillsammans är vi den perfekta kombinationen av kompetenser.

Nu är jag uppskattad på ett sätt som gör all skillnad för mig. Inga unga förmågor som avfärdar min erfarenhet och framför allt ingen ondskefull Tom som sparkar undan mina ben när jag minst anar det. Heller ingen Jens men han finns ingenstans längre. Jag gråter inte längre när jag tänker på honom, i alla fall inte varje gång, men han är för alltid ett varmt och älskat minne.

Vi sitter i ett stort rum där ljuset får flöda fritt. Mitt skrivbord står i det bakre hörnet där jag kan skapa ett eget litet bo och ingen kan komma smygande och hugga mig i ryggen. Inte för att någon skulle göra det här men jag är mer bekväm med ryggen mot en vägg. Lite PTSD har jag nog trots allt. Dessutom har jag plats att hänga mina tavlor omkring mig. Efter en del rotande runt bland kartongerna hittar jag till slut vår anspråkslösa verktygslåda, i princip bara hammare och spik, det räcker för mig. Tavlorna står längs väggen i väntan på att hängas upp.

”Kan du inte hänga dem runt om i rummet i stället, så att alla kan få njuta av dem?” Charlotta sveper ut med armen för att dra min uppmärksamhet till de tomma väggarna.

”Tycker du?” Jag blir förvånad och samtidigt smickrad över förslaget.

”Absolut! Jag älskar dina tavlor. Vi kan ha vernissage samtidigt som invigningsfesten!”

”Jättebra idé”, fyller Anna i när hon går förbi med ännu en kartong i famnen. ”Så kan du etablera dig som konstnär dessutom, Alice. Utnyttja alla dina talanger.”

”Kommunikatör och konstnär!” Charlotta skrattar vänligt. ”Det är inget dåligt visitkort.”

Jag lägger tillbaka hammaren i lådan och ler bakom håret som faller över ansiktet.

"Varför inte, jag får fundera på vilken tavla som passar bäst var."

"Toppen!" Anna ler brett. "Kom och hjälp mig packa upp köket så att vi blir klara någon gång!"

***

Att jag började måla tavlor var förstås inte min idé. Jag fick en prova-påkurs i present av Eva, som tyckte jag behövde komma bort och få rensa tankarna från allt som hänt. Själv hade jag knappast kommit på tanken att börja måla. Men för en gångs skull satte jag mig inte på tvären utan gjorde som hon sa och åkte på kursen över en helg. I en ljus och rymlig lada som påminde mig om farmor och farfars gård, förutom att här varken fanns maskiner eller kattungar, upptäckte jag en helt ny sida av mig själv. En sida som inte höll igen, inte höll tillbaka, inte recenserade bort mig själv och inte sa att jag inte dög. I stället kunde jag ta ut svängarna och förlora mig helt bland flödande färger.

Med stora starka penseldrag och sådan schwung att färgen skvätte åt alla håll, fick motiven liv och form med inspiration någonstans ifrån där jag aldrig varit förut. Jag målade som besatt. Från kursens första timma ända in i det sista, lyssnade bara med ett halvt öra, om ens det, på kursledarens vägledning. Först i djupa, fylliga täckande färger i olika lager, utkämpande en kamp om vem som är starkast, argast, skriker högst.

Jag bredde på tjocka lager med färg, drog svepande penseldrag från kant till kant, stänkte färg med händerna så det regnade runt och över mig. Vägrade vara försiktig och noggrann, vägrade vara återhållsam, slösade och vräkte på.

Först tog det emot. Jag avskyr slöseri och mitt vanliga jag skulle ha målat försiktigt innanför kanterna med en smal pensel, hållit mig till det förutbestämda mönstret och bilden som någon annan bestämt. Där det kunde bli både rätt och fel, fint och fult. Den här versionen av mig tog inga sådana hänsyn. Jag målade utan ramar och utan gränser, hällde, skvätte och öste på med färg, släppte allting lös. Det enda jag inte gjorde var att hälla allt på golvet och rulla mig i färgen men det var sannerligen inte långt ifrån.

Duk efter duk fylldes med färg och efter hand blev de starka dova, ibland arga penseldragen lättare och ljusare, mer transparenta. Rörelserna blev mer svepande, lugnare, mer ömsinta och eftertänksamma. Jag drog fingrarna lätt över ytan i stället för att daska ned dem, lät penseln glida som en sång och blanda en färg med en annan där båda fick lysa av egen kraft. Dansa tillsammans i en helt ny nyans. Mot slutet av helgen var de sista tavlorna så skira att de kändes genom-skinliga, med många florstunna lager i ett oändligt djup att förlora blicken i. I den sista tavlan kan man ana en gestalt, bara några nyanser tydligare än de omgivande färgerna, antingen på väg att ta form eller försvinna bort.

Bara jag vet vem det är.

När kursen var på väg mot sitt slut tog jag ett steg tillbaka och betraktade mitt sista verk, andades lika häftigt som om jag kommit tillbaka från en lång språngmarsch. Tom på tankar och fjäderlätt i sinnet. Jag blev inte ett dugg förvånad när ett mjukt stråk av rosendoft svepte sig runt mig som en osynlig och uppskattande smekning.

"Vilken resa du har varit på, Alice." Kursledaren gled upp bakom mig, en kvinna med tjocka svarta glasögonbågar och håret uppsatt i en gråstrimmig knut. Hon hade klokt nog låtit mig vara ifred under merparten av helgen. Förmodligen ville hon hålla sig på behörigt avstånd från mina viftande penslar och vildsint skvättande färg. Hon betraktade mina verk en stund, med armarna i kors och ett outgrundligt uttryck i ansiktet. Hennes nötbruna ögon svepte forskande över de dova, mörka tavlorna som stod tunga som sten på golvet till de halvt om halvt genomskinliga som nästan svävade över marken. En lång stund stod hon stilla och bara betraktade dukarna framför sig innan hon tog till orda igen.

"Jag vill ge dig ett enda råd, även om du inte bett om det. Fortsätt måla."

***

En av tavlorna från kursen hänger nu i Evas kök. Hon gav sig inte förrän jag gick med på att ge den till henne men jag vägrade att ta betalt, som hon först tyckte att jag skulle göra.

"Kommer inte på fråga", sa jag. "Det är din förtjänst att det ens finns en tavla, det finns inte på kartan att jag ska ha pengar för den." Det argumentet köpte hon och nu hänger tavlan på väggen intill matbordet, där vi oftast samlas när vi är där. Vi är några fler nu, som har blivit återkommande gäster hemma hos Eva och kompani. Jag ser mig själv som den mest inbitna stamgästen, ofta där även på egen hand. Eva har blivit min absolut närmaste vän under resan som de senaste åren har varit. Förutom Rain, förstås. Numera är jag också helt bekväm med horden av hundar som springer runt fötterna och särskilt med lilla Trollet som brukar bli extra glad när jag kommer.

Allt som oftast kommer också Linnea och Adam och hänger med oss. De bor tillsammans numer, i en lägenhet inte långt ifrån Evas hem. Deras relation har bara blivit starkare och starkare, det är verkligen ett par som är som gjorda för varandra. Dessutom väntar de barn. Det var ett tag sedan som Adam berättade det för mig. Han kallar mig inte för mamma, och det är helt okej. Men han hade inga problem med att säga att jag ska bli farmor, så det är väl ändå godkänt.

Efter vårt stora samtal om vad som egentligen hände och där han fick klart för sig hur allt gått till, har vår relation bara blivit bättre. Vi närmar oss varandra med små steg och med välvilja, känner oss fram och upptäcker både likheter och olikheter. Vi har samma torra humor och krassa syn på tillvaron. Den verkar vi båda bära med oss som ett arv från att ha vuxit upp med bristfälliga relationer omkring oss. I det hittar vi båda likheter och förståelse för varandra, samtidigt som det också blockerar oss ibland. Den största likheten mellan oss är att vi båda bär på svarta hål av svek som kanske aldrig läker. Men som inte längre drar med sig andra i fördärvet. Framför allt är jag glad att Adam klarar av att leva i en relation bra mycket bättre än jag någonsin gjort. Eller ens velat göra för den delen.

Det går framåt, helt enkelt. Mycket förstås tack vare Linnea, som har en förunderlig förmåga att hålla Adams humör ovanför vattenytan. Dessutom jobbar vi inte tillsammans längre och det är en stor fördel. Adam är inte alls lika imponerad av Tom nu när han sett mer av hans mörka sida men han slipper de hugg och slag jag fick utstå. Så han verkar klara jobbet galant.

Dessutom har Björn och hans fru anslutit några gånger på senare tid. Det var både oväntat och obekvämt till att börja med. Hans fru, Annika, har kortklippt hår i små knollriga lockar, rosiga kinder och ekorrpigga bruna ögon. Hon ser ofta ut att vara på vippen att säga något men gör det sällan, hon sitter mest tyst och tittar nyfiket på oss medan vi andra pratar. Hon arbetar tydligen som handläggare på någon kommun, jag minns inte var. Det låter inte särskilt roligt men hon verkar nöjd med sin roll och sin tillvaro och förväntar sig inte så mycket mer av livet. Det kan man nästan avundas henne. Att vara nöjd är nog underskattat. Björn jobbar med möbler och det var på det sättet han kom i kontakt med Andreas och antikvitetsaffären där jag köpte hans pappas kristallkrona, precis som Adam berättade. Utöver Adam har vi ingenting gemensamt och det är vi alla helt på det klara med.

Det första vettiga Adam och jag sa efter det stora samtalet var att komma överens om att jag skulle höra av mig till Björn. Det var det enda rätta att göra, så att det inte skulle ligga något gammalt groll där och pyra framöver. Jag tror Björn var tacksam över att jag tog första steget, det lät i alla fall så på hans svar. Vi kom överens om att ses, något som tvärt emot vad jag trodde blev en odramatisk stund.

Han berättade hur Adam vuxit upp hos farfar och farmor i tron att hans mamma gav sig av med flit men att han hela tiden vetat att Björn är hans pappa. De talade så gott som aldrig om mig, jag var bara en skuggfigur som dessutom bleknade bort vartefter livet gick vidare. Ingen av dem var heller särskilt bra på att prata om känslor och valde att inte peta i såret från mamman som gav sig av. Det var lättast för alla, tänkte de. Så kom brevet från farfar där nästan allting avslöjades, förutom den lilla detaljen att jag inte lämnade ifrån mig Adam av eget val. Det får mig att undra om farfar ens visste hur det egentligen gick till. Kanske var även han, som så många män i den generationen, bara i periferin av familjelivet?

Björn frågade om jag någonsin försökt hitta Adam. Jag önskade att jag kunde svara ja men så var det inte. Jag försökte inte hitta honom, tvärtom försökte jag förtränga att det någonsin ens hänt. Hade inte Rain dykt upp och petat, puttat och röjt runt skulle säkerligen ingenting förändrats. I alla fall inte av min kraft. Men jag vill inte berätta om Rain, varken för Adam eller Björn. Inte ens för Eva. Rain är bara min. Min ledsagare, skyddsängel och vägvisare. Henne vill jag ha kvar för alltid.

Utan Rain hade jag inte haft en bråkdel av allt det jag har nu. Nya vänner, nytt jobb, ett nytt sätt att se på livet. En kristallkrona.

Och mest av allt. Min son.

42

Jag vaknar abrupt med en konstig känsla som skaver i kroppen. Har jag legat konstigt, en nerv i kläm? Jag skulle gärna sova längre men det är lönlöst att ens försöka. Rain sitter redan i soffan, precis som den allra första morgonen. Samma långa klänning och håret uppsatt med långa lösa lockar som slingrat sig loss. Idag är hon ovanligt eterisk, hon ser nästan skör ut. Som om hon skulle lösas upp och försvinna om jag så mycket som andas på henne.

Rosendoften fyller rummet och jag drar in den i djupa lugnande andetag, blundar och njuter av denna följeslagare, en signal om hennes närvaro i stunder när jag behöver henne som mest. Jag drar en pläd runt mig och sätter mig i soffan intill henne, försöker dölja en gäspning. Tröttheten tynger ned kroppen och jag sjunker tillbaka mot ryggstödet och drar in benen under pläden. Rain ser tankfull ut, hon ser på mig utan att säga något. Hennes ögon är en mörkare grå nyans än de brukar vara och påminner om mjuk sammet. Inte den vanliga självlysande blicken som får mig att göra som hon vill även när jag inte vill alls. En ond aning sticker utan förvarning till i mellangärdet.

"Är något på tok?"

Min röst är morgonkraxig och orden spricker som när det är dålig täckning i mobilen. Hon svarar inte och den onda aningen växer till en iskall hand som vrider om min maggrop. Något är på tok, men vad? Har det hänt Adam något? Är någon sjuk? Vad har hon för hemskt att berätta?

"Rain, svara, vad är det?" Jag lutar mig fram och stirrar henne uppfordrande i ögonen utan att hitta något svar, de är som bottenlösa brunnar. Rain lutar sig lite bakåt, ökar avståndet mellan oss. Hon ser lugnt på mig med en svag aning av ett leende. Om det är avsett att lugna mig så fungerar det inte.

"Det är dags, Alice."

Dags för vad? Vad har hon nu hittat på, vad kan rimligtvis mer hända? Har hon snokat upp någon avlägsen släkting eller fått för sig att jag ska gå på dejt igen? Ska jag få sparken? Jag himlar med ögonen, dels lättad över att inget verkar vara allvarligt på tok, dels för att visa att jag helst skulle vilja ha en dramafri dag. Det var ett tag sedan sist. Jag funderar på att gå och lägga mig igen men plötsligt kan jag inte resa mig, jag sitter som fastklistrad i soffan. Det går inte att lyfta armarna, inte ens ett finger och benen ligger som två lealösa stockar mot dynan. Jag har plötsligt blivit oändligt tung. Oförmögen att förflytta mig. Jag stirrar häpet på Rain. Hon lutar sig framåt, kommer närmare. För första gången rör hon vid mig, för första gången kan jag känna henne. Hennes händer sveper över mina kinder, ned över axlarna, vidare nedför armarna tills hon når mina händer. Beröringen är som en sommarvind, mjuk och varm men går inte att ta på, flyktig och fullständigt underbar. En känsla jag kommer att längta efter att få känna igen. Och igen. Hon lägger sina händer över mina och jag fylls av stjärnljus, bländande starkt. Ändå ser jag allting klarare än någonsin.

"Dags för mig att lämna dig."

Jag tappar andan. Jag vill skrika ut ett nej, ta tag i hennes händer, tvinga henne att säga att hon bara skämtar. Men jag kan varken prata eller röra mig, bara stirra in i det universum som finns i hennes ögon, en spegling av hela hennes själ.

"Du behöver inte mig längre."

Det är fel! Jag behöver henne mer än någonsin. Nu är jag van att hon finns här, stöttar mig, visar vägen, löser problemen. Hon är min livlina, jag klarar mig inte alls utan henne. Hon kan inte lämna mig nu, inte senare, inte någonsin. Som alltid läser Rain mina tankar.

"Du klarar dig utmärkt utan mig. Vänta så får du se."

Och utan att jag kan göra något åt det börjar hon försvinna. Mina händer ligger orörliga i mitt knä. Jag vill kasta mig framåt och hålla henne kvar, hindra henne från att släppa taget. Men jag kan inte röra mig. Hon tonar bort, oändligt sakta, så känns det i alla fall. Eller så går det på en sekund, det är svårt att veta. Tiden finns inte, det kan vara ett ögonblick eller en hel dag. En vecka? En sekund?

Mina ögon är så översvämmade av tårar att det är som att försöka se under vatten, jag drunknar i mig själv. Mitt synfält blir suddigare, ljuset blir mindre och mindre. Hennes gestalt bleknar bort tills det bara är några tunna stråk kvar, som när morgondimman lättar i de första solstrålarna, försvinner bort till ingenstans. På samma sätt som den gjort många gånger förr. Men den här gången vet jag med en visshet som bor i djupet av mitt hjärta att hon inte kommer tillbaka.

Jag är ensam kvar. Inte ens rosendoften finns här längre. De första yrvakna solstrålarna når platsen i soffan där Rain nyss satt. Några trista dammkorn svävar i ljuset, det är allt.

Livet har aldrig känts så tomt som nu.

43

De första veckorna efter att Rain försvann var hemska. Det var som att ha abstinens från ett långvarigt beroende, jag kunde inte tänka på annat än Rain och hur jag skulle kunna få henne tillbaka. Meditationsövningarna ledde bara till att jag somnade. Ett medium som jag gick till påstod sig få kontakt med halva min släkt, ingen jag kände igen den här gången heller, men inte minsta lilla pip från Rain. Jag bönade och bad utan resultat och en gång skrek jag så högt att en granne knackade på och frågade om jag behövde hjälp. Jag svor långa ramsor i förhoppningen att hon fanns någonstans i bakgrunden och inte kunde motstå att komma fram och tillrättavisa mig. Men det förblev tomt och tyst.

Jag fick knappt något gjort och drog mig tillbaka från allt umgänge, rädd att ställa till med något som jag inte kunde få hennes hjälp att reda ut längre. Eva undrade bekymrat hur jag mådde och försökte få mig med ut men jag kom med halvdana ursäkter om att det var mycket på jobbet och jag behövde tid för mig själv. Adam hörde av sig några gånger men han hade förstås fullt upp med sitt liv. Inte minst med allt vad det innebar att ha en bebis på väg.

Till slut hittar jag långsamt tillbaka till någon slags fotfäste i tillvaron och vågar mig tillbaka till mitt nya liv. Chocken släpper bit för bit och längtan till det liv som Rain hjälpt mig att skapa tar över. Jag målar igen. Tavla efter tavla. Jag försöker fånga Rains väsen, hennes lysande blick, genomskinliga gestalt och varma närvaro men färgerna stretar emot och penslarna samarbetar inte alls.

Duk efter duk fylls med tomt och intetsägande kladd. Ingenting kommer ens i närheten av den Rain är. Hon låter sig inte fångas på bild. Denna varelse som bara jag kunde se är inte ämnad för andras ögon. Plötsligt inser jag att det är en skymf mot både henne och mig och alla som varit med på vägen att försöka fånga det som varit, fastna i det förflutna. Jag har fått en helt ny tillvaro att leka med. Jag tar mig i kragen, reser mig ur spillrorna som Fågel Fenix och gläntar på dörren till resten av mitt liv. Därute strålar solen.

***

När Linnea och bebisen kommer hem från BB får de landa några dagar först innan jag kommer dit och hälsar på. Adam har bett mig komma, babyn vill träffa sin farmor sa han. Med famnen full av gosedjur beger jag mig som en lätt överlastad åsna hem till deras lilla och ombonade lägenhet. Jag ska bara stanna en kort stund, jag vill inte ta tid eller energi från den lilla familjen. Det är med den allra största ansträngning jag klarar av att tygla ivern att få kliva in i min nya roll som farmor. Det haltar förstås lite att hoppa över ett steg, eftersom Adam fortfarande inte kallar mig för mamma. Men jag är nöjd med det jag kan få. Det är ändå mycket mer än jag någonsin trodde skulle bli mitt.

Adam ler från öra till öra när han öppnar och hälsar mig välkommen. Han är rufsig i håret, glädjefyllda ögon, ännu inte berövad många nätters sömn, redan rusig av lycka. Full av längtan att göra allt för sitt barn, överösa det med den kärlek som han inte själv fick. Att ha sin lilla familj att värna om betyder allt för honom, här ska inga mammor ge sig av eller tappas bort. Tvärtom.

Linnea sitter i en fåtölj i det lilla vardagsrummet och ser trött men lugn och harmonisk ut. Hon lyser av det där inre ljuset som man kan se nyblivna mammor göra, hur de strålar av en kärlek större än allting annat. Så såg aldrig jag ut, det vet jag. Men jag skjuter bort den tanken, det där är över nu. Den lilla bebisen ligger i hennes famn, så inlindad i en filt att hon knappt syns. Jag ställer kassarna med presenter på golvet intill och sätter mig försiktigt på huk helt nära dem, stryker lätt med min hand över Linneas arm.

"Herregud", skrattar hon matt. "Har du köpt alla mjukisdjur som fanns i affären?" Jag ler generat åt kassarna med leksaker, från den minsta nalle jag kunde hitta till en som är stor som en femåring. Nallar att växa med.

"Det kanske gick över styr. Jag kan ta tillbaka några av dem om du vill?"

"Nej, gör inte det, det är jättegulligt av dig. Nu har hon mjukisdjur så det räcker ett bra tag framöver." Linnea ler varmt mot mig, utan någon som helst ironi. "Vill du hålla henne?" Hon ser på mig med lugna ögon fulla av förtroende. Det vill jag förstås. Adam drar fram en stol till mig. Han lyfter det lilla knytet från mammas famn, ger henne en mjuk puss på pannan innan han försiktigt lägger henne i mina armar. Det svindlar för ett sekund när jag håller i det lilla barnet. Minnet av det korta ögonblicket med mitt eget barn för länge sedan blandas med nuet och babyn i min famn. Hon är också min, på sätt och vis. Så liten och ömtålig, jag håller andan av rädsla att väcka henne. Eller ännu värre, tappa henne. Det gör jag naturligtvis inte.

I stället känner jag hur cirkeln långsamt sluter sig, livets lösa trådar hittar varandra. Det måste man våga lita på. Allting rör sig runt den lilla babyn, en liten fågelunge i en filt. Hennes ansikte har samma färg som en skirt rosa ros och några tunna hårtestar har letat sig ut under mössans kant. Små, små fingrar på en pytteliten hand rör sig trevande, nyfiket, bland filtens mjuka veck. Jag petar försiktigt på den silkesmjuka alldeles nya huden mot mina fingertoppar. Genast sluter hon sina miniatyrfingrar runt mitt pekfinger i ett förvånansvärt fast grepp. Hur kan något så litet ha så mycket kraft?

Den lilla varelsen i min famn gör det lätt att släppa taget och låta mig sköljas med. Kärleken kommer av sig själv, lika självklar som att andas, lika livgivande. Jag får en ny chans att älska, att ta emot, att ge mig hän. Allt tack vare en helt ny människa, med hud som mjukaste mocka, den lilla handen runt mitt finger. Plötsligt öppnar hon sina ögon och ser rakt på mig. Hennes blick får mig att tänka på lysande grå oceaner. Det finns något bekant i blicken som jag inte riktigt kan sätta fingret på. Den påminner om något jag sett många gånger förr. Eller kanske om någon? Adam kommer och sätter sig intill oss. Jag tänker mig inte för och jag frågar heller inte om lov utan sträcker ut min hand och rör lätt vid hans kind. Bara för en sekund. Han drar sig inte undan.

"Vi har en liten överraskning" säger Linnea från sin fåtölj. "Vi tänker döpa henne till Alicia. Efter dig, liksom."

"Typ", säger Adam och skrattar. "Vad tycker du om det, mamma?"

Mamma. Jag ler tillbaka och ser på min son. Om jag inte tar helt fel skymtar något förbi bakom honom för ett ögonblick. En gyllene dimma som sveper förbi och lämnar efter sig ett lätt stråk av rosendoft.

Allt kommer att bli bra.

Tack!

Teresa, Anna och Hanna, mina skrivande vänner som läst, hejat, tyckt och tänkt längs hela resan. Utan er hade det inte blivit någon bok.

Elisabeth och Anna-Viktoria som läst hela boken på en gång och delat med sig av kloka kommentarer – jag är oändligt tacksam.

Nisse, som tålmodigt väntat under skrivbordet i många timmar, dagar och månader.

Jorun Modén, vars skrivarkurs dök upp när jag behövde den som mest.